Stürmisch verliebt

INSELKÜSSE & STRANDKORBGLÜCK 2

AF198379

Lektorat: Ricarda Oertel www.lektorat-oertel.de
Korrektorat: Ruth Pöß www.das-kleine-korrektorat.de
Covergestaltung © Catrin Rausch
Covermotiv © depositphotos.com/70887669
Unsplash/oliver-schwendener
Freepik.com/freepik

ISBN: 978-3-757-91076-1

Herstellung und Druck über tolino media GmbH & Co. KG, Albrechtstr. 14, 80636 München. Printed in Germany. Fragen zu Produktsicherheit an: gpsr@tolino.media.

STINA JENSEN

Stürmisch verliebt

ROMAN

Vorwort

Was geschieht, wenn vier Autorinnen aufeinandertreffen, die die Leidenschaft fürs Schreiben und Reisen miteinander teilen? Sie planen eine gemeinsame Buchserie!

Über die Charaktere waren wir uns rasch einig, die Ideen für spannende Geschichten wurden geboren. Es fehlte nur noch der Schauplatz: Eine Nordseeinsel sollte es sein.

Schnell war uns klar, dass eine gemeinsame Reihe besondere örtliche Gegebenheiten erfordert – und so erschufen wir »Nortrum«, eine Insel, auf der wir alles fanden, was wir für unsere jeweiligen Geschichten brauchten: Reetgedeckte Häuser, einen Hafen, ein Dorf, einen Surfstrand, Dünen, einen Leuchtturm und jede Menge skurrile Charaktere.

Wir hoffen, dass dir unsere Serie gefällt. Dass du lachen musst und berührt sein wirst, dass du mitfiebern und miträtseln kannst, wohin das alles führen wird.

Jede Geschichte ist ein in sich abgeschlossener Roman und kann unabhängig von den anderen gelesen werden.

Nimm also Platz, schnall dich an und lass dich von unseren Geschichten nach Nortrum entführen, eine Insel, wie wir sie uns erträumt haben.

Deine

Stina Jensen, Karin Koenicke,
Karin Lindberg und Anne Stevens

1

~~~

Im Konferenzraum herrschte Stille. Es war, als hätte Gerald eine Bombe fallen lassen.

Eine junge Kollegin, die noch nicht lange zum Verlagsteam gehörte, fand als Erste ihre Sprache wieder. »Verkauft? Aber an wen denn?«

Unser Programmleiter liebte es, sich in Szene zu setzen. Er schaute in die Runde. »An Adam & Adam in Hamburg. Die hatten bisher nur Sachbuch und Krimi im Repertoire und wollen mit uns als Liebesromanexperten eine neue Sparte aufmachen.« Gerald faltete die Hände auf dem Tisch. »Für uns hier bleibt aber mehr oder weniger alles, wie es ist – sie haben uns ja gekauft, weil sie ihre Frauenunterhaltung ausbauen wollen. Da sind wir natürlich genau die Richtigen. Und da uns – wie ihr wisst – das Wasser bis zum Hals steht, bin ich froh, dass Karsten sich zu diesem Schritt entschlossen hat.«

Unser Verleger Karsten Schön hatte das operative Geschäft schon vor Jahren an Gerald abgegeben. Mein

Eindruck, sein Verlag *Schönbooks* wäre für Karsten ein Hobby, von dem er nicht einmal besonders viel verstand, hatte sich in letzter Zeit immer mehr verfestigt. Meist tauchte er nur noch zum jährlichen Sommerfest und zur Weihnachtsfeier auf. Die Aussicht auf neue engagierte Verleger war da eigentlich etwas Gutes.

Dennoch fuhr mir Geralds Ankündigung – so positiv sie auch klingen mochte – augenblicklich in den Magen. Adam & Adam aus Hamburg. Jochen und Mareike Adam. Die Frau mit den Hüten. Und er der begnadete Tänzer.

Shit.

Ich lockerte das Seidentuch um meinen Hals.

»Irgendetwas werden sie aber doch bestimmt ändern wollen«, sagte meine Kollegin Franziska misstrauisch. »Bei Übernahmen sind Einsparungen doch an der Tagesordnung.«

»Gut, dass du es ansprichst, Franzi.« Gerald nickte. »Natürlich gab es schon regen Austausch darüber, wo bei uns Optimierungspotential herrscht. Und da kamen wir unter anderem auf unsere liebe Steffi zu sprechen.«

Die Köpfe meiner Kolleginnen schwangen in meine Richtung.

Ich stieß die Luft aus und sank in meinem Stuhl zusammen. So war das also. Irgendwann rächte sich alles. Die Branche war klein, es hätte mir doch sonnenklar sein müssen, dass die Adams mir irgendwann wieder über den Weg laufen würden. Aber warum ausgerechnet als meine zukünftigen Chefs? Jochen hatte in den letzten Monaten ein paar Mal versucht, mich anzurufen, nur war ich nie rangegangen. Wie hätte ich ahnen sollen, dass es um so etwas ging?

Sie schmissen mich also raus. Was auch sonst?

»Bei der Zusammenarbeit mit Alexa Wiedekind

wünschen sie sich jedenfalls eine etwas frischere Lektorin«, fuhr Gerald fort.

»Frischer?« Ich blinzelte. »Inwiefern?«

Gerald angelte sich eine Banane aus dem Obstkorb auf dem Konferenztisch. Er nutzte den Jour fixe gern als zweite Frühstückspause. Nun schälte er Streifen für Streifen Schale herunter, ließ sich Zeit mit der Antwort. Endlich hatte er sein Werk beendet und betrachtete es zufrieden, als hätte er noch nie eine schönere Banane gesehen.

»Natürlich bist du nicht alt, Steffi.« Er nahm einen Bissen. »Aber du gehörst eben nicht mehr zur TikTok-Generation«, sprach er kauend weiter.

»Alexa Wiedekind doch auch nicht«, wandte ich ein. Immerhin war die Autorin Ende dreißig, und damit gerade mal zehn Jahre jünger als ich. Wir arbeiteten schon lange hervorragend zusammen. War sie überhaupt gefragt worden?

Ein Schweißausbruch bahnte sich an. Ich streifte das Halstuch ab und fächelte mir unauffällig Luft zu.

Gerald schob sich ein weiteres Stück Banane in den Mund. »Also ist es abgemacht.«

Ich richtete mich wieder in meinem Stuhl auf. Von einer Kündigung war offenbar doch nicht die Rede. »Und wen soll ich stattdessen übernehmen?«

»Falls du Interesse hättest, würde ich schauen, ob du dich dem schönen Albrecht widmen kannst.«

Mir entfuhr ein trockenes Lachen. Er machte wohl Witze. Albrecht Schönhausen, der bei uns nur »der schöne Albrecht« hieß, verfasste unter einem weiblichen Pseudonym historische Romane, in denen die männlichen Protagonisten ihm selbst – oder zumindest seiner jüngeren Version – immer verdächtig ähnlich sahen. Dabei war er nicht einmal hübsch.

Verstohlen wischte ich mir die schweißnassen Finger an der Hose ab.

»Selbstverständlich hat jede von euch ein Sonderkündigungsrecht, wenn euch die Änderungen nicht zusagen.« Gerald legte die Bananenschale beiseite und schleckte an zwei Fingern. »Falls ihr davon aber keinen Gebrauch machen wollt, möchte ich euch im Namen der neuen Eigentümer bitten, eure Literaturagenturen auf Love & Landscape-Stoffe anzusprechen. Und zwar mit speziellem Augenmerk auf reifere Protagonistinnen und Protagonisten. Adam & Adam wollen massiv auf dieses Segment bauen. Sie sind der Meinung, dass es im Liebesroman jetzt auch gern reifere Figuren mit all ihren Problemen sein dürfen. Fünfzig ist das neue dreißig, versteht ihr? Dafür gibt es einen ganz eigenen Markt. Die Leserinnen Ü 50 haben die größte Kaufkraft und wollen über sich selbst, über echte Frauen, lesen.«

Ich betrachtete Gerald mit offenem Mund. Das war meine Rede seit Jahren! Aber weder er noch Karsten hatte je etwas davon hören wollen. Und mit Jochen Adam, da hatte ich doch auf der Frankfurter Buchmesse genau darüber ...

Das war alles nicht zu fassen. Wie gut hätte ich einen solchen Stoff mit Alexa angehen können. Mit Albrecht Schönhausen hingegen brauchte ich über dieses Thema gar nicht zu sprechen. Seine Protagonistinnen waren so jung und knackig, dass es fast schon grenzwertig war.

»Übrigens wollen Adam & Adam euch natürlich auch persönlich kennenlernen«, unterbrach Gerald meine Gedanken. »Sie werden nächste Woche für zwei, drei Tage vorbeischauen und sich mit euch in Einzelgesprächen zusammensetzen, um die neue Strategie genauer zu besprechen. Auch was die räumliche Zusammenarbeit betrifft – ihr wisst ja, Frankfurt und Hamburg liegen ein paar Kilometerchen voneinander entfernt.«

Das war die einzig gute Nachricht bei dieser Geschichte. Dass die Adams und ich einander nicht allzu oft über den Weg laufen würden. Abgesehen von nächster Woche natürlich. Aber Albrecht Schönhausen – ernsthaft? Das Sonderkündigungsrecht klang verlockend.

Die anderen in unserer Lektoratsrunde hatten allerhand Fragen – doch Gerald versicherte ihnen, für sie würde sich so gut wie nichts ändern. Die restlichen Fragestellungen sollten sie sich für nächste Woche aufheben.

Während die Kolleginnen den Besprechungsraum verließen, fühlte ich mich bleischwer.

Gerald, der ein paar Papiere auf dem Tisch zusammenschob, zwinkerte mir aufmunternd zu. »Ich dachte mir schon, dass dich das trifft, und ganz ehrlich, an deiner Stelle würde ich mir wirklich überlegen, ob ich hier nicht die Segel streichen sollte.«

Zweifelnd sah ich ihn an. Hatten die Adams ihn damit beauftragt, mir möglichst schonend beizubringen, dass ich besser von selbst den Rückzug antrat? Diese Frage konnte ich ihm allerdings schlecht stellen, denn er hätte natürlich sofort wissen wollen, wie ich zu dieser Vermutung kam.

Zurück an meinem Schreibtisch legte ich das Gesicht in die Hände. Einzelgespräche wollten sie führen. Ich würde Jochen oder Mareike – vielleicht sogar beiden zusammen! – an einem Tisch gegenübersitzen.

Seit vierzehn Jahren war ich nun in diesem Verlag angestellt. Noch nie hatte ich wechseln wollen. Aber jetzt schrie alles in mir danach. Nur – wohin so schnell? Die festen Jobs für Lektoren lagen nicht gerade auf der Straße. Verzagt sah ich zum Fenster hinaus durch das Blattwerk der Platane an den blauen Frankfurter Himmel. Ich brauchte frische Luft.

Kurz darauf war ich im Holzhausenpark unterwegs, schlängelte mich zwischen Müttern mit Kinderwagen und Kleinkindern auf Laufrädern hindurch und knabberte an einer Butterbrezel vom Kiosk am Eingang. Auf einer Parkbank zückte ich mein Smartphone und wählte die Nummer von Nadja Prinz, die bei einem Stuttgarter Verlag arbeitete. Wir kannten uns schon viele Jahre, tauschten uns hin und wieder aus. Ich brauchte den Rat einer Außenstehenden. Zwar wusste sie ebenso wenig wie meine Kolleginnen von meiner Entgleisung auf der Frankfurter Buchmesse im Herbst. Aber bei Verlagsübernahmen war Panik auch ohne solche Begleiterscheinungen angebracht.

»Steffi Sonntag? Das muss Gedankenübertragung sein!«, rief sie, als sie abnahm.

Augenblicklich stieg meine Laune. »Wieso?«, fragte ich lächelnd.

»Ich komme gerade aus einem Gespräch mit unserer Programmleiterin. Unsere Spitzenautorin in der Sparte Sinneslust wird mit ihrem Manuskript nicht rechtzeitig fertig. Schreibblockade! Sie hat um Aufschub gebeten, und zwar – halt dich fest – um ein ganzes Jahr. Da haben wir jetzt eine riesige Lücke! Das Frühjahrsprogramm steht, das Cover ist fertig, Deadline wäre in fünf Wochen gewesen – dabei hat sie noch keine Zeile geschrieben!«

»Falls du mich fragen wolltest, ob wir eine Spitzenautorin abzugeben haben, die eure Lücke füllen könnte – da muss ich leider passen.« Schmunzelnd nahm ich einen Bissen von der Brezel.

»Aber nein, das meinte ich nicht«, widersprach Nadja.

»Mir ist eingefallen, dass mir deine Novelle damals so gut gefallen hat.«

»Meine Novelle?« An die hatte ich schon lange nicht mehr gedacht. Ich hatte eine Liebesgeschichte skizziert, wie ich sie selbst gerne einmal erleben würde. Mit ganz viel Gefühl und Leichtigkeit. Beides war in meinem eigenen Leben Mangelware. Nur Nadja hatte ich den Kurzroman zum Probelesen gegeben. Seither ruhte er in der Schublade.

»Die Geschichte ist natürlich zu kurz, aber du kannst schreiben, Steffi«, fuhr Nadja fort. »Diese Art von Schreibe gewürzt mit ein bisschen Sex und Erotik würde ganz genau in unsere Lücke passen. Hast du nicht Lust, dich mal an ein größeres Projekt heranzuwagen? Gern gespickt mit einer Prise Humor.«

Ich zog die Nase kraus. Das waren doch direkt drei Stichworte, die in meinem Leben absolut rar waren. Sex, Erotik und Humor. Wäre es nicht so traurig gewesen, hätte ich mich gekringelt vor Lachen.

»Dein Vertrauen in Ehren, aber ich bin nicht gerade für mein heißes Liebesleben und meinen Witz bekannt«, wandte ich ein. Genau genommen hatte Paolo, mein italienischer Ex-Mann, mich als ausgesprochen verkrampft und humorlos bezeichnet. Dabei hatte es so vielversprechend begonnen mit uns. Wir hatten uns vor fünfundzwanzig Jahren bei einem Tanzkurs kennengelernt. Paolo Lombardo – sein Name hatte wie Musik in meinen Ohren geklungen. Nach der Scheidung hatte ich dann meinen Mädchennamen wieder angenommen.

»Ach was, du hast diesen subtilen Witz, Steffi«, lenkte Nadja mich von den trüben Erinnerungen ab. »Deine scharfe Beobachtungsgabe hat mir so gut gefallen. Du könntest versuchen, das in ein größeres Format zu packen. Aber ich weiß, du hast keine Zeit dafür. Du ersäufst ja selbst in Arbeit.«

»Das ist so nicht ganz richtig«, korrigierte ich und kam endlich zum Grund meines Anrufs, schilderte Nadja den kürzlichen Verlagsverkauf, von dem spätestens morgen ohnehin alle Fachblätter berichten würden, und von der Degradierung. Die war nur ein Vorwand, um mich loszuwerden, davon war ich überzeugt. Wieso konnte ich ihr natürlich nicht sagen. »Und jetzt wollen sie eine ›frischere‹ Lektorin als mich. Ich glaube, meine Tage sind gezählt.«

»Na, das passt doch wie die Faust aufs Auge mit uns beiden!«, rief Nadja. »Du hättest vier Wochen Zeit, mir etwas vorzuweisen. Falls es etwas taugt, würden wir in Windeseile den Vertrag aufsetzen, Cover und Klappentext anpassen – und Zack, wärst du in der Programmvorschau.«

Meine Finger kribbelten. »Ist das dein Ernst?«

»Aber ja!«

Ich konnte kaum glauben, welche Chance sich mir bot. Normalerweise ging das alles beileibe nicht so rasch, im Gegenteil, vom Erstentwurf bis zur Veröffentlichung konnten Monate, manchmal Jahre ins Land gehen. Am liebsten hätte ich mich sofort an die Arbeit gemacht. Hätte alles stehen und liegen lassen. Wenn es schon im realen Leben nicht mit der Erotik klappte – *theoretisch* hatte ich diesbezüglich jede Menge Ideen ...

Was, falls ich wirklich von meinem Sonderkündigungsrecht Gebrauch machte? Albrecht Schönhausen konnte mir jedenfalls gestohlen bleiben. Zurzeit war er ohnehin im Urlaub – oder auf »Recherchereise«, wie er seine Trips nach Thailand stets nannte. Wenn er zurückkehrte, konnte ich bereits weg sein.

Oder Moment ... Mein Blick ging zum Spielplatz in der

Ferne, in dessen Sandkiste ich gelegentlich mit Greta Sandkuchen backte. Ich hatte selbst noch so viel Urlaub. Vier Wochen hatten sich aus den letzten Jahren angesammelt. Die standen mir doch wohl zu? Angenommen, ich würde den ab nächster Woche abfeiern. Dann müsste ich den Adams nicht einmal begegnen. Vorausgesetzt, Gerald stimmte zu. Noch hatte ja er das Sagen. Oder?

»Das passt doch perfekt!«, rief meine Freundin abermals, als sie ich in meine Gedanken einweihte. »Du schreibst einfach in diesen vier Wochen den Roman für uns und zeigst eurem Gerald und dem neuen Eigentümer eine lange Nase!«

Die Idee gefiel mir. Allerdings ... »Schau mal, ich habe ja noch nie einen ganzen Roman geschrieben.«

»Aber du verfügst über das Handwerk. Und du hast den nötigen Biss. Du würdest das durchziehen, ich kenne dich. Komm. Überleg es dir wenigstens.«

Ein Ball flog mir von der Wiese gegen das Schienbein, und ich kickte ihn zu dem kleinen Jungen mit pinkfarbener Schirmmütze zurück. Nadjas Angebot war wirklich verlockend. Aber wie sollte ich mir auf die Schnelle Setting und Figuren ausdenken?

Auch auf diesen Einwand hatte Nadja die passende Antwort parat. »Wo ist denn da das Problem? Auf dem Papier darfst du dir endlich mal einen Mann entwerfen, wie er dir gefallen würde. Einen Typen zum Verlieben. Innerlich wie äußerlich. Einen starken Kerl zum Anlehnen und trotzdem verdammt heiß. Das ganze im Setting eines Olivenhains in der Toskana – wär das nicht was?«

Ich liebte die Toskana! Paolos Familie stammte von da, und als wir noch ein Paar waren, hatten wir mit Giulia jeden Sommer dort verbracht. Das fehlte mir seit der Trennung am meisten. Einen Mann hingegen vermisste ich gar nicht *so* sehr. Genau genommen hatte ich schon ewig nicht darüber nachgedacht, wie ein Mann sein müsste, damit ich mich in ihn verlieben würde. Eher meinte ich, dass es solche Exemplare gar nicht gab. Spätestens beim Zusammenleben legte die Männerwelt doch Eigenheiten an den Tag, die man sich vorher nie hätte träumen lassen. Ich hatte in meinem bisherigen Leben mit drei männlichen Wesen zusammengelebt. Und jeder von ihnen hatte die Klotür offengelassen, wenn er sich für ein Weilchen aufs Örtchen zurückzog. Das Fenster dagegen blieb oft genug geschlossen. So etwas brauchte kein Mensch.

Klar, ein Typ zum Anlehnen wäre manchmal angenehm. Aber wenn überhaupt, wollte ich einen Mann auf Augenhöhe. Er sollte sich auch mal bei mir anschmiegen und nicht nur den starken Macker markieren. Und ja, er sollte natürlich sexy sein, jedoch nicht unbedingt überdurchschnittlich. Ich wollte ja nicht die ganze Zeit den Bauch einziehen müssen.

Ach, winkte ich innerlich ab, mir fehlte gar kein Mann zum Glücklichsein. Bloß einen Job, der mich erfüllte, wollte ich. Und den hatte ich bis heute Morgen noch gehabt!

»Du bist doch auf Instagram?«, unterbrach Nadja meine Gedanken. »Mit TikTok würden wir dich eventuell verschonen, aber ein bisschen Social Media müsste sein. Kannst du da etwas vorweisen?«

Ich besaß einen Instagram- und einen Facebook-Account, das war aber auch alles. Gepostet hatte ich schon ewig nichts. »Das wird sich sicher arrangieren lassen«, sagte ich leichthin.

»Perfekt!«, rief Nadja und beendete unser Telefonat. »Die Pflicht ruft! Und du überlegst es dir, ja?«

Ich versprach es. Dann legte ich nachdenklich auf.

»Du willst dir vier Wochen freinehmen? Wow!« Meine vierundzwanzigjährige Tochter strahlte mich an. »Dann könnte ich ja vormittags Greta bei dir vorbeibringen und das Geld für die Tagesmutter sparen! Du weißt doch, die Kita macht Sommerpause. Im Café haben sie sowieso zu wenig Leute.«

Giulia jobbte bis mittags in einem an ein Seniorenheim angegliedertes Bistro und hörte sich die Sorgen und Nöte der alten Menschen an. Sie war äußerst beliebt.

»Bitte, Mama«, sprach sie weiter. »Dann liege ich Flori nicht schon wieder die ganze Zeit auf der Tasche. Du weißt, wie sehr ich das hasse.«

Flori war Giulias Freund und nicht der leibliche Vater ihrer fünfjährigen Tochter. Das führte zu einigen Konflikten – vor allem bei Giulia, die nicht gut damit zurechtkam, dass Flori Kosten und Pflichten übernahm, die eigentlich Gretas Erzeuger hätte erfüllen sollen. Der hatte sich jedoch schon während der Schwangerschaft verabschiedet.

Greta saß auf meinem Schoß und kritzelte versunken in einem Malbuch. Ihr roter Wuschelkopf, den sie wie ihre Mutter von mir geerbt hatte, roch nach einem Himbeershampoo. Wir saßen in Giulias Küche, um Flori nicht zu stören. Abends schrieb er an seiner Masterarbeit, tagsüber arbeitete er als Programmierer bei einem Finanzdienstleister. Meist geschah das aus dem Homeoffice, um nicht zu viel Zeit für den Arbeitsweg zu verlieren. Das hieß, er war rund um die Uhr daheim und brauchte Ruhe. Mit einem Kleinkind im Haus war das nicht ganz leicht. Giulia, so schien es mitunter, war permanent mit Greta auf der Flucht. Dabei war die Kleine für Flori wie ein eigenes Kind, nur fehlte es ihm eben an Zeit.

Was meine Urlaubspläne betraf, fragte ich mich jetzt, ob meine Tochter mir nicht zugehört hatte. Eigentlich hatte ich ihr doch gerade erklärt, dass ich – wahrscheinlich! – freinehmen wollte, um einen Roman zu schreiben. Noch war die Sache natürlich nicht spruchreif. Die Adams als meine neuen Chefs mussten für die Auszeit erst mal grünes Licht geben. Gerald wollte sich darum kümmern. Nach meiner Rückkehr aus dem Park hatte er mir jegliche Unterstützung zugesagt, um meine Ansprüche durchzusetzen. So eifrig kannte ich ihn sonst gar nicht.

»Das eingesparte Geld könnten wir aber so gut gebrauchen, Mama«, fuhr Giulia fort, nachdem ich ihr die Sachlage noch einmal erklärt hatte. »Und es wäre ja nur für vormittags. Schau, du könntest mit Gretchen in den Park gehen und dabei über deinen Roman nachdenken, sodass du nachmittags direkt loslegen könntest. Die frische Luft wird dir guttun, und das Zusammensein mit Greta hält dich jung.«

Bei dieser Anspielung auf mein Alter zuckte ich schon wieder zusammen. Ich konnte doch am allerwenigsten dafür, dass ich mit Mitte vierzig Großmutter geworden war. Eine Oma! Selbst wenn ich einen Mann kennenlernen würde, der mich – eventuell! – attraktiv finden könnte ... allein diese Tatsache würde seine Libido garantiert zusammenschrumpeln lassen, als hätte man sie mit einem Eimer Eiswasser übergossen.

Doch abgesehen davon ... hatte ich nicht endlich einmal das Recht verdient, eine Entscheidung ganz allein für mich zu treffen? Ich war selbst jung Mutter geworden, wenn auch nicht mit neunzehn wie Giulia, hatte mich aber ebenfalls zwischen Beruf und Kind aufgerieben, weil Paolo als italienischer Macho der Meinung war, das sei Frauensache. Und nun wurde ich als Oma weiterhin als Babysitterin beansprucht, als käme sonst niemand dafür infrage – weil Giulia Greta bis zu deren Eintritt in die Grundschule nicht den ganzen Tag weggeben wollte. Da sie selbst ganztägig »fremdbetreut« worden war, wollte sie das ihrem Kind »ersparen«. Erst danach wollte sie sich einer Ausbildung widmen. Den Aushilfsjob im Café erledigte sie, wenn Greta bis nach dem Mittagessen im Kindergarten war. Und der schloss nun für vier Wochen die Pforten.

Ich würde mit harten Bandagen und einem schrecklich schlechten Gewissen zu kämpfen haben, sollte ich diese Zeitspanne tatsächlich für mich allein beanspruchen.

Daheim goss ich mir ein Glas Weißwein ein und schlängelte mich auf meinen schmalen Balkon, auf dem gerade mal ein Tischchen und zwei Stühle Platz fanden. Manchmal fehlten mir der Garten und das Haus, in dem ich früher mit Paolo und Giulia gewohnt hatte. Andererseits war in einer Wohnung besser Ordnung zu halten. Gefühlt hatte ich mein halbes Dasein als Mutter mit Aufräumen verbracht.

Um mich abzulenken, scrollte ich auf dem Smartphone

durch mein Instagram-Profil. Das letzte Bild, das ich vor einigen Monaten dort gepostet hatte, war ein Essen. Lachs auf Rahmspinat mit Petersilienkartoffeln. Mein Lieblingsgericht. Außerdem hatte ich Schnappschüsse von Spaziergängen mit Greta hochgeladen, bei denen ich immer nur ihren Hinterkopf zeigte. Dass ich beruflich mit Büchern zu tun hatte, sah man hier nicht. Wenn es nach Nadja ging, würde ich wohl etwas nachlegen müssen.

Ich wechselte zu meiner Facebook-Timeline. Angeblich war diese Plattform ja für die ewig Gestrigen. Immerhin tummelten sich dort aber etliche meiner früheren Mitschüler und Kommilitoninnen. Mein Blick blieb an einem kürzlich erfolgten Eintrag meiner Schulkameradin Antje hängen, die vor einigen Jahren der Liebe wegen auf eine Nordseeinsel umgezogen war.

Haussitterin für 4 Wochen auf Nortrum gesucht, schrieb sie. Interessiert las ich weiter.

Du magst die See und die unendliche Weite des Himmels? Du findest Reetdächer romantisch und magst es, wenn Wäsche auf der Leine innerhalb von fünf Minuten trocknet? Du hast nichts gegen ein bisschen Unkrautjäten und gegen einen gelegentlichen Schnack mit einem alten Nachbarn einzuwenden? Dann melde dich gern. Mein Mann und ich wollen vier Wochen lang den Jakobsweg in Spanien bewandern und brauchen dich als Haus- und Gartensitter!

Andächtig betrachtete ich die Fotos. Wow. Ein reetgedecktes Doppelhaus war zu sehen. Ein gepflegter Rosengarten, ein Strandkorb, Wind und Meer. Ansonsten Ruhe.

Andere User hatten in den Kommentaren bereits ihr

Interesse bekundet. Gerade erschien ein weiterer. Und noch einer. Huch. Dieser Job war sicher bald vergeben.

Nachdenklich nahm ich einen Schluck Wein. Stellte mir vor, ich würde in diesem Strandkorb in Antjes Garten den Roman für Nadjas Verlag schreiben. Dort würde mir bestimmt im Nu etwas einfallen. Klar, es war nicht die Toskana. Aber dort würden mich vielleicht auch zu viele Erinnerungen ablenken.

Ein angenehmes Kribbeln erfasste mich. Zögernd legte ich die Finger auf die Tastatur.

Du Liebe, ich hoffe, du erinnerst dich an mich, tippte ich eilig. *Eben lese ich deinen Aufruf wegen des Haussittings. Falls der Job noch nicht vergeben ist, hätte ich großes Interesse daran. Ich suche gerade eine Möglichkeit, mich zurückzuziehen, da ich meinen ersten Roman schreiben möchte. Dein Haus wäre dafür ideal. Ich liebe deinen Garten und würde ihn hegen und pflegen. Den Nachbarn zur Not auch ;-). Alles Liebe, deine Steffi*

Ehe ich es mir anders überlegen konnte, drückte ich auf Senden und schickte meine Handynummer hinterher. Mein Herz klopfte, als hätte ich etwas Unerlaubtes getan. Momentan besaß ich weder das Go meiner neuen Chefs noch Giulias Segen.

Als mein Smartphone klingelte, zuckte ich zusammen. Die Nummer war mir nicht bekannt. »Hallo?«

Antjes glockenhelles Lachen drang an mein Ohr. »Ich dachte, ich lese nicht richtig. Mensch, wir haben ja ewig nichts voneinander gehört. Wie geht es dir? Arbeitest du noch als Lektorin?«

In wenigen Worten berichtete ich ihr vom Inhaberwechsel und welche Möglichkeiten sich bei Nadja für mich aufgetan hatten. »Dein Haus wäre ideal für mein Ferienvorhaben«, schloss ich klopfenden Herzens, »dort könnte ich mich bestimmt aufs Schreiben konzentrieren. Vorausgesetzt, der Urlaub wird genehmigt.«

»Du kannst den Anspruch gesetzlich geltend machen, solange nirgends steht, dass er verfällt«, zerstreute Antje, die als Juristin online Rechtsberatung anbot, meine Zweifel. »Nimm dir, was du jetzt brauchst! Dieser Roman würde dir bei uns wie nichts aus den Fingern fließen. Es scheint hier gute Schwingungen dafür zu geben, in unserem Leuchtturm residiert zurzeit sogar ein Inselschreiber.« Sie kicherte. »Von unserem Dachzimmer hättest du fast so einen tollen Blick über die See wie er. Am Strand könnte deiner Heldin dann der Mann ihrer Träume begegnen. Einer von den Jungs am Surferstrand zum Beispiel, Typ Wikinger. So ein Kerl würde auch im wahren Leben hervorragend zu dir passen, mit deiner Löwenmähne.«

»Du verwechselst da etwas«, bremste ich lachend ihre Euphorie. »Ich suche ja keinen Mann für *mich*, sondern für eine fiktive Figur, von der ich noch gar nicht weiß, wie sie aussieht.«

»Na, egal. Mit den Typen wird es vor Ort auch zugegebenermaßen schwierig, die sind schon ziemlich eigen. Aber du sollst ja auch schreiben.«

»So ist es.« Die Sache mit dem Surfer hatte allerdings etwas. Das wäre doch schon mal ein guter Aufhänger. Sexy waren die allemal, und breite Schultern zum Anlehnen besaßen sie bestimmt ebenfalls. Meinetwegen durfte der Loveinterest auch einen Bart haben, selbst wenn ich Gesichtsbehaarung persönlich nicht viel abgewinnen konnte.

»Heißt das, du würdest es machen? Das wäre wirklich toll, Steffi. Sven und ich fänden es super, wenn jemand im

Haus wäre, den wir kennen. Bei dir könnten wir sicher sein, dass du nichts verkommen lässt und du dich um den Garten kümmerst. Der ist unser ganzer Stolz. Wir teilen uns ein Grundstück mit dem Nachbarn, der nicht mehr so gut kann.«

»Klar würde ich mich um den Garten kümmern. Seit der Trennung von Paolo vermisse ich meinen eigenen total.«

»Das klingt doch ideal! Meinetwegen können wir die Sache sofort klarmachen. Ab wann könntest du hier sein? Samstag wollen Sven und ich uns auf den Weg machen.«

So früh schon? Das ging ja holterdiepolter. »Ich müsste natürlich noch einiges regeln. Und noch mal ultimativ mit meinem Chef sprechen«, versuchte ich, sie zu bremsen.

Selbst wenn ich den Urlaub einfordern konnte, wollte ich das nicht ohne Rücksicht auf meine Kolleginnen durchziehen. Und was würde Giulia nur dazu sagen? Abgesehen davon würde Greta mir bestimmt schrecklich fehlen. Prompt stellte sich Heimweh ein, dabei war ich noch nicht einmal fort.

»Wenn du erst Sonntag oder Montag kommen kannst, wäre das auch in Ordnung. Aber länger sollte es besser nicht dauern. Was meinst du?«

»Gib mir ein bisschen Bedenkzeit«, bat ich. »Ich melde mich so schnell es geht.«

Als ich aufgelegt hatte, wählte ich zögernd Geralds Privatnummer. »Du, ich will da jetzt wirklich keinen Druck aufbauen«, begann ich stockend, »aber hast du bei den Adams schon mal wegen meines Resturlaubs vorfühlen können?«

»Das hat sich heute leider noch nicht ergeben, wir haben im Moment ja auch ganz andere Sorgen. Warum die Eile?«

Von Nadjas Angebot erzählte ich ihm nicht. Aber von

der Möglichkeit, an der Nordsee eine Auszeit zu nehmen. »Bei diesem Wechsel unter neuen Vorzeichen würde mir das wirklich guttun«, fügte ich an.

Gerald schwieg einen Moment, ich hörte, dass er mit dem Kugelschreiber klackerte. »Ach, weißt du was?«, sagte er nun. »Ich finde diese Idee ganz fantastisch. Und ich nehme das auf meine Kappe, dass du für eine Weile weg bist. Bis dahin hat sich hier dann auch alles eingegroovt. Besser geht's eigentlich gar nicht.«

Erleichtert stieß ich den Atem aus. Fürs Erste würde es keine Konfrontation mit den Adams geben. Hatte ich ein Glück!

»Richte doch bitte allen schöne Grüße aus«, bat ich feierlich. »Und danke noch mal für dein Verständnis!«

»Geht klar, kein Ding. Tschüss Steffi. Hab eine schöne Zeit!«

»Tschüss«, hauchte ich noch, dann war die Leitung tot.

Augenblicklich fühlte ich mich hundsmiserabel. Eigentlich war es verantwortungslos, ausgerechnet bei einem Führungswechsel abwesend zu sein. Normalerweise lief ich nie vor Schwierigkeiten davon. Allerdings war mir auch noch nie so etwas Peinliches passiert wie auf der Frankfurter Buchmesse im letzten Herbst. Und was hatte Gerald mit »Besser geht's gar nicht« gemeint?

Schließlich schüttelte ich die kreisenden Gedanken ab. Er konnte alles Mögliche damit ausgedrückt haben. Vielleicht hatte er unschöne Szenen befürchtet, weil ich Alexa Wiedekind abgeben und stattdessen Albrecht Schönhausen übernehmen sollte.

Ich schrieb Antje nur zwei Worte: ***Ich komme!***

Danach wählte ich Nadjas Durchwahl. Diese Neuigkeit musste ich schnellstens loswerden.

Als sie sich meldete, überschlug sich meine Stimme. »Ich fahre nach Nortrum! Ich ziehe das durch!«

»Was ziehst du durch?« Nadja klang, als wäre sie mit ihren Gedanken ganz woanders.

»Na, ich schreibe den Roman! Über den wir heute Morgen gesprochen haben.«

»Ach so, den.«

Ich hatte etwas mehr Euphorie erwartet. »Ja! Ist das nicht toll?«

»Schon. Aber ...«

»Aber?«

»Das war keine Carte blanche, Steffi. Das Ding muss verdammt gut werden. Kein Larifari. Unser Spitzentitel Sinneslust muss reinhauen. Das ist dir klar?«

»Natürlich!« Nichts anderes als reinzuhauen hatte ich vor. Allerdings hatte ich noch keinen blassen Schimmer, womit. »Was hältst du von einem Surfer mit Wikingerbart als Loveinterest?«, stieß ich hervor.

»Ja. Klingt nicht schlecht. Könnte man versuchen. Und die Prota? Überleg dir ein paar richtig gute Probleme für sie. Es sollte um alles gehen, das weißt du. Und ich bräuchte schnellstmöglich ein Exposé.«

Das war ja selbstverständlich. »Habt ihr noch eine andere Autorin in der Pipeline?«, hakte ich nach.

»Ist doch klar, dass ich bei so einer Katastrophe hin und her telefoniere. Ich kann mich nicht auf eine einzige Option stützen.«

»Wen hast du noch gefragt?«

»Ich darf da keine Namen nennen, das weißt du doch.«

Ich knabberte auf meiner Unterlippe. Wie hatte ich nur so blauäugig sein können? Ich selbst hätte niemals einer unbekannten Autorin, von der ich noch nicht einmal wusste, ob sie das Durchhaltevermögen für einen ganzen Roman besaß, einen Spitzentitel angeboten. Gerald hätte mir dafür eine Abmahnung erteilt.

Nachdem ich mich von Nadja verabschiedet hatte, starrte ich minutenlang vor mich hin. Was hatte ich mir eingebrockt? Ich hätte doch wissen müssen, dass ihr Angebot noch nicht verbindlich oder ausschließlich war. Sie hatte mir nur Honig ums Maul schmieren wollen. Mir ein gutes Gefühl geben. Und für dieses Luftschloss würde ich meine Tochter und Enkelin im Stich lassen? Um auf einer gottverlassenen Insel einen Roman zu schreiben, den am Ende vielleicht niemand haben wollte? Sinneslust – das passte doch gar nicht zu mir! Aber jetzt hatte ich Antje schon zugesagt.

Und ich wollte ja auch dringend weg. Fort von Adam & Adam und dem, was ich verbockt hatte.

Am liebsten hätte ich Giulia etwas vorgeflunkert, war nahe daran, meiner Tochter zu sagen, dass ich in letzter Zeit mit Asthma zu kämpfen und der Arzt mir deswegen eine Kur an der Nordsee empfohlen hätte. Doch ich hasste Unwahrheiten. Zu lange hatte ich unter Paolos Lügen gelitten. Vielleicht konnte ich heimlich die Koffer packen, mich in den Zug setzen und ihr dann per Videocall von meinem spontanen Entschluss berichten. Oder ich gestand ihr einfach, wie es war: Ich tat etwas vollkommen Verrücktes.

»So verrückt ist es auch wieder nicht«, beruhigte mich meine Tochter, nachdem ich mir endlich ein Herz gefasst und sie angerufen hatte. »Wenn du ohne einen Cent in der Tasche eine Weltreise antreten würdest – das wäre vielleicht eigenartig. Aber eine Nordseeinsel?« Sie schnalzte mit der Zunge. »Du tanzt doch so gern, wieso hast du nicht einen vierwöchigen Sambakurs in Brasilien gebucht? Das wäre doch mal was gewesen.«

Ich lachte über ihren Scherz. »Du bist mir also nicht böse, dass ich dir mit Greta nicht unter die Arme greife?«

Meine Tochter seufzte. »Flori meint, dass ich mich wegen meines Verdienstausfalls nicht verrückt machen soll. Er verdient ja genug, sagt er. Ich soll mir hier einfach mit der Kleinen eine schöne Zeit machen.« Sie schnaubte. »Im Klartext heißt das, hier auf Zehenspitzen herumzuschleichen, damit er in Ruhe arbeiten und studieren kann. Allmählich stinkt mir dieses Hausfrauendasein so sehr!«

»Jetzt stell dein Licht nicht so unter den Scheffel, Süße. Du wolltest für Greta da sein und machst einen tollen Job.«

Das tat sie wirklich. Für mich wäre Teilzeit damals nicht in Frage gekommen, ich hatte mein Kind in einen Ganztagskindergarten gegeben. Paolo und ich hatten das Geld gebraucht. Dass Flori einen Großteil der finanziellen Pflichten übernahm, obwohl er nicht Gretas leiblicher Vater war, rechnete ich ihm hoch an.

»Die alten Herrschaften im Café haben mich gefragt, ob ich nicht in die Pflege wechseln wollte«, unterbrach Giulia meine Gedanken. »Weil ich so gut mit ihnen kann.«

»Pflege?«, fragte ich zweifelnd.

»Ja, sie meinten, ich könnte doch eine Ausbildung im Seniorenheim machen.«

»Aber das ist etwas ganz anderes, als sich mit ihnen zu unterhalten. Da gehört einiges mehr dazu. Und Schichtdienst.«

»Als ob mir das nicht klar wäre, Mama. Und ja – Flori würde dabei vermutlich nicht mitspielen. Wenn es nach ihm ginge, könnte das hier ewig so weiter gehen.«

»Ach, Hase«, murmelte ich. »Kommt Zeit, kommt Rat.«

Das hoffte ich wirklich.

Beim Abschied versprach ich ihr, mich zu melden, wenn ich in meinem Schreibdomizil angekommen war. Zunächst musste ich die Reise aber endlich einmal planen. Die Zugfahrt von Frankfurt an die Nordseemole würde fast einen Tag dauern. Um danach nicht noch zwei Stunden auf einer Fähre verbringen zu müssen, hatte Antje mir den Flug mit einer zweimotorigen Maschine empfohlen, die Touristen vom Festland auf die Insel beförderte.

Im Netz recherchierte ich die sommerlichen Höchsttemperaturen auf Nortrum und stieß auf einundzwanzig Grad. Nicht besonders viel. Aber die raue Natur, die auf den Bildern zu sehen war, gefiel mir. Es gab ein paar steil abfallende Klippen, einen Leuchtturm und Salzwiesen, jede Menge Strand und Watt. Bei meinen Hitzewallungen konnte es mir nur recht sein, wenn es nicht zu heiß wurde. Außer in meinem Roman natürlich. Ach – die Inspiration würde vor Ort schon kommen. Und wenn nicht: Immerhin kannte ich Schriftsteller, die rein nach Bauchgefühl schrieben. Behaupteten sie wenigstens. Angeblich ergaben sich die Wendepunkte in ihren Romanen wie von selbst.

Mein eigenes Leben legte jedenfalls gerade eine Kehrtwende hin.

2

~∽∾∽~

DREI TAGE SPÄTER

Das Großraumabteil im Zug Richtung Nordseeküste war voll besetzt. Die meisten starrten in Bücher oder aufs Smartphone, in den Ohren steckten kabellose Kopfhörer. Vorm Fenster jagte die Landschaft an uns vorbei. Antje und Sven würde ich bei meiner Ankunft knapp verpassen, sie waren schon auf dem Weg zum Hamburger Flughafen. Immerhin hatten wir noch alles Notwendige für meinen Aufenthalt am Telefon besprochen. Mit der Handykamera hatten sie mich durchs Haus geführt.

Ich zog meine Notizen zu mir heran und las mir die einzelnen Punkte noch einmal durch.

- Die Markise über der Terrasse klemmt gelegentlich. Auf keinen Fall mit Gewalt vorgehen. Meist läuft sie am nächsten Tag wieder wie geschmiert.
- Der alte Nachbar heißt Igge Memmert. Jeden Tag ein paar Minuten Zeit für ihn nehmen, dann ist

er zufrieden; laut sprechen, er hört nicht mehr gut; manchmal ist er ein bisschen tüdelig. Zur Not bei Kleinigkeiten unter die Arme greifen.

- Falls er möchte, dass sein Sohn Mark vorbeikommt, versuchen, es ihm auszureden. Dessen Hund ist oberstressig.
- Keine Sorge wegen der Wühlmäuse, die bleiben im Garten. Die Löcher einfach immer wieder zu buddeln.
- Kein Gift!
- Beete pflegen.
- Abgeblühte Rosenblüten abschneiden.
- Ein vollautomatischer Saugroboter saugt jeden Tag eine Stunde das untere Stockwerk. Nicht erschrecken.
- Antjes Fahrrad hat einen Platten. Zur Not Svens Rad benutzen.
- Dachzimmer ist für mich hergerichtet. Blick auf die See!
- Ich darf mich gern an den Resten im Vorratsschrank und der Gefriertruhe bedienen, bis alles aufgebraucht ist.
- Läden für jeglichen Alltagsbedarf gibt es im Inseldorf.
- Süßes Inselcafé: »Letj Dekopot«
- Für den Notfall: Inselarzt Thore Mathiesen
- Passable Friseurin vor Ort: Lotti von *Wächst schon wieder* am Hafen
- Lieferservices aller Art vom Festland möglich

Entschlossen verstaute ich meine Notizen und klappte den Laptop auf. Am besten, ich legte gleich los mit der Arbeit. Vier Wochen waren schnell vorbei.

Während die Landschaft vor dem Fenster weiter an mir vorbeizog und es allmählich grüner und flacher wurde, tippte ich die ersten Stichworte ein, die ich für das Salz in der Suppe eines Sinneslust-Romans hielt. Statt in der Toskana sollte er an der Nordsee spielen – das lag nahe.

Zusätzlich brauchte es unbedingt eine sympathische weibliche Hauptfigur, mit der sich die Leserinnen identifizieren konnten. Und dann fehlte natürlich auch noch ein umwerfender, sexy Mann, der das Blut meiner Protagonistin ordentlich in Wallung bringen würde. Ich hatte mir überlegt, dass beide ruhig etwas älter sein dürften, auch wenn es in dem Roman um Sex und Sinnlichkeit gehen sollte. Wenigstens über vierzig. Reifere Frauen griffen ja auch auf diesem Gebiet auf viel mehr Erfahrung zurück und wussten genau, was sie mochten und was nicht. Zumindest wollte ich vermeiden, dass der Loveinterest meiner Hauptfigur diktierte, wo es im Bett langging.

Nachdenklich klackerte ich auf der Tastatur. Wie sollte der Kerl also aussehen? Vielleicht war es nicht schlecht, wenn auch ich – die Autorin – an ihm Gefallen fand. Doch darüber, wie mein Traummann anmuten sollte, hatte ich ewig nicht nachgedacht. Nach einem Ausschau gehalten erst recht nicht.

Auf jeden Fall sollte er kurzhaarig sein. Damit fiel der Wikingertyp schon mal flach. Außerdem mochte ich braune Haare. Und grüne Augen.

»Und sportlich müsste er sein«, murmelte ich vor mich hin, während ich die Stichworte eingab, »aber kein Bodybuildingtyp. Und er darf gerne Grübchen haben.«

Eine Dame von der benachbarten Sitzgruppe warf mir neugierige Blicke zu. Dass ich ein Buch schreiben wollte, konnte sie ja nicht wissen. Ich zwinkerte ihr zu und schrieb weiter.

In Kassel und Hannover zog sich unser Zwischenhalt in die Länge. Den Anschlusszug in Hamburg verpasste ich knapp. Doch dann war es endlich soweit: Die Nordsee lag vor mir. Es war diesig, das graue Meer ging in den wolkenverhangenen Himmel über. Andere Fahrgäste begaben sich auf den Weg zum Fährschiff. Ich nahm ein Taxi zum Flugplatz.

Das Sportflughafengelände bestand aus einem einzigen niedrigen Gebäude und einer kurzen Start- und Landebahn. Eine zweimotorige Maschine parkte hinter der Schiebetür. Der Anblick verursachte mir ein mulmiges Gefühl. Eigentlich flog ich ja gar nicht so gern.

Außer mir warteten noch fünf andere Fluggäste auf den Start. Alle gut gelaunt.

Okay, Steffi, sprach ich mir zu, *das Ganze ist in einer Viertelstunde vorbei. Einmal in der Luft, wirst du auch schon wieder landen. Nimm es so sportlich wie diese Leute hier.*

Mein Gepäck wurde gewogen. Und dann wurde eingeladen. Ich durfte in die letzte Reihe. Die Handtasche an mich gepresst, hielt ich die Luft an, lauschte den entspannten Unterhaltungen der anderen Fluggäste. Einer zeichnete mit der Handykamera den Start auf. Falls wir abstürzen würden, wäre auch das auf der Speicherkarte. Die armen, zurückgelassenen Verwandten wären live dabei.

Das kleine Flugzeug wackelte und schepperte bei seinem Weg über die Startbahn, schließlich ging es in die Luft. Ich zwang mich, jegliche Gedanken an mögliche Desaster zu verdrängen und schaute aufs Wasser hinunter. Wir überflogen eine Insel. Amrum wahrscheinlich. Und weiter hinten tauchte eine andere auf. Das musste Nortrum sein.

Die Seite zum Meer hin zeigte gelben Strand, die gegenüberliegende dunkles Watt. Ich entdeckte einen Leuchtturm, ein Wäldchen und vereinzelte Häuser. Im Norden lagen saftige Wiesen, es gab grasbewachsene Dünen, dazwischen einzelne Kapitänshäuschen. Ein mehrstöckiges Gebäude in Strandnähe verdarb das Bild ein wenig. Ein Hotel vermutlich.

Im Süden lag der Hafen, dahinter das angrenzende Dorf.

Der Pilot nahm eine Kurve. Auf der Wattseite der Insel malte das Wasser Schlangenlinien in den Schlick. Hübsch sah das aus.

Endlich setzten wir zur Landung an. Die Landebahn kam näher, das Flugzeug rollte aus. Geschafft.

Der Pilot öffnete unsere Tür, schon nahm ich mein Gepäck entgegen.

Neben der Landebahn wartete ein Pferdefuhrwerk. Ich nannte dem Kutscher Antjes Adresse, und während die anderen Fahrgäste zustiegen, tippte ich eine Nachricht an Giulia und Antje, teilte ihnen mit, dass ich gut auf Nortrum angekommen war. Antje und Sven befanden sich bestimmt schon in der Luft Richtung Spanien.

Das Fuhrwerk setzte sich in Bewegung. Ein geteerter Weg führte durch die Dünen, links leuchtete der Sandstrand in der Sonne, die eben zwischen den Wolken hervorlugte. Der frische Wind wehte mir das Haar ins Gesicht, ich hielt es mit beiden Händen zurück. Nachdem wir den Strandweg hinter uns gelassen hatten, zuckelten wir gemächlich auf den Hafen zu. Ich entdeckte den von Antje erwähnten Friseurladen und das Café, erspähte auch einen Minimarkt. Die anderen Fahrgäste stiegen im Ort aus, ich war am Dorfende als Letzte an der Reihe. Das Fuhrwerk kam vor einem Grundstück mit einem weißen, reetgedeckten Doppelhaus zum Stehen. Blaue Fensterläden mit ebenso blauen Fensterbänken und passenden Haustüren rundeten das Bild ab. Die Rosen im Vorgarten blühten. Bezaubernd sah das aus.

Die Eingangstür des rechten Hauses – dem von Antje und Sven – war wie angekündigt unverschlossen. Genau genommen stand sie weit offen. Waren die beiden überhastet aufgebrochen?

Zögernd setzte ich einen Fuß über die Schwelle und rief ein leises »Hallo!«, während ich die Tür hinter mir schloss. Dabei war ja niemand zu erwarten.

Im modern eingerichteten Flur stellte ich mein Gepäck ab und spähte ins Wohnzimmer, in dem sich neben Sofa, Couchtisch und Fernseher auch ein Esstisch befand. Dahinter lagen Terrasse und Garten. So einen grünen Rasen hatte ich lange nicht gesehen. Üppig blühende Rosenstöcke säumten die gepflegten Beete. Vor einem Schuppen stand der blau-weiß gestreifte Strandkorb, den ich schon auf den Bildern bewundert hatte. Sehr hübsch. Ich lugte um die Ecke zur Nachbarterrasse. In einem der Rattansessel saß ein alter Mann. Er hatte die Augen geschlossen. Mit einer Hand hielt er eine Tasse.

Vielleicht hatten Antje und Sven mit dem Nachbarn vereinbart, dass er auf mich warten sollte. Sein schlohweißes Haar und der ebenso weiße Bart ließen mich an einen alten Seebären denken.

Eben schlug er die Augen auf und musterte mich.

»Elfie?«, fragte er. »Was hast du denn da für ne Büx an?«

Verblüfft sah ich an mir hinab. Ich trug eine Jeans, eine weiße Hemdbluse und Turnschuhe. Und wer war Elfie?

Schnell trat ich näher und reichte ihm die Hand. »Stefanie Sonntag«, stellte ich mich vor. »Sie müssen Igge sein. Ich bin die Freundin von Antje und Sven, in den nächsten Wochen werde ich hier das Haus hüten.«

Er betrachtete mich stirnrunzelnd. Dann kratzte er sich am Bart, bis ein Lächeln über sein Gesicht huschte. »Stefanie. Die Schoolfreundin von Antje«, wiederholte er. Umständlich erhob er sich.

»Igge Memmert«, sagte er. »Moin.« Er reichte mir eine zittrige Hand. Die Haut fühlte sich an wie Pergament.

»Waren Sie es, der vorn die Haustür offen gelassen hat?«, fragte ich. »Nicht, dass hier jemand eingebrochen ist …«

Der Mann setzte sich wieder, klemmte die Tasse zwischen die arthroseverformten Finger. »Hier kann die ganze Nacht die Tür offen stehen, da passiert nix. Auf Nortrum schließt keiner Türen ab. Nur'n paar Dösköppe machen sowatt. Und wenn, dann legen sie nen Schlüssel untern Blumenpott direkt daneben.« Er tippte sich an die Stirn.

Ich beschloss, den Seebären ebenfalls zu duzen; das war hier im Norden vermutlich so üblich. »Ich brauche dringend einen Kaffee.« Ich spähte in seine leere Tasse. »Auch noch einen für dich?«

Er legte eine Hand hinters Ohr. »Ha?«

Ach ja. Ich musste lauter sprechen. »Ob du auch noch einen Kaffee möchtest!«

»Joa, aber nich wieder diesen Muckefuck, den du sonst immer brühst«, antwortete er und reichte mir den Becher.

Ich zog die Nase kraus. Der Gute hörte nicht nur schlecht, er verwechselte mich wohl mit jemandem. Vielleicht sah er aber auch nicht mehr so gut.

Antjes und Svens Küche war wohlgeordnet. Sie besaßen eine Kaffeepad-Maschine, mit der konnte nichts schiefgehen. Koffeinfreie Pads fand ich keine, sonst hätte ich die vorsichtshalber für den Alten verwendet. Ich schätzte ihn auf um die Achtzig, da musste man achtgeben. Ersatzweise verdünnte ich seinen Kaffee mit einem Schluck heißen Wassers.

Als ich mit zwei dampfenden Tassen zurück in den Garten trat und hinüber zur nachbarlichen Terrasse lugte, war der Alte verschwunden.

Stattdessen drang Musik aus dem Haus. *Schöne Maid, hast du heut für mich Zeit.*

In mich hineingrinsend stellte ich die Tasse auf dem Tisch ab und ließ mich auf Antjes Terrasse in einem der Stühle nieder. *Heya-heya-ho!*, schallte es.

Wegen der lauten Musik hatte Antje mich gar nicht vorgewarnt. Da würde es mit der Konzentration auf meinen Roman nicht ganz einfach werden. Auch im Zug hatte ich so gut wie nichts zustande gebracht. Bis jetzt wusste ich lediglich, wie der Loveinterest aussehen sollte. Mit seinen dunklen Haaren, den grünen Augen und den Grübchen sah ich ihn regelrecht vor mir.

Genüsslich nippte ich am Kaffee und zog die Strickjacke enger. Frisch war es hier.

Ein anderer Schlager setzte ein. *Rote Lippen soll man küssen.* Immerhin passte die Musik zu meinem Schreibvorhaben. Kopfschüttelnd leerte ich die Tasse und beschloss, mir mein Zimmer anzusehen und den Koffer auszupacken.

Antje hatte nicht übertrieben. Vom in Blau und Weiß gehaltenen Dachzimmer aus hatte man über den Garten hinweg einen wunderschönen Blick zur See. Das Wasser glitzerte im Sonnenschein. Auf dem Sand erkannte ich Strandkörbe und spielende Kinder. Idyllisch.

Meine Freundin hatte das Bett gemacht, auf dem Kissen lag ein Stück Schokolade. Während ich es genießerisch auf der Zunge zergehen ließ, beförderte ich den Kulturbeutel ins benachbarte kleine Duschbad und machte mich frisch.

Als ich aus dem Bad trat, zuckte ich zusammen. Igge Memmert stand vor mir. »Elfie?«

Ich legte den Kopf schräg. »Leider kenne ich keine Elfie. Wer ist das?«

Der alte Mann runzelte wieder die Stirn. »Lass mal den Jungen anrufen«, sagte er und stieg die Treppe hinab. »Der wird sich freuen.« Er war erstaunlich flink. »Komm«, drängte er über seine Schulter hinweg.

»Ich wollte einen kleinen Spaziergang machen«, wandte ich ein. »Könnten wir das vielleicht später erledigen?«

Igge schnalzte mit der Zunge. »Man weiß nie, wie lange die Leitung steht.«

Ergeben folgte ich ihm. Kurz darauf sah ich mich in Igge Memmerts Wohnzimmer um. Die Wand über dem Sofa war übervoll mit gerahmten Gemälden, deren Motiv immer wieder dasselbe zeigte: ein Segelboot. Mal bei Sonnenuntergang, mal bei Sturm, mal im Mondschein. Auf dem Rumpf des Boots prangte der Name *Elfie*.

An der angrenzenden Wand hingen alte Blechschilder. *Baden verboten* oder *Ab 5 Uhr fangfrische Krabben*. Von der Decke baumelte ein Kronleuchter. Auf den Sesseln stapelten sich bestickte Kissen. Die Musik tönte von einem alten Samsung-Plattenspieler.

»Wow«, flüsterte ich.

»Ha?« Igge hielt sich die Hand hinters Ohr.

»Du wolltest deinen Sohn anrufen. Ist das immer so eure Zeit?«

»Nach Zeit kräht in meinem Alter kein Hahn«, erklärte Igge. »Man hat eine Menge davon, aber gleichzeitig vielleicht auch wieder nicht.« Er hob die Schultern. »Welcher Tag ist heute?«

»Samstag.«

»Ha?«

»Samstag!«

»Das ist gut. Manchmal kommt er samstags auf nen Sprung zu mir. Wohnt in Neumünster, der Jung. Aber er war erst letzte Woche hier, mein ich. Hat immer so viel zu tun.« Igge sah sich suchend um.

»Suchst du dein Telefon?«, half ich ihm auf die Sprünge.

Igge ging voraus, ich folgte ihm in die Küche. Benutztes Geschirr stapelte sich auf der Anrichte, auf dem Herd standen mehrere Töpfe. Kochte er etwa noch selbst?

Auf dem Küchentisch lag ein Seniorenhandy mit großen Tasten. Igge zeigte darauf. »Such mal nach Mark. Wir rufen uns immer mit Bild an. Wegen dem Enkeltrick.« Er kicherte.

Zögernd griff ich nach dem Gerät. Das Display entsperrte beim Hochnehmen. Ich startete den Videoaufbau und betrachtete mein Konterfei in der Kamera, strich mir eilig über die strubbeligen Haare.

Das Profil eines dunkelhaarigen Mannes mit Schirmmütze und Sonnenbrille erschien im wackligen Display. Er war irgendwo draußen unterwegs. Umgeben von Bäumen. Im Hintergrund bellte ein Hund.

»Zilli, bei Fuß!«, rief der Mann. Er wandte das Gesicht zur Kamera. »Ups, hallo. Wer –? Ist was mit meinem Vater?«

»Nicht direkt, allerdings –«

Der Mann verschwand vom Display. »Brav. Jetzt leg dich mal hin«, sagte er zärtlich.

Das Gespräch erinnerte mich an Telefonate mit Giulia, als Greta kleiner war.

Die Schirmmütze tauchte wieder auf. Die Gläser der

Sonnenbrille reflektierten das Handydisplay, in dem ich selbst zu sehen war. Eilig erklärte ich ihm, wer ich war, und dass sein Vater ihn sprechen wollte.

Igge Memmert streckte verlangend die Hand nach dem Handy aus, und ich übergab es ihm.

»Zilli!«, rief der Sohn. »Hiergeblieben hab ich gesagt! Willst du etwa wieder an die Leine?«

»Na, wo ist denn mein Teufelsmädchen?«, fiel der Alte in den Singsang seines Sprösslings ein. »Zeig mir die Lütte doch mal, Jung!«

Unschlüssig lauschte ich dem Austausch der beiden über den Hund. Konnte ich wieder gehen?

»Was gibt's, Vadder?«, fragte der Sohn ihn endlich. »Antjes Haussitterin meint, du hättest was zu bekakeln?«

Igge Memmert starrte zu Boden. »Joa. Wenn ich das noch wüsste.«

»Hat Antje denn heute noch mal nach dem Rechten geschaut wie besprochen?«

Der Alte sah sich in der chaotischen Küche um. Dann fiel sein Blick auf mich und hellte sich auf. »Das kann ja jetzt Muddern machen«, sagte er. »Die weiß wenigstens, wo alles hinkommt. Ich such doch sonst nur immer alles.«

»Muddern ist nicht mehr, Vadder, das weißt du doch.«

»Ach so?« Igge runzelte die Stirn. Wieder ging sein Blick zu mir.

So war das also. Antje hatte zwar erwähnt, er sei ein bisschen tüdelig. Aber das war milde ausgedrückt.

Ich legte dem Alten die Hand auf die Schulter. »Dürfte ich deinen Sohn noch mal sprechen, bitte?«

Ohne zu zögern, übergab er mir das Gerät. Schnell entfernte ich mich damit in den Flur. »Hören Sie«, wisperte ich dem Mann mit Sonnenbrille zu, »das ist mir hier nicht geheuer mit Ihrem Vater. Fällt Ihnen eventuell jemand ein, der nach ihm sehen könnte? Ich denke nicht, dass man ihn alleine lassen kann. Es könnte alles Mögliche passieren, und –«

»Entschuldigung, wann sind Sie noch mal gekommen?«

»Vor etwa einer Stunde. Wieso?«

»Na, da können Sie sich doch noch gar kein Urteil erlauben. Er hat seine Momente, aber die meiste Zeit ist er absolut klar. Wahrscheinlich ist er nur verwirrt, weil Antje und Sven weg sind. So ist das manchmal bei Veränderungen. Er wird sich ruckzuck mit der neuen Situation zurechtfinden, Sie werden sehen. Aber wenn es Sie beruhigt, sobald es mein Job erlaubt, düs ich vorbei und mach mir ein Bild von der Lage.«

Ich eilte zurück zur Küche, drehte das Smartphone Richtung Anrichte und gewährte dem Herrn einen Panoramablick über das Chaos. »So ist hier die Lage.«

»Hm, da war Antje wohl doch nicht noch mal bei ihm drüben«, sagte Mark Memmert.

»Das kann gut sein, vor so einer Reise gibt es ja viel vorzubereiten.«

Eigentlich hatte ich Antje bei unserem Dialog über Facebook ja augenzwinkernd versichert, dass ich zur Not auch den Nachbarn pflegen würde. Allerdings musste ihr doch klar sein, dass das ein Scherz gewesen war. Ich suchte nach Worten. »Herr Memmert. Nehmen Sie es mir bitte nicht übel, aber es war von Housesitting bei Antje die Rede, nicht von Nachbarsitting. Es wäre wirklich gut, wenn Sie sich um jemanden hier vor Ort bemühen könnten, der regelmäßig nach Ihrem Vater schaut.«

Der Mann schob die Sonnenbrille zur Nasenspitze und lugte über den Rand der Gläser hinweg. Zwei grüne Augen musterten mich aufmerksam. »Vadder hat recht, Sie sehen meiner Mutter ähnlich. Sie hatte auch rotes Haar und so schöne braune Augen. Aber leider nicht so viele Sommersprossen.«

Ich blinzelte. Machte er mir etwa Komplimente? »Das erklärt einiges«, antwortete ich streng.

»Glauben Sie mir, der fängt sich wieder«, versicherte Igges Sohn. »Und wegen der chaotischen Küche schau ich mal, wen ich vorbeischicken kann.«

Wir tauschten Telefonnummern aus – für alle Fälle – , und dann verabschiedeten wir uns.

»Ist ein Prachtbursche, mein Jung, was?«, fragte Igge, nachdem ich aufgelegt hatte.

Ich zwinkerte ihm zu. »Ganz der Vater, würde ich sagen.«

Während ich wenig später meine Kleidungsstücke in den Schrank im Gästezimmer einräumte, schallten wieder Schlagerklänge zu mir herüber. Das Smartphone in meiner Gesäßtasche vibrierte.

Es war Antje. »Hey, wir sind gerade in Bilbao gelandet!«, rief meine Freundin. »Wie läuft denn alles auf Nortrum?«

Zögernd schaute ich zum Meer. Sollte ich mich etwa gleich bei unserem ersten Telefonat beklagen? Eigentlich lag mir das nicht. Aber es war schon seltsam, dass sie mich wegen des alten Herrn nicht vorgewarnt hatte. Seine heutige Verwirrtheit war gewiss keine Premiere.

»Du«, begann ich stockend, »dass ihr so dringend eine Haussitterin gesucht habt – hatte das auch etwas mit eurem Nachbarn zu tun? Wolltet ihr ihn nicht unbeobachtet lassen?«

Am anderen Ende der Leitung herrschte betretenes Schweigen. »Tja, weißt du.« Antje suchte offenbar nach Worten. »Eigentlich sollte Igge zur Abwechslung mal bei uns nach dem Rechten sehen. Aber in den letzten Tagen hat er plötzlich immer wieder mal Sperenzchen gemacht, nicht mehr so richtig für sich gesorgt. Nun wussten wir nicht, ob das nur eine Eintagsfliege bleibt oder sich fortsetzt. Da hielten wir es für das Beste, es ist jemand da. Tut mir leid, falls wir das unterschätzt haben. Ich werde Mark anrufen und ihn bitten, dass er sich um Hilfe bemüht, okay? Vielleicht kann er einen privaten Haushaltsdienst engagieren.«

In wenigen Worten umriss ich ihr, dass Igges Sohn bereits Bescheid wusste.

Antje war die Erleichterung anzuhören. »Tu mir bitte nur einen Gefallen«, fuhr sie in flehendem Tonfall fort, »schau, dass er möglichst fern bleibt. Wenn er mit seiner Zilli kommt, ist das Chaos perfekt.«

Das hatte sie ja schon erwähnt. Dass die Problematik so rasch aktuell werden könnte, hatte ich ja nicht ahnen können. Ich straffte mich. Na gut. Vielleicht klappte es ja doch mit Igge Memmert und mir, wenn er sich an die Veränderung gewöhnt hatte. Abgesehen davon war ich immerhin von zu Hause fort und entging damit der Begegnung mit Jochen und Mareike Adam. Das war doch auch schon mal was.

Nachdem ich mich von Antje verabschiedet hatte, steckte ich das Handy zurück in meine Gesäßtasche und packte weiter den Koffer aus. Schließlich trug ich den Laptop vor mir her, die Treppe hinunter. Im Flur stieß ich mit dem Fuß gegen ein Hindernis. Taumelnd geriet ich ins Stolpern, machte einen Satz nach vorn und rempelte mit der Schulter an die Wand. Krampfhaft darauf bedacht, nur den Laptop fest im Griff zu behalten, ging ich zeitlupenartig in die Knie. Uff.

»Verdammt.« Autsch. Das tat weh. Vorsichtig stellte ich

den Computer neben mir ab und wandte den Kopf nach dem brummenden Geräusch hinter mir. Ein flaches, rundes Ding kam auf mich zu. Was –?

Der Saugroboter.

Meine Güte. Das Teil war gemeingefährlich!

Mein Handy in der Hosentasche vibrierte.

»Hallo?«

»Mark Memmert noch mal«, meldete sich der Sohn des Nachbarn. »Sorry, dass ich Sie schon wieder belästige.«

»Schon gut.« Ich biss die Zähne zusammen. »Kommt jemand zum Aufräumen bei Ihrem Vater vorbei?«

»Zilli, lass den Schuh in Ruhe! Nein, hierher! Leider nicht. Mein alter Herr hat es sich wohl mit seiner manchmal etwas schroffen Art bei vielen im Dorf verscherzt. Nun wäre die Frage, ob vielleicht Sie …«

»Bevor Sie weiterreden, Herr Memmert – das ist keine gute Idee. Ich bin nicht zum Vergnügen hier, im Gegenteil, ich bin zum Arbeiten hergekommen. Es gibt da ein Projekt, das ich innerhalb kürzester Zeit fertigstellen muss. Sie müssen sich da wirklich an jemand anderen wenden. Das Aufräumen bekommt er ja vielleicht noch hin, aber wie gesagt, er macht nicht den Eindruck, als könnte man ihn auf sich allein gestellt lassen. Er wirkt … wirr.«

»Was, wenn ich Ihnen etwas dafür bezahle, dass Sie ab und zu nach ihm sehen? Nennen Sie mir Ihren Preis.«

Nachdem ich Giulia für Gretas Betreuung einen Korb gegeben hatte, würde ich wohl kaum Antjes Nachbarn versorgen. Auch nicht gegen Geld. Das wäre ja noch schöner.

Entschlossen holte ich Luft. »Es tut mir wirklich außerordentlich leid. Aber ich kann Ihnen nicht helfen.« Mit diesen Worten legte ich auf.

Den Saugroboter verbannte ich auf die Ladestation im

Wohnzimmer und schaltete den Timer ab. Das Ding war ab sofort nur noch in Betrieb, solange ich nicht Gefahr lief, noch mal darüber zu stolpern.

Mit dem Laptop zog ich mich auf Antjes Sofa zurück und starrte auf den weißen Bildschirm, bis meine Augen tränten.

Vielleicht sollte ich mich nicht gleich am ersten Tag übernehmen. Immerhin hatte ich eine anstrengende Anreise hinter mir. Draußen dämmerte es bereits, und im Nachbarhaus war alles merkwürdig still. Ich sah doch noch einmal nach Igge. Und fand den alten Mann schlafend im Fernsehsessel vor einer Schlagershow vor, deren Ton auf lautlos gestellt war.

In seiner Küche verstaute ich das Geschirr in der Spülmaschine, schaffte Ordnung und wischte die Ablagen. Als ich ging, schlummerte Igge noch immer im Sessel.

Zurück bei Antje fischte ich eine Pizza aus der Tiefkühltruhe, schob sie in den Ofen und verspeiste sie vorm Fernseher. Ich legte mich früh zu Bett und schlief sofort ein.

Nach dem Frühstück am nächsten Morgen machte ich mich zu einem Spaziergang auf, um mir einen groben Überblick über die Insel zu verschaffen. Für das Romansetting wollte ich so viele Eindrücke vom Dorf und von der Landschaft sammeln wie möglich. Allein die Geräuschkulisse war neu für mich. Da war einmal der Wind, der anders klang, weil er das Rauschen des Meeres mit sich trug. Dann schallte das Geklapper der Pferdefuhrwerke, die sogar den Müll abholten, durch die Straßen. Lastenfahrräder rumpelten übers Pflaster, Möwen kreischten. Und vom Hafen erklang das Signal der Fähre.

Hinter dem Doppelhaus begann der Dünenweg, der laut Ausschilderung zu den Salzwiesen, zum Leuchtturm und zu den Klippen führte, über die ich im Internet gelesen hatte. Alle Sehenswürdigkeiten hätte ich an dem einen Tag nicht geschafft, dafür waren die Entfernungsangaben zu weit, und so begnügte ich mich fürs Erste mit dem kilometerlangen Strand hinter den Dünen, in denen auch ein Campingplatz lag. Auf meinem Weg stoben die Wolken über den Himmel wie flache Schiffe. Das Dünengras bog sich in der Brise. Ich schloss die Augen und lauschte dem Rauschen des Windes und der See. Mit der Handykamera fotografierte ich die ans Ufer schwappenden Wellen, nahm die Schaumkronen ins Visier, knipste Strandläufer auf der Suche nach Beute. Und Möwen, die sich gegenseitig den Fisch abjagten. Sonnensuchende belagerten die auf dem feinen Sand verteilten Strandkörbe, die den Wind abhielten.

Weiter hinten gelangte ich zu einem Aussichtspunkt, von dem aus ich zusammen mit anderen Besuchern den Blick über die Salzwiesen genoss. Hier und da entdeckte ich hinter den Dünen und Deichen hübsche Reethäuser. Anschließend machte ich kehrt. Glücklich darüber, wie schön ich es hier angetroffen hatte.

Bei meiner Rückkehr fand ich Igge Memmert im Garten vor. Er kämpfte im Strandkorb mit einer Zeitung. Brabbelte Flüche vor sich hin. Ich verkniff es mir, ihn anzusprechen, fürchtete mich davor, dass er mich wieder für seine Elfie halten könnte. Stattdessen zog ich mich ins Dachzimmer zurück, schob den Tisch vor die Fensterfront, von der aus ich einen Blick über den Garten hinweg bis zur See hatte – besser ging es gar nicht.

Und ich begann erste Notizen zu schreiben. Zunächst umriss ich die Geschichte um eine frischgeschiedene Frau Mitte vierzig – Julia Hansen, die sich auf einer Nordseeinsel einen beruflichen Neuanfang erhoffte. Sie sollte dort die

Redaktion der örtlichen Zeitung übernehmen. Und stieß auf allerlei Widerstände bei den Dorfbewohnern, insbesondere bei einem gewissen Tamme Friedrichsen, der den Job eigentlich gern für sich gehabt hätte. Zwar sollte es in der Geschichte vornehmlich um das sich zwischen den beiden entwickelnde Prickeln, um Sinnlichkeit, gehen, doch damit war erst einmal ein Rahmen geschaffen. Zufrieden fasste ich das Ganze in einem Exposé zusammen und schickte es an Nadja.

Von meinem Fensterplatz aus beobachtete ich, wie Igge Memmert noch immer mit der Zeitung kämpfte, sich schließlich aus dem Strandkorb schälte und vor sich hin murmelnd ins Haus ging. Drauf gefasst, dass gleich wieder die Schlagerparade einsetzen würde, legte ich den Kopf schräg, doch kein Geräusch drang herüber. Vielleicht hatte sein Sohn recht und der Alte hatte sich gestern wirklich nur schwer mit der Veränderung getan, die Antjes Abreise und meine Ankunft mit sich gebracht hatten.

Ich hoffte es. Lächelnd wandte ich mich dem Manuskript zu.

Die nächsten Tage blieb alles ruhig. Nachdem eine Nachricht von Nadja eingetroffen war, in der sie mein grob skizziertes Exposé abnickte und grünes Licht für den Roman gab, überarbeitete ich vormittags, was ich tags zuvor zu Papier gebracht hatte, nachmittags setzte ich meine Erkundungstouren über die Insel fort. Ich unternahm einen Abstecher zum Surferstrand, entdeckte einen der von Antje erwähnten langhaarigen Wikingertypen, hielt an einem Abend den Sonnenuntergang fest und fotografierte am anderen ein Lagerfeuer am Meeresufer.

Im Dorf kehrte ich zweimal in den von Antje empfohlenen Laden »Letj Dekopot« ein, knipste unauffällig Besucher beim Waffelessen. Auch lachende Kinder und schlecht gelaunte Teenager wanderten in mein Portfolio – dem Füllhorn, aus dem ich Ideen für den Roman zu schöpfen hoffte. In einem Klamottenlädchen erstand ich ein grünes Tuch mit pinkfarbenen Sternen, das ich mir gegen den stetigen Wind ins Haar band. Und zwischendurch schrieb ich alles nieder, was mir für die Geschichte in den Kopf schoss.

Zweimal fragte ich Igge, ob er etwas aus dem Dorf benötigte, doch er lehnte jedes Mal ab. Einmal sah ich ihn im Café sitzen, vor sich einen Teller Suppe. Seine Lippen bewegten sich, als rede er wieder mit sich selbst. Sicherheitshalber warf ich beim Nachhausekommen einen Blick in sein Haus, um sicherzugehen, dass – im wahrsten Sinne des Wortes – nichts anbrannte.

Doch es war alles in Ordnung. Das Geschirr war gespült, der Herd abgeschaltet.

Zwar hatte ich erwartet, dass Antje oder Mark Memmert sich in diesen ersten Tagen bei mir melden würden, doch das taten sie nicht. Antje und ihr Mann mochten auf dem Jakobsweg keinen guten Empfang haben – aber der Sohn? Immerhin hatte unser letztes Telefonat unschön geendet. Ich hatte ihm gesagt, ich könne ihm nicht helfen. Offenbar hatte er beschlossen, mich zu ignorieren. Vielleicht dachte er aber auch, solange er nichts mehr von mir hörte, sei mit seinem Vater alles okay. Und das war es ja auch.

Bis zum Donnerstag zumindest.

4

In der Nacht setzte Regen ein, der im Nu die Wege vorm Haus in eine Pfützenlandschaft verwandelte. Am Morgen beobachtete ich die auf den Terrassenfliesen zerberstenden schweren Tropfen, die bis an die Fensterscheiben spritzten. Der Himmel sah nicht danach aus, als ob sich das Wetter heute noch ändern würde.

Ich beschloss, meine Tochter anzurufen, von der ich seit meiner Ankunft nichts mehr gehört hatte. Das war ungewöhnlich, aber gleichzeitig war ich ihr dankbar, dass sie mir diese ersten Tage hier Zeit gegeben hatte, mich einzugewöhnen.

Als Greta sich mit einem »Hallo, Omi«, meldete, ging mir das Herz auf. Bei meinen Einkäufen im Dorfmarkt hatte ich ein Regal mit Spielzeug entdeckt. Sie hatten sogar ein paar Püppchen und Puppenkleider im Angebot – da hatte ich sie furchtbar vermisst.

»Na, meine Kleine«, grüßte ich zärtlich, »wie geht es dir?«

»Gut!«

»Und der Mama?«

»Die hat Bauchweh. Sie muss dauernd ganz schlimm weinen.«

»Was?«, murmelte ich erschrocken. »Gibst du sie mir mal bitte?«

»Hallo, Mama.« Die Stimme meiner Tochter klang belegt.

»Was ist denn los?«, fragte ich besorgt.

Sie schniefte. »Ich kann jetzt nicht gut sprechen. Greta bekommt doch alles mit.«

»Geh doch bitte kurz in ein anderes Zimmer. Ich will sofort wissen, was los ist.«

Ich hörte, wie sie Greta Bescheid gab, dann klappte eine Tür ins Schloss.

»Weinst du wegen Flori?«, fragte ich.

»Wegen wem denn sonst? Seitdem der Kindergarten zu hat, gehen wir uns nur noch auf die Nerven. Ich glaube, er liebt mich gar nicht mehr. Er bringt immer so kleine Spitzen, weißt du? Fragt mich, ob meine Hose eingelaufen ist, die hätte auch schon mal lockerer gesessen. Solche Sachen.« Ihre Stimme kippte. »Er hat leicht reden, immerhin hat er kein Kind ausgetragen. Den Bauch bekomme ich nie wieder weg!«

»Welchen Bauch denn? Lass dir nichts einreden. Du hast eine ganz wunderbare Figur, Schatz. Und selbst wenn es stimmen würde, hätte er kein Recht dazu, solche Bemerkungen zu machen!«

Das hatte heftiger geklungen als beabsichtigt. Viel eher hatte es mich daran erinnert, dass auch ihr Vater gern solche kleinen Spitzen gebracht hatte. Damit ich mich klein fühlen und »nicht wundern« sollte, dass er sich anderweitig umsah.

»Na ja, ganz so drastisch hat er es vielleicht nicht gesagt«, murmelte Giulia. »Aber die Message kommt trotzdem rüber, verstehst du? Ich halte es hier wirklich bald nicht mehr aus«, klagte sie weiter. »Irgendwann gibt das hier Mord und Totschlag. Ich merke doch, dass es ihm stinkt, dass ich dauernd daheim bin. Ich will nur noch hier weg!«

»Soll ich mal mit Flori reden?«, bot ich an. Dabei wusste ich gar nicht, was ich ihm sagen sollte. Es war eine vertrackte Situation. Immerhin war er nicht Gretas Vater, und trotzdem war sie in seinem Leben. Vielleicht half ja ein Vermittlungsversuch. Doch Giulia wollte davon nichts wissen. »Er wird auch bei dir abstreiten, dass ihm irgendwas nicht passt. Wahrscheinlich geht es ums Geld. Ich meine – im Grunde hält er uns aus. Das bisschen, das ich im Café verdiene, reicht nicht für Greta und mich. Aber womit soll ich genug Geld verdienen, wenn ich mich gleichzeitig um Gretchen kümmern muss? Ich hasse das!«

»Du könntest für eine Weile mit ihr in meiner Wohnung unterkommen, solange ich weg bin«, bot ich ihr an. »Dann habt ihr erst mal ein bisschen Abstand, Flori und du. Und könnt euch in Ruhe über eure Gefühle klar werden. Meine Nachbarin von gegenüber hat einen Schlüssel, weil sie sich um die Blumen und meine Post kümmert. Ich würde ihr Bescheid geben. Was meinst du?«

»In deine Wohnung?« Giulia schnäuzte sich die Nase. »Okay. Klingt gut.« Ein Lächeln stahl sich in ihre Stimme. »Ach, dann wär ich ja doch irgendwie in deiner Nähe.«

Wie gern hätte ich sie jetzt umarmt. Die Sehnsucht nach einer Mutter, die alles regelte, wenn es hart auf hart kam, hörte wohl nie auf. Als es damals mit Paolo und mir in die Brüche ging, wäre ich auch am liebsten wieder bei meinen Eltern eingezogen. Zum Glück hatten die aber davon nichts wissen wollen. Irgendwann musste man eben auf eigenen Füßen stehen, selbst wenn es schmerzte. Dennoch tat mir Giulia leid. Kinder machten einen verletzlich, besonders, wenn sie noch klein waren.

»Glaub mir, das wird schon wieder«, tröstete ich. »Wenn du erst mal für ein paar Tage mit Gretchen fort bist, wird er dich anflehen, wieder zurückzukommen.«

Meine Tochter seufzte. »Schön wär's. Aber hier mal rauszukommen, wird mir wirklich guttun. Danke, Mama. Jetzt packe ich erst mal eine Tasche und mache mich auf den Weg. Hoffen wir, dass er es überhaupt mitbekommt.«

Nachdem ich aufgelegt hatte, schickte ich meiner Nachbarin eine SMS. Dann brühte ich mir eine Tasse Kaffee und hieb in der Küche so lange auf die Tasten des Laptops ein, bis mein Magen Hunger vermeldete.

Die paar Vorräte von Antje und die Kleinigkeiten, die ich bisher eingekauft hatte, gingen zur Neige. Es reichte gerade für eine Scheibe Toast mit Marmelade. Draußen hatte es inzwischen ein wenig aufgeklart, es nieselte nur noch. Zeit für einen Spaziergang ins Dorf.

Der Wind wehte heute besonders stark, ich band mir das Sternchentuch ins Haar, stellte den Kragen meiner Jacke auf und packte einen Schirm ein. Bevor ich mich auf den Weg begab, klopfte ich bei Igge an, um ihn zu fragen, ob er etwas benötigte.

Die Tür war wie immer unverschlossen. Aus dem Wohnzimmer erklang ein Schlager, den ich nicht kannte.

»Igge?«, rief ich ins Haus.

Keine Antwort.

Ich fand ihn in seinem Pyjama im Wohnzimmersessel. Die Jacke war falsch geknöpft.

»Na, alles klar?«, fragte ich über die Musik hinweg. Sie

kam von dem alten Plattenspieler. Ich drehte die Lautstärke herunter.

»Elfie«, nuschelte er. »Was trägst du denn da schon wieder für ein quietschbuntes Tuch im Haar?«

»Ach Igge«, seufzte ich, »Ich bin's doch, Stefanie. Brauchst du was aus dem Dorf?«

»Zigaretten«, antwortete er prompt.

»Ich wusste gar nicht, dass du rauchst.«

»Doch, immer schon.«

Seit ich hier war, hatte er noch nicht geraucht. »Ich bring dir welche mit«, versprach ich dennoch. »Ziehst du dich um, bis ich wiederkomme?«

Er blickte an sich hinab. »Wat mutt, dat mutt.«

Ich warf ihm einen Kussmund zu und begab mich verzagt auf den Weg ins Dorf. Hoffentlich war diese wirre Phase so schnell wieder vorbei wie beim letzten Mal. Ganz geheuer war mir das nicht.

Unterwegs begann es abermals zu regnen. Vorm Supermarkt schüttelte ich den Schirm aus und hastete durch die Gänge, packte ein paar Grundnahrungsmittel ein, mit denen ich die nächsten Tage über die Runden kommen würde. Falls nötig, würde ich für Igge mitkochen. In diesem Zustand ließ ich ihn lieber nicht an den Herd. Oder auch nur allein. Ich musste unbedingt seinem Sohn wegen einer Betreuung für ihn Dampf machen. Dass der sich nicht mehr gemeldet hatte, war ein Unding.

Als ich aus dem Laden trat, regnete es noch immer. Um nicht vollkommen durchnässt zu werden, legte ich in der Gasse am Hafen im »Letj Dekopot« für einen Latte macchiato eine Pause ein, nahm an einem der Tische in der rechten Seite des Lokals Platz. Gegenüber befand sich das Areal mit den für eine Insel typischen Dekoartikeln.

»Das wird heut nix mehr«, sagte die blonde Bedienung mit Blick aus dem Fenster, als sie meine Bestellung entgegennahm. Hinter dem Tresen saß ein kleiner Junge, den ich auf Gretas Alter schätzte. Er kritzelte auf einem Tabletcomputer herum. Greta malte in Malbüchern. Nachdenklich betrachtete ich ihn. Ob es auf dieser Insel auch einen Kindergarten gab? Vielleicht sogar eine Schule? Bestimmt war es so. Bei meinen Rundgängen hatte ich nur noch nicht darauf geachtet.

Ich straffte mich, wollte meine Lieben doch eigentlich gar nicht vermissen.

Bald verabschiedete ich mich und trat den Rückweg an, spannte wieder den Regenschirm auf, nahm große Schritte über die Pfützen hinweg.

Im Ginsterweg fand ich Antjes Haustür weit geöffnet vor. Mist. Ich hatte sie hinter mir zugemacht. Garantiert. Seufzend trat ich ein.

»Igge?« Eilig schlüpfte ich aus Schuhen und Jacke und spähte in die Küche. Kein Nachbar zu sehen. Aber mein Laptop fehlte. Hatte ich den nicht auf dem Tisch stehen lassen? Ein mulmiges Gefühl überkam mich. Vielleicht gab es doch Einbrecher auf Nortrum. Und ich hatte nicht abgesperrt!

»Herr Memmert?«, rief ich, lauter diesmal, fand ihn auch nicht im Wohnzimmer. Dafür war die Terrassentür weit offen. Ich traute meinen Augen nicht. Auf dem regennassen Terrassentisch stand mein Rechner – geöffnet.

In einem Satz war ich draußen, zog ihn entsetzt zu mir heran, schüttelte das Wasser ab, doch zwischen den Tasten hielt es sich hartnäckig. Eine Welle der Übelkeit schwappte über mich hinweg. Was, wenn das Ding hinüber war? »Igge!«, rief ich.

Ich hastete zurück ins Haus, trocknete das Gerät notdürftig mit Küchenkrepp, fuhr in jede einzelne Ritze, um die Flüssigkeit aufzusaugen, föhnte ihn trocken.

Mit zittrigen Fingern betätigte ich den Anschalter.

Nichts geschah. Abermals drückte ich darauf, länger diesmal – doch der Rechner blieb tot.

Meine Kehle wurde eng, ich legte den Kopf in die Hände, blinzelte gegen die Tränen an. Das durfte nicht wahr sein. Wie viel hatte ich geschrieben? Dreißig Seiten mindestens.

Fluchend tauschte ich die nassen Socken gegen trockene ein, schlüpfte zurück in die Schuhe. Zwang mich zur Ruhe. Es nützte jetzt auch nichts, wenn ich wie eine Rachegöttin nach drüben rauschte und den Alten zur Rede stellte.

Draußen stahl sich die Sonne zwischen den Wolken hervor, es tröpfelte nur noch.

»Igge?«, rief ich beim Eintreten in die benachbarte Doppelhaushälfte. Wieder einmal erntete ich nur Stille. Keine Schlager zu hören. Keine Selbstgespräche. Suchend spähte ich in jeden Raum im Erdgeschoss und versuchte dann auch unter dem Dach und abermals im Garten mein Glück. Er war nicht hier. Nur sein Handy lag auf dem Küchentisch.

Neben aller Wut übermannte mich die Sorge um ihn. Wohin mochte er sich aufgemacht haben, nachdem er den Rechner – warum auch immer – im Regen abgestellt hatte? War er noch im Pyjama? Hatte er sich auf die Suche nach seiner Elfie begeben?

Hektisch wählte ich per Facetime Mark Memmert an. Der Mann sollte mir meinen Ärger ruhig nicht nur anhören, sondern auch ansehen. Er nahm ab, die Videoverbindung baute sich auf.

Hoppla. Igges Sohn schien eben aus der Dusche geklettert zu sein. Sein nasses Haar kringelte sich hinter den Ohren, über seinen Schultern hing ein Badetuch, als wäre er gerade dabei gewesen, sich abzutrocknen. Das Handtuch gab den Blick auf eine behaarte Brust frei. Er strubbelte sich mit einer Hand durchs Haar, sein Bizeps spannte sich an. »Hallo«, grüßte er gut gelaunt. »Wie läuft alles auf Nortrum?«

Wie läuft alles? Das klang ja ganz so, als hätten wir die Vereinbarung getroffen, dass ich hier nach dem Rechten sehen würde. Das hatten wir definitiv *nicht*. Und was sollte überhaupt dieses Strahlegesicht? Hielt er sich für unwiderstehlich?

»Ihr Vater ist irgendwo da draußen im Schlafanzug unterwegs, das läuft hier«, blaffte ich. »Und wenn Sie sich nicht augenblicklich auf den Weg hierher begeben und sich seiner annehmen, verständige ich die Polizei.« So. Manchmal musste man Tacheles reden.

Mark Memmerts Kinn fiel. Endlich stellte er das Haarerubbeln ein. »Im Schlafanzug? Sind Sie sicher?«

»Ziemlich, ja! Und sein Handy liegt hier, anrufen kann man ihn also nicht.«

»Wann haben Sie ihn denn zuletzt gesehen?«

»Vorhin, bevor ich zum Einkaufen ging. Da hielt er mich wieder für Ihre Mutter. Und während ich weg war, hat er meinen Laptop aus Antjes Küche nach draußen in den Regen gestellt, und dann ist er anscheinend auf und davon.« Ich schob das Kinn vor. »Und – by the way – die Nässe hat meinen Laptop geschrottet. Das Ding geht nicht mehr an. Heißt: Die ganze Arbeit der letzten Tage ist ruiniert!« Meine Stimme kippte unangenehm, als wäre ich kurz davor gewesen, in Tränen auszubrechen. Und das war ich auch.

Mark Memmert bemerkte offenbar nichts von meiner

Verzweiflung. Oder sie ließ ihn kalt. »Wie ist denn jetzt gerade das Wetter?«, wollte er stattdessen wissen.

Der Kerl hatte anscheinend ähnliche Aussetzer wie sein alter Herr. »Sie können sicher sein, dass ich nicht mit Ihnen übers Wetter sprechen will«, rief ich. »Ihr Vater gehört unter Aufsicht!«

»Unsinn, gehört er nicht. Falls die Sonne scheint, wüsste ich, wo er sich herumtreibt.«

»Nämlich?«

»Kennen Sie sich schon ein bisschen auf der Insel aus?«

»Nicht besonders. Ich bin erst vor vier Tagen angekommen und bin seither die meiste Zeit mit Ihrem –«

»Jetzt reiten Sie doch nicht andauernd darauf herum. Ich versuche Ihnen mitzuteilen, dass Ihre Sorge vollkommen unbegründet ist. Unsere Insel ist sicher. Es fahren keine Autos, und baden geht mein Vater schon lange nicht mehr. Es kann nichts geschehen – außer oben bei den Klippen, da könnte er sich bei einem Sturz verletzen, aber dorthin verirrt er sich nie, das ist ihm viel zu weit.«

»Nun erklären Sie mir doch bitte nicht, wo er nicht sein könnte, sondern wo ich ihn *finden* kann.« Fast hätte ich geknurrt.

»Gehen Sie doch bitte mal in den Flur«, ignorierte er abermals meine Worte. »Hängt dort ein Fernglas an der Wand?«

Eilig sah ich nach. »Nein.«

»Dachte ich es mir doch.«

Vielleicht war Igge Memmert ein Hobby-Ornithologe, oder er beobachtete Kegelrobben, die es hier angeblich gab. »Das heißt?«, fragte ich ungeduldig.

»Das heißt, er findet den Weg schon wieder allein zurück. Wenn er genug gesehen hat, kehrt er um.«

»Und wenn er wirklich im Pyjama unterwegs ist? Dann ruft jemand anderes die Polizei!«, wandte ich ein.

Auf Mark Memmerts Wangen bildeten sich Grübchen. »Wäre nicht das erste Mal.«

»Wie bitte?«

Sein Lachen klang tief und kehlig. »Okay, wenn es Ihnen nichts ausmacht, suchen Sie ihn eben. Es gibt da eine Bank auf dem Dünenweg hinterm Haus. Kurz vorm alten Aussichtspunkt zu den Salzwiesen. Dort werden Sie ihn finden.«

»Das will ich hoffen! Und wann kommen Sie mal vorbei?« Auch wenn Antje dagegen war – darauf konnte hier nun wirklich niemand mehr Rücksicht nehmen.

»Übermorgen müsste es klappen. Halten Sie solange noch durch? Vorher schaffe ich es leider nicht. Ich ersaufe in Arbeit.«

»Aber ich auch, verstehen Sie?«, machte ich meinem Ärger abermals Luft. »Dank Ihrem Vater ist mein Rechner kaputt! Ich weiß gar nicht, wo ich hier Ersatz beschaffen soll. Und die ganze Arbeit der letzten Tage – weg! Ich hatte so gute Ideen!«

»Ich hoffe, Sie speichern alles in einer Cloud?«

Musste er mich das jetzt fragen? Eine Hitzewelle schwappte über mich hinweg. »Nein«, presste ich peinlich berührt hervor. Ich war so happy gewesen, im Flow zu sein!

»Das ist aber das Einmaleins beim –«

»Ihre klugen Sprüche können Sie sich wirklich sparen«, schimpfte ich. Ich wusste selbst am allerbesten, dass ich einen Fehler gemacht hatte. Dasselbe predigte ich doch mantramäßig meinen Autorinnen. Eine hatte mal bei einer sieben-stündigen Zugfahrt drei Kapitel geschrieben – ihrer Meinung nach die besten ihres Lebens – alles weg! Weil sie bei ›Änderungen speichern?‹ aus Versehen auf ›Nein‹ gedrückt hatte. Man konnte nicht genug auf der Hut sein.

»Hören Sie, es tut mir wirklich leid.« Immerhin klang Igges Sohn nun ehrlich betroffen. »Ich habe noch einen Rechner übrig, den kann ich mitbringen. Und Ihren schaue ich mir dann genau an. Vielleicht ist ja noch was zu retten. Können Sie sich bis dahin mit Papier und Stift aushelfen?«

Ich gackerte hilflos. Er machte mir wirklich Spaß. Papier und Stift!

Mark Memmert zog das Handtuch von den Schultern und gewährte mir volle Sicht auf seinen behaarten Oberkörper. »Alles wird gut«, versprach er nun und fuhr damit fort, sich abzutrocknen.

Mein Blick hing an ihm fest, ich folgte kaum seinen Worten. Brustbehaarung fand ich ja außerordentlich attraktiv. Zu viel durfte es allerdings auch nicht sein. Der Bewuchs sollte sich vor allem auf die Vorderseite beschränken. Bei ihm sah es perfekt aus. Den Loveinterest in meiner Geschichte würde ich genau mit diesem Maß ausstatten.

»Also gut, Herr Memmert«, krächzte ich. »Dann begebe ich mich mal auf die Suche nach Ihrem Vater. Und wir lernen uns hoffentlich am Samstag persönlich kennen.«

Das hatte zweideutiger geklungen als beabsichtigt. Er kam ja nicht meinetwegen. Sondern wegen Igge. Wieder übermannte mich eine Hitzewelle.

Ich straffte die Schultern. Bis zum Wochenende waren es nur noch zwei Tage. Das war doch ein Klacks. Wenn ich Igge unbeschadet an besagter Stelle fand, würde bis zu Mark Memmerts Besuch hoffentlich nicht mehr allzu viel geschehen.

Am Strand tummelten sich nach dem Regen schon wieder erstaunlich viele Badende. Ich hielt einen Moment inne und genoss den Anblick der unbeschwerten Urlauber. Während Kinder in sicherem Abstand zur Wasserlinie Sandburgen bauten, reckten Eltern in Strandkörben das Gesicht in die Sonne. Andere spielten etwas oder lasen.

Jetzt, wo mein Rechner lahmgelegt war, konnte ich eigentlich auch ein bisschen Urlaub machen. Schon viel zu lange hatte ich mir keinen gegönnt. Bis Igges Sohn mit einem Ersatzlaptop anrückte oder er meinen reparierte, war ich ohnehin arbeitslos. Unter anderem würde ich im Garten ein bisschen Unkraut zupfen und welke Blüten abschneiden, dabei konnte ich die Geschichte gedanklich weiterspinnen. Und endlich festlegen, wie mein Loveinterest eigentlich genau aussah. Abgesehen von der behaarten Brust. Vor meinem geistigen Auge tauchte unweigerlich wieder Mark Memmert mit den sich hinter den Ohren kringelnden Löckchen auf. Grüne Augen besaß er außerdem. Und Grübchen. Lustig. Hatte ich nicht auf der Hinfahrt mit dem Zug genau so meinen Traummann skizziert?

Versonnen sah ich in die Ferne. Formulierte gedanklich eine Szene.

Julia betrachtete Tamme aus dem Augenwinkel. So sehr sie sich auch über ihn ärgerte – er sah nicht übel aus. Zwei Knöpfe seines Oberhemds waren geöffnet und gaben den Blick auf golden schimmerndes Brusthaar frei. Sie stellte sich vor, wie sie ihm mit der Hand darüber fuhr ... Der Duft seines herben Aftershaves wehte mit der Meeresbrise zu ihr hinüber, und ihr entfuhr unversehens ein sehnsüchtiges Seufzen ... Wenn er ihr genau jetzt einen Blick aus seinen grünen Augen schenken würde ...

Ich kicherte. Nun ja. So ungefähr jedenfalls.

Plötzlich fiel mir ein, weswegen ich eigentlich hierher gekommen war.

Ich spähte in Richtung Aussichtspunkt, mein Blick glitt über die Bänke, die den Weg dorthin in regelmäßigem Abstand säumten. Die meisten waren belegt. Eilig setzte ich mich wieder in Bewegung. Behielt die hinterste Bank im Auge, auf der ich Igge zu erkennen glaubte. Er war es tatsächlich. Gott sei Dank trug er Alltagskleidung und nicht mehr den Schlafanzug. Er saß kerzengerade und spähte unverwandt durchs Fernglas zum Wasser.

Ich wandte den Kopf in seine Blickrichtung und hielt mir die Hand vor den Mund. Da waren weder Vögel noch Robben zu sehen. Sondern Nackte. Zwar war ohne Feldstecher nicht viel zu erkennen. Doch dass auch knackige Frauen darunter waren, konnte ich mir denken.

Ein FKK-Bereich? Hier auf Nortrum? Wer hätte das gedacht?

In mich hineingrinsend machte ich kehrt. Bei jedem anderen hätte ich bestimmt etwas gesagt. Hätte gefragt, ob er gar keinen Anstand besäße. Denn eigentlich ging das natürlich gar nicht. Aber bei Igge? Der alte Mann war ja kein Lustmolch. Vielleicht rief er sich einfach nur seine Jugend zurück, träumte davon, wie er selbst als junger Kerl nackt in der Sonne gebadet hatte. Möglicherweise war er ein Hingucker gewesen wie sein Sohn. Ich würde ihm seinen Spaß lassen. Allzu viel hatte er ja nicht mehr im Leben.

Ich übrigens auch nicht, dachte ich verdrossen. Und das lag nicht nur an dem geschrotteten Laptop. Die letzten Tage hatte ich nahezu jeden Gedanken an meine neuen Arbeitgeber verdrängt. Doch irgendwann musste ich der Sache ins Auge sehen. Bis dahin sollte wenigstens meine Protagonistin

Julia auf ihre Kosten kommen. Den eigenen Badetag würde ich noch einmal verschieben.

Bei Antje kramte ich ein zerfleddertes Notizbuch aus der Küchenschublade und zog mich damit in den Strandkorb im Garten zurück. Das Unkraut konnte warten. Es lief überraschend gut mit Stift und Papier. Fast besser als mit dem Computer, bei dem die Finger oft schneller tippten, als meine Gedanken folgen konnten. Bei den handschriftlichen Notizen nahm ich mir mehr Zeit, und was ich notierte, gefiel mir. Zwar würde es mich Mühe kosten, die verlorenen Seiten zu rekonstruieren – sollten sie tatsächlich unwiederbringlich sein –, doch vielleicht brauchte ich sie gar nicht. Vieles, das ich aufgeschrieben hatte, war noch in meinem Kopf.

Als Igge von seinem Strandausflug zurückkehrte, wirkte er ganz klar. Als wäre nichts gewesen, spazierte er in den Garten und lud mich zu einem Kaffee auf seine Terrasse ein. Er hatte sogar Kuchen besorgt. Als ich mich zu ihm setzte und mich unauffällig danach erkundigte, wie er den Tag verbracht hatte, antwortete er: »Ich hab heute mal am Strand die schöne Aussicht genossen.« Und das war ja nicht mal gelogen.

Ich nahm einen Bissen Rhabarberkuchen und nutzte das weitere Gespräch, um mich nach seinem Sohn zu erkundigen. Irgendwie war ich neugierig, was der eigentlich beruflich machte. Angeblich hatte er ja auch so viel zu tun.

Igge sah in die Ferne, als suchte er nach Worten. Dann hellte sich sein Gesicht auf. »Der Junge macht das Internet.«

Ich nickte. Aha. Vielleicht war er Softwareentwickler? Dabei sah er gar nicht aus wie ein Nerd.

Wir plauderten noch ein wenig übers Inselleben, darüber, dass Igges Frau Elfie früher seine Verbindung zum Dorfleben gewesen war und dass er heutzutage nur spärliche Kontakte pflegte. Zu stören schien ihn das aber nicht. Im Gegenteil, mit dem Inseltratsch der Dorfdamen hatte er es wohl nicht so.

Schließlich bedankte ich mich für den Kuchen und bot ihm an, abends mit mir einen Teller Suppe zu essen – ich hatte noch welche übrig – doch er lehnte ab. Eine Scheibe Brot würde ihm vollkommen ausreichen.

Auch gut, dachte ich. Das war es ja eigentlich, was ich wollte: dass er allein zurechtkam. Und trotzdem – er war bestimmt einsam. Die Selbstgespräche, das Beobachten der anderen. Er tat mir leid. Dabei machte er jetzt wieder so einen aufgeräumten Eindruck.

Ich kannte mich mit alten Menschen nicht aus, wusste nur aus Giulias Schilderungen von ihren Erfahrungen mit den Senioren im Café, dass es gute und schlechte Tage gab. Bisher hatten die guten überwogen. Ich hoffte, dass das so blieb.

5

Am Freitag, als ich erneut im Strandkorb an meinem Roman weiterspann, meldeten sich Antje und Sven per Facetime. Ihre Gesichter waren braungebrannt, die Augen strahlten.

»Wie geht es euch?«, rief ich erleichtert. »Ich dachte schon, ihr seid verschollen!«

»Aber nein, wir sind nur die ganze Zeit offline, damit wir uns auf dieser Reise so richtig auf uns selbst besinnen können. Back to the roots, du weißt schon! Außerdem ist der Empfang unterwegs sowieso miserabel. Erzähl – hat sich inzwischen alles eingespielt bei dir? Wie läuft es mit Igge? Ehrlich, wir hatten nach unserem letzten Telefonat ein rabenschwarzes Gewissen.«

Das war interessant zu hören, so sahen sie nämlich gar nicht aus. Aber vielleicht lief das so auf dem Jakobsweg, dass man alles Weltliche hinter sich ließ und nur noch im Hier und Jetzt lebte. Sollte ich ihr sagen, dass morgen doch – entgegen ihren Warnungen – Mark Memmert auf der Insel eintreffen würde? Ach nein, ich hielt sie besser aus allem raus, was hier vor sich ging.

»Igge ist inzwischen wieder besser drauf, wir haben uns aufeinander eingespielt«, antwortete ich also. Wie zum Beweis kam der alte Nachbar in diesem Moment nach draußen, er wedelte mit einer Packung Kekse. Ich winkte ihn zu mir und übergab ihm den Apparat, damit er Antje und ihren Mann begrüßen konnte.

»Na, was machen die Füße?«, fragte er und brachte die beiden damit zum Lachen.

»Sie bluten!«, rief Antje. »Genau, wie du gesagt hast!«

Igge kicherte. »Immer anständig die Pferdesalbe auftragen! Die Tube habt ihr doch dabei?«

»Haben wir.« Sven hob den Daumen.

»Hilft nur nicht«, flüsterte Antje, nachdem Igge mir das Handy zurückgegeben hatte und die Kekse auf zwei Tellern verteilte. »Die Salbe stammt aus dem Jahre 2003.«

Wir gackerten und legten bald wieder auf. Dann knabberten der Alte und ich Plätzchen und tranken Tee mit Kandiszucker, der hier Kluntjes genannt wurde.

Später kritzelte ich weiter in mein Notizbuch. Julia und Tamme kamen sich immer näher.

Wenn es so weiterlief, wurde ich vielleicht doch rechtzeitig mit dem Roman fertig.

Am nächsten Tag traf Igges Sohn mit dem Pferdefuhrwerk ein. Den ganzen Morgen war ich unangemessen aufgeregt. Fast so, wie meine Protagonistin Julia sich gefühlt hätte.

Dass Mark Memmert seinen Hund mitbringen würde, hatte ich inzwischen schon wieder vergessen. Der Cockerspaniel schoss, kaum dass das Fuhrwerk zum Stehen gekommen war, vom Anhänger herab und stürmte zu Igge, der ebenfalls an der Haustür wartete. Der Alte strahlte übers ganze Gesicht, als das Tier an ihm hochsprang.

»Komm, ich hab ein Leckerli für dich«, lockte er Zilli ins Haus.

Zurück blieben sein Sohn und ich. Der Mann hievte einen riesigen Koffer vom Anhänger. Hieß das, er blieb länger? Oder hatte er darin einen ganzen PC für mich verstaut?

Verlegen trat ich von einem Bein aufs andere. Wie begrüßte man einen Typen, der genauso aussah wie der Traummann aus dem Roman, den man gerade schrieb? Bisher hatte ich übers Handydisplay nur einen ungenauen Blick auf ihn erhaschen können. Beim ersten Mal hatte er eine Kappe und noch dazu eine Sonnenbrille getragen, und beim zweiten Mal hatte ich fast ausschließlich Blicke für seine behaarte Brust übrig gehabt. Der Rest war allerdings auch nicht zu verachten. Mark Memmert besaß eine sportliche Figur. War größer als gedacht. Und er hatte ein einnehmendes Lächeln. Mit Grübchen wohlgemerkt.

Das Pferdefuhrwerk fuhr davon und ließ ihn zurück.

»Ist irgendwas?« Igges Sohn legte den Kopf schräg. »Ich fühle mich wie beim TÜV. Bekomme ich die Plakette?«

Wieder einmal rollte eine Hitzewelle über mich hinweg. Eine von der Sorte, bei der sich der Schweiß im Nacken sammelt und ich mir am liebsten alle Kleidungsstücke vom Leib gerissen hätte. Mein Gesicht leuchtete bestimmt wie eine Himbeere.

»Wollen Sie nicht erst mal Ihr Gepäck reinbringen und Ihren Vater begrüßen?«, wechselte ich das Thema.

Er hob die Schultern und betrat Igges Haus. »Kommen Sie mit?«

Ich deutete mit dem Daumen zu Antjes Eingangstür. »Ich warte drüben. Wenn Sie sich eingerichtet haben, kommen Sie einfach rüber, dann können wir reden.«

Er nickte und schob sich an mir vorbei – schon schloss sich die Tür hinter ihm.

Dann können wir reden? Wie dramatisch das klang.

In der Küche öffnete ich den Kühlschrank und fächelte mir Luft zu, hoffte, dass das Gerät etwas von seiner Kühle an mich abgeben würde.

Als ich hinter mir ein Geräusch hörte, fuhr ich zusammen.

»Vadder ist erst mal mit Zilli beschäftigt«, sagte Mark Memmert. »Währenddessen kann ich auch mit Ihnen klönen.«

Klönen? Wir mussten vor allem ein paar Fakten klären.

»Möchten Sie was trinken?«, erkundigte ich mich. Noch immer stand ich vor dem geöffneten Kühlschrank. Ich wollte so viel Kälte auf meiner Haut speichern wie möglich.

Mark Memmert trat näher und spähte mir ungeniert über die Schulter. »Was wollten Sie mir denn genau anbieten?«

Er hatte recht. Hier drin gab es gar keine Getränke. Ich trank meist Leitungswasser.

Scheppernd schlug ich die Kühlschranktür zu. »Vielleicht wollen Sie ja ein Glas Wein?«

Antje bewahrte welchen in ihrem Vorratsschrank auf. Bisher hatte ich mich noch nicht daran bedient, ich trank nicht gern allein. Aber jetzt hätte ich Lust auf ein Gläschen gehabt.

»Ich trinke lieber erst nach dem Abendessen«, verschmähte er mein Angebot. »Aber ein Kaffee wäre nett.«

Froh, für einen Moment beschäftigt zu sein, legte ich

zwei Pads in die Maschine ein und drückte auf Start. Igges Sohn nahm derweil am Küchentisch Platz.

»Nun erzählen Sie mal«, sprach er in meinen Rücken. »Wie lief es denn gestern noch? Eben machte mein Vater jedenfalls einen total aufgeräumten Eindruck.«

Ich stellte die Kaffeebecher auf den Tisch und setzte mich ihm gegenüber. »Sein Zustand ist so wechselhaft wie das Wetter. Und ebenso unvorhersagbar. Insofern ist es gut, dass Sie hier sind – ich hoffe, dass Sie ihn dann auch mal in seinen etwas«, ich malte Anführungszeichen in die Luft, »›bewölkten‹ Momenten erleben.«

Er nickte. »Ich hab mir meinen ganzen Kram mitgebracht, sodass ich etwas länger bleiben kann. Und für Sie einen Rechner – wie versprochen.« Suchend sah er sich um. »Wo ist Ihrer? Ich wollte ja mal einen Blick drauf werfen.«

Eilig holte ich meinen Laptop aus dem Wohnzimmer und stellte ihn vor ihm ab. »Bitte schön. Absolut tot.« Zumindest war er das am Morgen gewesen. Ich hatte extra noch mal gecheckt, ob nicht eine Spontanheilung erfolgt war.

Mark Memmert betätigte den Anschalter. Als sich wie zu erwarten nichts tat, legte er den Kopf schräg. »Haben Sie ihn denn auch mal an den Strom angeschlossen?«

Verblüfft sah ich ihn an. Daran hatte ich nicht gedacht. »Zuletzt war der Akku noch voll«, erklärte ich mein Versäumnis.

»Nach einem Wasserschaden kann der sich natürlich entladen.« Er lächelte freundlich.

Wahrscheinlich hielt er mich für eine Idiotin, für eine DAU, eine ›dümmste anzunehmende Userin‹. Ich holte das Ladekabel aus meinem Zimmer und schloss das Gerät an, betätigte den Einschaltknopf.

Sofort setzte das vertraute Surren ein.

Mir stieg die Schamesröte ins Gesicht. Fast hätte ich mir gewünscht, der Rechner wäre wirklich gecrasht. Wie konnte ich nur so dumm sein?

Mark Memmert faltete die Hände auf dem Tisch. »Geht doch.« Er lächelte so gütig wie ein Sozialarbeiter. »Dann schauen Sie doch am besten gleich nach, ob Ihr Text noch da ist. Oder – lassen Sie mich raten – hatten Sie die Datei nicht abgespeichert?«

Ehrlich gesagt, war ich nicht sicher. Himmel. Wenn ich das obendrein verschwitzt haben sollte?

Ich loggte mich ein und wechselte in den Dateibrowser. Und da war es. Das Dokument. Die letzte Version stammte von vorgestern früh, kurz bevor ich zum Einkaufen aufgebrochen war.

Erleichtert stieß ich den Atem aus. »Alles gut.«

»Ich empfehle Ihnen trotzdem, ein Backup zu machen, da er auch noch in ein paar Tagen kaputtgehen könnte.« Er betrachtete mich neugierig. »Woran arbeiten Sie denn eigentlich? Wofür waren die erwähnten Ideen?«

»Für einen Roman.«

Seine Augen weiteten sich. »Sie sind Autorin?«

Ich wand mich. »Wenn man so sagen will. Ich tue mich noch schwer mit der Bezeichnung.«

»Verstehe.« Keine Frage darüber, was ich sonst beruflich tat.

Wir lächelten einander unverbindlich zu.

»Und worum geht es?«, fragte er weiter.

Erneut fühlte ich mich unbehaglich. »Es ist ein … sinnlicher Roman. Etwas Anspruchsvolles. Kein Larifari«, wählte ich Nadjas Worte. Dabei ging es zwischen Julia und Tamme schon ziemlich zur Sache. Sexmäßig. Ich hoffte, dass Nadja es zu schätzen wissen würde. Das Exposé hatte das nicht ganz so sehr angedeutet.

»Sinnlich, so so.« Mein Gegenüber sah mich anerkennend an. »Jemand, den ich kenne, hat mal gesagt, es sei leichter, auf dem Papier jemanden um die Ecke zu bringen, als zwei Menschen ineinander zu verlieben.«

Ich schmunzelte. »Sie kennen schlaue Leute.«

Zwinkernd trank er einen Schluck Kaffee. Ich hatte ihn gar nicht gefragt, ob er Milch oder Zucker dazu wollte. Offenbar bevorzugte er schwarz, wie ich.

»Und was machen Sie beruflich?«, versuchte ich das Gespräch in Gang zu halten. »Wenn Sie ein paar Tage bleiben können, um von hier aus zu arbeiten, ist es wohl auch etwas mit dem Computer?« Dass ich Igge schon danach gefragt hatte, behielt ich lieber für mich. Am Ende bildete er sich noch etwas darauf ein.

Er nickte. »Als Webdesigner betreue ich verschiedene Homepages. Gerade erweitert einer meiner Kunden sein Geschäft um ein neues Segment, und ich muss den Shop neu aufbauen. Das ist eine Heidenarbeit.«

»Klingt interessant.« Ehrlich gesagt überhaupt nicht, aber ich wollte nicht unhöflich sein. »Und aus welcher Branche kommen Ihre Kunden?«

»Unterschiedlich. Hauptsächlich aus der Automobilbranche.«

Wir lächelten einander zu. Hoffentlich wollte er nicht über Autos reden. Ich konnte kaum einen Mercedes von einem Opel unterscheiden.

»Wie sieht denn ihre Protagonistin aus?«

»Groß, schlank, blond«, nannte ich die Klischees, die solche Romane gerne bedienten. In Wahrheit hatte ich an

Julias Aussehen noch nicht viele Gedanken verschwendet. Viel mehr an Tammes.

»Und Ihr Loveinterest?«, fragte er nun.

»Mein *Loveinterest*?« Verblüfft musterte ich ihn. Diesen Begriff kannten die wenigsten. Er bezeichnete den Mann, in den die Frauenfigur einer Romanze sich verlieben sollte.

»Wissen Sie das etwa noch gar nicht?«

»Doch, doch ...« Peinlich berührt fuhr ich mir durchs Haar. Himmel. Ich war so eine schlechte Lügnerin. »Wie soll ich das jetzt sagen?«, druckste ich. »Na ja, also ... er sieht aus wie Sie, könnte man sagen.«

Er fasste sich an die Brust. »Wie ich?«

Ich winkte möglichst lässig ab. »Irgendwie musste er ja aussehen. Und Sie waren altersmäßig der erste Mann, mit dem ich auf dieser Insel zu tun hatte. Wenn auch nur per Videocall. Sie passen perfekt.« Ich breitete die Hände aus. »Ich hoffe, Sie haben nichts dagegen. Sonst verpasse ich ihm eben eine andere Haarfarbe.« Obwohl das Original einwandfrei war. Eine andere würde Tamme gar nicht so gut stehen.

Mark Memmert lachte trocken auf. »Ernsthaft, ich komme in Ihrem Roman vor?«

»Nicht Sie. Nur ein Mann, der so aussieht wie Sie.«

»Ich hoffe, ich bin ein Netter und nicht so ein knarziger Typ, der sich erst noch beweisen muss?«

»Lesen Sie Liebesromane?«

»Das nicht, aber man kennt das doch aus Filmen. Da gibt es ja oft so ein ewiges Hin und Her.«

»Nein, meine Protagonistin ist eigentlich gleich Feuer und Flamme«, widersprach ich.

Ein Lächeln umspielte seine Lippen. »Darf ich das Buch denn mal lesen, wenn es fertig ist? Damit ich sehe, wie ich darin wegkomme?«

Ich faltete die Hände auf dem Tisch. »Es geht wirklich nicht um Sie persönlich. Sie stehen nur Pate. Der Mann in meinem Roman wird mit Ihnen – bis auf das Aussehen – nicht das Geringste gemeinsam haben.«

»Ach so.« Er lehnte sich in seinen Stuhl zurück, nur um augenblicklich wieder nach vorn zu schnellen. »Aber woher wollen Sie genau wissen, wie ich aussehe? Ich meine ...«, er zwinkerte, »Sie kennen ja noch nicht jedes Detail.«

Für eine Sekunde verschlug es mir die Sprache. Spielte er wirklich auf das an, was ich dachte? Ich versuchte mich an einem lockeren Tonfall. »Was ich bisher gesehen habe, reicht mir. Für den Rest bemühe ich ... meine Fantasie.«

»Verstehe.« Er schmunzelte. »Herrlich, wissen Sie. Da gibt endlich mal eine Frau zu, dass sie sich mich nackt vorstellt.«

Ich pustete mir eine widerspenstige Strähne aus der Stirn. »Bilden Sie sich nur nicht zu viel ein«, gab ich zurück und schob die leeren Tassen zusammen. »Vielleicht wird es sonst noch ein Krimi, und Sie werden das Opfer.«

Mark Memmert warf lachend den Kopf zurück. »Wissen Sie was, Sie gefallen mir. Sie haben genau meinen Humor.« Mit diesen Worten reichte er mir die Hand. »Wollen wir uns nicht duzen? Ich bin Mark.«

Nach einem kurzen Geplänkel verabschiedete er sich wieder, um nach seinem Vater zu sehen.

Ich blieb wie elektrisiert zurück. Von dieser Begegnung musste ich unbedingt Giulia berichten, bei der ich mich ohnehin melden wollte. Per Facetime klingelte ich bei ihr durch, um mich zu erkundigen, wie es ihr inzwischen ging.

Meine Tochter hob frustriert die Schultern. »Seit vorgestern habe ich mich nicht mehr bei Flori gemeldet, und er scheint kaum ein Problem damit zu haben, dass Greta und ich nicht mehr da sind.«

»Gib ihm Zeit. Er hat eben eine lange Leitung«, versuchte ich mich an einem Trost.

»Du weißt ja, meine Geduldspanne hab ich von dir geerbt.«

Damit lag sie eigentlich falsch, zumindest mit den Seitensprüngen ihres Vaters hatte ich viel zu viel Geduld bewiesen.

»Aber ich möchte eigentlich gar nicht von Flori reden«, sagte sie jetzt. »Erzähl mir lieber von Nortrum.«

Ich lächelte ihr aufmunternd zu. »Hier ist es wunderbar. Bis auf ein paar verrückte Begegnungen.« Kurz umriss ich ihr, was sich mit Igge und seinem Sohn so alles zugetragen hatte. »Und möchtest du mal was Lustiges hören?«

»Unbedingt.« Giulia sah mich erwartungsvoll an.

»Der Typ findet, ich hätte Humor.«

»Warum denn auch nicht?«, fragte sie. »Wir lachen doch auch viel zusammen.«

»Schon, aber –«

»Ich weiß – dass du keinen Humor hast, hat Papa dir immer eingeredet, aber das war total unfair. Das ist doch ein Totschlagargument, Mama. Wenn der eine Scheiße baut und dem anderen dann Humorlosigkeit unterstellt, will man sich doch nur selbst reinwaschen. Das ist psychologische Kriegsführung.«

Nachdenklich betrachtete ich das liebe Gesicht meiner Tochter im Display. »Du findest mich also witzig?«

»Witzig in dem Sinne vielleicht nicht. Ich muss selten *über* dich lachen. Aber *mit* dir kann ich wunderbar lachen.«

»Das hast du aber schön gesagt.« Am liebsten hätte ich sie umarmt.

Sie warf mir einen Kussmund zu. »Dass das in letzter

66

Zeit nicht mehr so vorkam, liegt jedenfalls an meiner beschissenen Situation mit Flori und nicht an dir.« Zornig putzte Giulia sich die Nase. »Sobald mir hier in deinem Viertel ein halbwegs netter und attraktiver Typ über den Weg läuft, bin ich weg. Das schwöre ich dir!«

Das würde sie nie im Leben tun. Sie liebte ihren Nerd, das wusste ich genau. »Die feschen Kerle in meinem Viertel sind eigentlich auf mich abonniert«, scherzte ich, »also beeil dich.«

»Siehst du. Du bist doch witzig!«

Giulias Worte motivierten mich. Nachdem wir aufgelegt hatten, setzte ich mich zurück an den Laptop. Bis zum Abend bekam ich Mark und seinen Vater nicht mehr zu Gesicht. Nur einmal meinte ich, die beiden auf der Straße zu hören – vielleicht gingen sie zum Essen oder Gassi mit dem Hund, dessen Bellen ich bis dahin bloß vereinzelt vernommen hatte. Weshalb Antje so vehement dagegen war, dass Igges Sohn hier auftauchte, war mir ein Rätsel. Er und die kleine Hündin benahmen sich doch vollkommen unauffällig.

Zwar war ich einerseits froh, mich endlich wieder uneingeschränkt meinem Roman widmen und all die Seiten eintippen zu können, die ich zwischenzeitlich notiert hatte. Andererseits fühlte ich mich plötzlich außen vor. Als täten die Nachbarn nun alles dafür, mich zu meiden.

Schade eigentlich.

6

Am Sonntagmorgen machte es sich Mark Memmert im Strandkorb bequem. Genau vor meiner Nase – stand doch der Schreibtisch an der Fensterfront des Dachzimmers. Die Cockerspanielhündin hatte er mit der Leine an den Korb gebunden. Durchs gekippte Fenster drang ihr Winseln bis zu mir nach oben.

Igges Sohn trug nur Badeshorts und rieb sich mit Sonnenlotion ein. Dabei nahm er sich ausgiebig Zeit für jeden Körperteil. Zum Schluss kam der Oberkörper an die Reihe. Zog er etwa den Bauch ein? Oder hatte er wirklich keinen? Ich ließ ihn nicht aus den Augen.

Bevor er gestern wieder hinüber zu Igge gegangen war, hatte er mich noch gefragt, wohin ich mich eigentlich zum Schreiben zurückzog. »Etwa hier in die Küche?«, hatte er wissen wollen.

Und da hatte ich ihm verraten, dass ich mir einen Tisch direkt vor die Giebelglasfront geschoben hatte.

Dass er sich hier vor mir in Szene setzte, war garantiert Absicht. Anscheinend war es ihm zu Kopf gestiegen, dass er für meinen Loveinterest Pate stand.

Als er sich fertig eingecremt hatte, stellte er das Fußteil auf und legte sich der Länge nach im Strandkorb zurück. Zum Schluss setzte er sich die Sonnenbrille auf die Nase.

Sah er etwa zu mir nach oben? Wegen der dunklen Brillengläser war es nicht zu erkennen!

Ich fixierte meinen Text, auch wenn es schwerfiel. Wie sollte ich mich nur darauf konzentrieren? Wissend, dass dieser Mann vom Garten aus überprüfte, ob ich auch hübsch arbeitete oder ihn anstarrte. Denn das tat ich gerade schon wieder.

Verlegen stand ich auf, um mich mit dem Laptop in die Küche zu verziehen. Mark Memmert winkte nach oben. Er nahm die Hände an den Mund. »Hast du nachher Lust auf einen kleinen Spaziergang?«, rief er. »Falls du mal eine Pause vom vielen Arbeiten brauchst, meine ich!«

»Mal sehen!«, rief ich zurück und eilte nach unten, ließ mich in der Küche auf einen Stuhl fallen.

Lieber Gott. Dieser Mann brachte meine Hormone in Wallung.

Nach weiteren zwanzig Minuten, in denen mir nicht besonders viel eingefallen war, begab ich mich schließlich zu ihm in den Garten. Die Sonnenbrille baumelte in seiner Hand, er hielt die Augen geschlossen und schnarchte leise. Die kleine Hündin hob den Kopf, als ich zu ihnen hinüberlief, und wedelte mit dem Schwanz. Ich beugte mich zu ihr hinab und tätschelte das Köpfchen, betrachtete dabei unauffällig das Gesicht ihres Herrchens. Die feinen Lachfältchen um seine Augen gefielen mir. Wie alt mochte er sein? Mitte oder eher Ende vierzig? Er hatte sich jedenfalls gut gehalten. Trieb offensichtlich Sport. An seinem Kinn zeigten sich dunkle und silbrige Bartstoppeln.

Er schlug die Augen auf. »Hoppla«, sagte er und richtete sich auf den Ellenbogen auf. »Hab ich etwa geschnarcht?«

Ich grinste. »Wie ein Bierkutscher.«

Er fuhr sich durchs Haar. Täuschte ich mich, oder bekam er einen roten Kopf? Konnte natürlich auch von der Sonne sein.

»Du holst dir noch einen Sonnenbrand«, sagte ich.

Nun kam er zum Sitzen. »Kaum, ich hab mich gründlich eingecremt. Außerdem bin ich ja kein Redhead wie du.« Er musterte mich. »Warst du hier überhaupt schon mal in der Sonne?«

»Noch nicht sehr viel«, gestand ich. »Erst die Arbeit, dann das Vergnügen.«

»Wie tugendhaft.« Er zwinkerte. Dann stand er auf. »Ich zieh mir mal was an. Hast du jetzt Lust mit mir und Zilli eine Runde zu drehen? Sie braucht unbedingt Auslauf.«

»Ich auch«, antwortete ich schmunzelnd. »Darum bin ich hier.«

»Bin sofort zurück.«

Zilli, die ihren Namen gehört hatte, sprang auf und zog an der Leine, als könnte sie es nicht abwarten, dass es endlich losging.

Verstohlen sah ich ihrem Herrchen hinterher. Schöne Beine hatte er auch noch. Wenn man das von einem Mann so sagen konnte. Ziemlich lang. Und kein Haar auf dem Rücken.

Als er zurückkehrte, trug er helle Shorts und ein apfelgrünes Poloshirt.

»Wollen wir?« Er griff Zillis Leine vom Boden auf. Lockend schnalzte er mit der Zunge.

»Wo ist eigentlich Igge?«, erkundigte ich mich, als wir uns Richtung Dünenweg aufmachten. Zilli lief an der langen Hundeleine voraus.

»Er hat sich kurz hingelegt. Dass wir hier sind, scheint ihn anzustrengen.«

»Aha. Und du findest noch immer nicht, dass es besser wäre, wenn jemand rund um die Uhr nach ihm schauen würde? Er hatte wirklich Aussetzer.«

Er hob die Schultern. »Ach, er war schon immer so'n bisschen tüdelig. Und so alte Leutchen, die leben halt ganz gern mal in der Vergangenheit.«

Mir schien, Mark Memmert hatte, was seinen Vater betraf, einen blinden Fleck. Was sollte ich dazu noch sagen?

»Und wie ist es heute bei dir mit dem Schreiben gelaufen?«, fragte er.

Spielte er auf sein Ablenkungsmanöver im Garten an? Ich ließ mir nichts anmerken. »Lief okay.«

Ich bückte mich nach einem abgebrochenen Zweig auf dem Weg. »Meine Protagonisten sind sehr ineinander verliebt.« Dass sie die meiste Zeit im Bett verbrachten, musste ich ihm ja nicht direkt auf die Nase binden. »Jetzt bräuchte es nur noch ein paar Wendepunkte in meiner Geschichte. Einen Streit oder zumindest einen Konflikt.« Den hatte ich im Exposé nämlich nur vage umrissen.

»Ich dachte, es wird ein Liebesroman?«

Lächelnd betrachtete ich die Blüten der Sanddornpflanze in meiner Hand, die sich im Herbst in orangefarbene Beeren verwandeln würden. »Schon, aber wenn alles glattläuft, ist es ja langweilig. Konflikte sind das Salz in der Suppe. Außerdem wäre es noch ganz gut, wenn den Traummann noch irgendein Geheimnis umgeben würde.«

»Ein Geheimnis?«

Ich nickte und legte den Zweig am Wegesrand ab.

»Wie wäre es«, schlug er vor, »wenn er mal richtig Mist gebaut hätte und das um jeden Preis vor ihr verheimlichen will?«

»Nämlich?«

Mark Memmert blieb stehen. Zilli wandte den Kopf und bellte auffordernd. Ihr Herrchen sah in die Ferne. »Wie heißt der Typ in deinem Roman?«

»Tamme.«

»Was, wenn Tamme mit der Frau eines guten Kumpels im Bett gewesen wäre? Und der hätte ihm gegenüber einen Verdacht geäußert, dass seine Angetraute fremdgeht. Der Freund fragt Tamme rundheraus, ob er irgendetwas wüsste. Und der gibt ihm sein Wort darauf, dass er nicht die geringste Ahnung hat.«

»So ein Mistkerl soll er sein?«, fragte ich. »Da würde er in der Gunst meiner Leserinnen aber extrem sinken.«

Zwei Radfahrer klingelten von hinten, wir gewährten Platz, dann spazierten wir weiter.

»Und wenn es ihm unsäglich leidtäte?«, fragte Mark.

»Lass mich raten«, erwiderte ich, »er hatte zu viel getrunken?«

Er pfiff nach Zilli, die am Wegesrand nach etwas grub. »Das vielleicht auch«, beantwortete er meine Frage. »Aber es könnte ja sein, dass die Initiative von der Frau ausging und sie ihm unmissverständlich zu verstehen gegeben hat, dass sie schon lange –«

Meine Hand fuhr zum Stoppzeichen in die Höhe. »Die Frau hat den armen Kerl verführt, ehrlich? Er konnte sich nicht dagegen wehren? Das soll ich schreiben? Frauen als unheilbringende Sirenen?«

Mark fuhr sich über die Bartstoppeln. »Okay. Er wäre dann also ein richtiger Arsch.«

Ich sah ihn bedeutungsvoll an. »Wäre er.«

»Dann musst du dir wohl etwas anderes für den guten Tamme ausdenken.« Mark versenkte die Hände in den Hosentaschen. Wir passierten gerade den Aussichtspunkt, von dem aus man die Salzwiesen überblicken konnte.

Er zeigte zum Leuchtturm in der Ferne. »Dahinten sind unsere Klippen, die denen auf Sylt nicht unähnlich sind. Warst du schon dort?«

»Auf Sylt oder hier?«

»Beides.«

Lachend schüttelte ich den Kopf. »Weder noch. Nortrum ist meine erste Nordseeinsel.«

Mark betrachtete mich, als sei ich eine Exotin.

Mit der Hand wedelte ich in Richtung Leuchtturm und Klippen. »Ist ganz schön weit bis dahin, oder?«

»Mit dem Rad ist man schnell da.«

»Antjes Rad hat einen Platten.«

»Soll ich mal danach schauen?«

Ich winkte ab. »Nicht nötig. Bei Gelegenheit schau ich selbst nach.«

»Selbst ist die Frau, was? Na gut.« Er hob die Schultern. »Und wohin verschlägt es dich normalerweise, wenn du Urlaub machst?«

»Eher in schöne Städte. Hier bin ich nur wegen der vermeintlichen Ruhe.« Ich zwinkerte bedeutungsvoll.

»Jetzt bin ich ja für meinen Vater da«, sagte er.

Keine Ahnung wieso, aber ich wurde das Gefühl nicht

los, dass seine Anwesenheit das genaue Gegenteil von Ruhe bedeuten würde.

Nach unserer Rückkehr arbeitete ich bis zum Abend in der Küche am Laptop. Die Idee, die Mark mir mit seiner »Den guten Kumpel mit dessen Frau betrügen«-Geschichte in den Kopf gepflanzt hatte, ließ mich nicht los. Mal angenommen, Tamme hätte doch so etwas getan? Würde das wirklich bedeuten, dass er einfach nur ein Mistkerl war? Oder könnte es ihm nicht eine menschliche Note verleihen? Bisher war er nämlich noch ziemlich überirdisch toll.

Das Ganze ließ mich obendrein auch an das schwarze Kapitel in meinem eigenen Leben denken. Diese Sache, wegen der ich – neben dem Schreibvorhaben – hierher geflüchtet war: Um den Adams nicht zu begegnen.

Was, wenn auch Julia mit Dingen aus ihrer Vergangenheit zu kämpfen hatte, von denen sie nicht wollte, dass Tamme davon erfuhr?

Als es klingelte, sah ich verwundert auf. Bisher hatte hier noch niemand geläutet.

Durch die milchige Scheibe der Haustür erkannte ich die Umrisse zweier Personen. Eine Frau und ein Kind.

»Was –?«, murmelte ich und ging zur Tür.

Kaum hatte ich geöffnet, fiel mir meine Tochter um den Hals, und Greta klammerte sich an mein Bein. »Omi!«, rief sie.

Verblüfft betrachtete ich die beiden von oben bis unten. »Hast du versucht, mich zu erreichen?«, fragte ich Giulia. Ich tastete nach dem Handy in der Hosentasche.

»Nein, ich hab es einfach nur nicht mehr alleine ausgehalten, Mama!«

»Jetzt kommt erst mal rein.« Eilig ging ich Giulia mit dem Koffer und Gretas Sportbuggy zur Hand, den sie auf Reisen noch mitnahm. Im Flur kniete ich mich hin und drückte meine Enkeltochter ans Herz, küsste sie ab. »Da hast du aber eine lange Zugfahrt gemacht, was, mein Gretchen?«

Schon gähnte sie und reckte die Arme, damit ich sie tragen sollte. Im Wohnzimmer bettete ich sie mit ein paar Kissen und einer Decke aufs Sofa, dann zog ich ihre Mutter mit in die Küche. Der Laptop-Bildschirm war inzwischen im Stand-by-Modus.

»Warum hast du mich denn nicht vorher angerufen?«, fragte ich verdattert.

»Weil du doch garantiert Nein gesagt hättest.« Meine Tochter presste die Lippen aufeinander. »Du hättest wieder gesagt, das renkt sich alles ein, und Flori würde schon sehen, wie sehr er uns vermisst, wenn ich für ein paar Tage weg bin. Aber nichts ist, Mama. Noch nicht mal nach Greta scheint er sich zu sehnen. Und als ich bei dir daheim mit der Kleinen die alten Fotoalben angeschaut habe, in denen wir mit Papa noch eine glückliche Familie waren, bevor alles auseinanderbrach, da dachte ich: Genauso wird es auch bei mir enden. Wir Sonntagsfrauen sind offenbar nicht fürs Glück geschaffen. Und da hab ich solche Sehnsucht nach dir bekommen, dass ich einfach kommen musste.«

Ich nahm meine Tochter bei den Händen. »Natürlich hätte ich nicht Nein gesagt. Du bist mir immer willkommen. Auch wenn ich *wirklich* glaube, dass sich das mit Flori und dir wieder einrenken wird. Bestimmt hat er gerade nur den Blick für die wirklich wichtigen Dinge in seinem Leben verloren. Du wirst sehen, wenn er die Masterarbeit endlich abgegeben hat, legt er diesen Tunnelblick auch wieder ab.«

Meine Tochter ließ noch immer den Kopf hängen. »Den

Tunnelblick hat er gerade fantastisch drauf, das stimmt. Ich hatte ein paar Sachen vergessen, die ich noch holen musste. Dabei hab ich ihn natürlich gar nicht beachtet – aber meinst du, er hätte auch nur ein einziges Mal gefragt, wie es uns geht?«

Ich konnte mir die Situation lebhaft vorstellen. Dass sie Flori nicht beachtet hatte, war unwahrscheinlich. Meine Tochter erregte besonders viel Aufmerksamkeit, wenn sie so tat, als würde sie einen links liegenlassen. Indem sie mit Schubladen knallte. Oder unterdrückt vor sich hin fluchte. Da ging dann ihr italienisches Temperament mit ihr durch. Flori hatte sich vermutlich lieber in Deckung begeben.

Meine Tochter sah mich eindringlich an. »Wir werden dich kein bisschen stören, das verspreche ich dir«, flüsterte sie. »Ich habe dich einfach nur so furchtbar gebraucht.«

Es berührte mich tief, dass Giulia mir so vertraute. Ich selbst hatte mich nie so sehr auf meine Eltern verlassen können, sie hatten immer ihr eigenes Ding gemacht. Genauso wie Paolo. Eigentlich vermied ich jeglichen Gedanken an ihn, aber in Momenten wie diesen schmerzte es mich besonders, dass es uns nie gelungen war, mit unserer Tochter eine Einheit zu bilden, ihr eine Festung zu sein, in der sie sich sicher fühlte. Vielleicht suchte sie deswegen so verzweifelt nach Floris Bestätigung, weil sie diese schon als Kind von ihrem Papa vermisste. Die Erziehung war meine Sache gewesen, genauso wie die emotionale Ansprache. Früher, als wir noch kein Kind hatten, da war Paolo zugewandt gewesen, richtig vergöttert hatte er mich. Doch bereits während der Schwangerschaft wandte er sich von mir ab, blieb als Vertriebsleiter eines italienischen Weinexporteurs immer länger auf Geschäftsreise. Da ahnte ich natürlich schon, was Sache war. Allerdings dauerte es lange, bis ich Fragen stellte.

Ich straffte mich und verkündete: »Jetzt mache ich uns erst mal einen großen Topf Nudeln. Dann sehen wir weiter.«

Es musste mir unbedingt gelingen, Giulia davon zu überzeugen, dass sie sehr wohl fürs Glück geschaffen war.

Genauso wie ich.

Doch das fiel mir wohl ebenso schwer zu glauben wie ihr.

7

Die halbe Nacht lag ich wach. Greta schlief bei mir und kuschelte sich so eng an mich, dass ich mich kaum bewegen konnte. Giulia nächtigte auf dem Sofa im Wohnzimmer. Ich hatte Antje nicht erreichen können, um sie zu fragen, ob meine Tochter und die Kleine vielleicht in ihrem Bett schlafen dürften – selbstverständlich würden wir später alles waschen und frisch beziehen. Aber ohne ihre Erlaubnis wollte ich das nicht einfach entscheiden. Von Mark und Igge hatte ich abends nichts mehr gehört, und so wussten sie auch noch gar nichts von meinem Überraschungsbesuch.

Greta stürmte schon kurz nach sieben im Nachthemd in den Garten, um den Strandkorb einzunehmen. Jubelnd hopste sie darin auf und ab.

Mahnend legte ich den Finger an die Lippen. Giulia schlief noch, von den beiden Nachbarn hatte ich bisher nichts gesehen oder gehört.

Kaum hatte ich diesen Gedanken zu Ende gedacht, erschallte von drüben aufgeregtes Gebell.

Gretas Augen wurden kugelrund, strahlend zeigte sie zu Igges Terrasse. »Ein Hundi!« Sie liebte alle Arten von Vierbeinern und kannte keine Angst. Schon schoss Zilli nach draußen. Vor dem Strandkorb hopste sie auf und ab, ihr Schwanz peitschte von links nach rechts.

Greta war mit einem Satz auf der Wiese. »Lass dich mal streicheln!«, rief sie. »Leg dich!« Zilli rollte sich auf den Rücken und streckte alle viere von sich. Ich hätte schwören können, dass das Tier lachte.

»Na nu, wer bist du denn?«, klang Marks Stimme zu uns herüber. Schon tauchte er im Garten auf. Er war barfuß, trug die Shorts von gestern und ein gelbes T-Shirt mit Graf Zahl aus der Sesamstraße auf der Vorderseite.

Ich wandte den Blick von dem Aufdruck und schlang die dünne Strickjacke enger um mich. »Guten Morgen«, grüßte ich, »das ist meine süße Enkelin Greta.«

Er sperrte belustigt die Augen auf und ging auf sie zu, schüttelte ihr die Hand. »Das ist mir aber eine Ehre!«

»Hallo«, piepste Greta verlegen; dabei kraulte sie weiter Zillis Bauch.

Ich trat zu ihnen auf den Rasen. »Meine Tochter kam gestern zu Besuch. Sie und die Kleine werden wohl für ein paar Tage bleiben.«

Er musterte mich aufmerksam. »Ein Überraschungsbesuch?«

Ich nickte.

»Man muss bei seiner Arbeit flexibel bleiben, was?« Er zwinkerte verschwörerisch.

»Guten Morgen«, erklang hinter uns die Stimme meiner Tochter. Sie war bereits angezogen, trug eine rote Jeans und eine grüne Strickjacke. Diese Farben standen uns Rothaarigen am besten.

Mark sah von ihr zu Greta, dann zu mir. »Die Verwandtschaft lässt sich nicht leugnen.« Er lachte. »Habt ihr schon mal zusammen gemodelt?«

Ich schnaubte belustigt. »Das fehlte noch.«

»Flori sagt das auch immer«, widersprach meine Tochter. »Giulia Lombardo«, machte sie sich mit Mark bekannt. »Duzen wir uns? Greta kennst du ja schon.«

Die Kleine ließ von Zilli ab, und die Hündin sprang an Giulia hoch. Sie tätschelte ihr den Kopf. »Braver Hund«, lobte sie.

»Der brave Hund braucht ein bisschen Auslauf«, erklärte Mark. »Falls jemand mitkommen möchte?«

»Ich!«, rief Greta. Flehend sah sie ihre Mama an. »Darf ich?«

»Och, ich würde auch mitkommen«, antwortete Giulia. »Dann ist die Omi für sich.«

Nun trat auch Igge zu uns in den Garten. »Moin«, grüßte er. »Was herrscht denn hier für'n Zinnober?«

Gretas Mund stand weit offen. »Bist du der Weihnachtsmann?«

Mark hielt sich den Bauch. »Vadder, ich hab dir gesagt, du könntest mal wieder ne Rasur vertragen!«

Igge ging gar nicht darauf ein, er betrachtete Greta wohlwollend. »So'n alter Junge wie ich kriegt nich mehr viele Komplimente, min Deern. Wurd mal wieder Zeit!«

Giulia streckte ihm die Hand hin und stellte sich als meine Tochter vor.

Ich beeilte mich, ihm zu erklären, dass die beiden nur ein paar Tage bleiben würden, doch Igge wollte davon nichts hören. »Meinetwegen auch länger. Hauptsache hier herrscht Leben.« Er tippte sich an den Kopf. »Sonst rostet das Hirn ein.«

»Tja.« Ich sah von einem zum anderen. Am liebsten wäre ich mit spazieren gegangen. Stattdessen schlug ich meinen beiden Mädels vor, vor dem geplanten Inselbummel zumindest einen Happen zu frühstücken.

Keine halbe Stunde später war ich allein und starrte vom Dachzimmerfenster in den leeren Garten und hinüber zur See. Ich ließ die Finger knacken und begann zu schreiben.

Als ich das nächste Mal aufsah, raste Zilli laut bellend auf die Beete zu, begann unversehens zu graben.

Zu ihren Seiten stob die Erde in hohem Bogen auf den Rasen. Greta kniete sich neben sie und schüttete sich aus vor Lachen. Schon begann das Tier an anderer Stelle zu buddeln. Ich reckte den Hals. Wonach scharrte es denn da? Und wo steckte Mark?

Schon hetzte Zilli weiter. Binnen Minuten verteilten sich zig Löcher in den Beeten. Mein Kinn fiel. Nun kam Mark angerannt, er zog sie unsanft am Halsband zurück. »Stopp!«, befahl er, und »Sitz!« Zilli wedelte mit dem Schwanz, als erwartete sie eher ein Lob.

Ich beschloss, eine Pause einzulegen, und ging nach unten.

Auf der Terrasse stemmte ich die Hände in die Hüften. »Na?«, rief ich. »Was soll das denn Schönes werden?«

Ratlos hob er die Schultern. »Ich weiß nicht, wie ich ihr das abgewöhnen soll. Die Wühlmäuse hier sind für sie ein Fest. Ich müsste sie ununterbrochen an die Leine nehmen.«

In meinem ganzen Leben hatte ich nichts von Mäuse jagenden Hunden gehört. »Warst du noch nie mit ihr in einer Hundeschule?«

Jetzt schaltete Igge sich ein. »Das ist der Jagdtrieb, den kriegst du aus einem Tier nich raus. Gegen die Fickerei kannste ihnen die Eier abschneiden, aber gegens Jagen is kein Kraut gewachsen.«

Greta kicherte.

»Sorry für das Chaos«, wandte Mark sich an mich. »Ich werde mich um den Garten kümmern. Bevor ich heimfahre, richte ich alles wieder her, wie es war.« Er legte die Hände aneinander. »Ehrenwort.«

Zilli hatte abermals zu buddeln begonnen. Vielleicht hielt sie sich selbst für eine Maus.

»Das gefällt den Rosen bestimmt nicht«, sagte ich kopfschüttelnd. »Wirklich, sie muss damit aufhören. Jetzt verstehe ich Antjes Sorge, wenn du kommst! Der Hund gräbt sich bis nach Amrum, wenn wir nicht achtgeben. Und arbeiten kann ich dabei auch nicht. «

Mark nahm zwei Finger zwischen die Lippen und stieß einen scharfen Pfiff aus.

Greta erstarrte, Zilli buddelte unbeirrt weiter.

»Dann nimm sie doch wieder an die Leine!«, rief ich.

Mark band sie Zilli um und zog sie hinter sich her.

»Ooooch!«, klagte Greta.

»Lasst uns zum Strand gehen, Kinners«, schlug Igge vor. Auffordernd sah er zu den anderen. »Dann kann die Madame in Ruhe arbeiten.«

Ich blies die Wangen auf. Die Madame.

Mark hob die Schultern, als wollte er sagen, dass ich mir das wohl selbst eingebrockt hätte.

Fast hätte ich ihm die Zunge herausgestreckt.

»Wisst ihr was?« Ich fuhr mir mit beiden Händen durchs Haar. »Ich komme mit. Eine Pause kann nicht schaden.«

Greta stürzte sich jubelnd auf mich, Giulia drückte mir einen Kuss auf die Wange.

So wie Igge dreinschaute, teilte er ihre Freude nicht unbedingt.

Mark hingegen zuckte die Achseln. Ich meinte, ein Lächeln auf seinen Lippen zu entdecken. Aber sicher war ich mir nicht.

Kurz darauf waren wir in Richtung Surferstrand unterwegs. Dahinter lag der Hundestrand. So würde Zilli auf ihre Kosten kommen, und wir konnten den Wellenreitern zuschauen. Greta trug ihr Sandspielzeug in einem Rucksack auf dem Rücken, der Rest, den man für einen Strandtag brauchte, lagerte im Sportbuggy.

Am Strand gab es auch eine Bude, in der man sich für den kleinen Hunger ein Krabbenbrötchen besorgen konnte. Obwohl die Sonne schon hoch am Himmel stand, war wenig los. Es gefiel mir, dass Nortrum nicht so überlaufen war.

Mark mietete zwei Strandkörbe für uns. Giulia und ich richteten uns gemütlich in einem ein, während Igge den zweiten für sich beanspruchte.

Meine Tochter und ich hielten das Gesicht in die Sonne. Vor dem Aufbruch hierher hatten wir uns eingecremt, die Sommersprossen würden dennoch sprießen.

»Was hältst du davon«, sprach Mark Greta an, »wenn wir beide eine Sandburg bauen?«

Schon waren die beiden vor uns im Sand zugange. Zilli buddelte mit.

Aus den Augenwinkeln beobachtete ich Mark dabei, wie geübt er mit Greta umging. Meine Enkelin war mit Feuereifer bei der Sache. Im Nu hatten sie die Festung gebaut, die richtig fachmännisch aussah mit ihren Türmchen und dem Wassergraben.

Giulia nahm mir die Frage aus dem Mund, ob er Kinder hatte. Enkel offenbar nicht, sonst hätte er am Morgen bestimmt nicht so ungläubig geschaut.

»Leider nicht«, gab er zurück. »Hat sich nie ergeben.« Er zuckte die Schultern.

»Jammerschade«, antwortete meine Tochter, »du hast wirklich ein Händchen.«

»So sagt man, ich weiß.«

Ich horchte auf. Das klang plötzlich bitter.

Igge setzte sich im Strandkorb auf. »Jetzt haste den Hund, und den nimmt dir wenigstens keiner weg.«

»Vadder«, brummte Mark, »lass gut sein.«

Giulia und ich wechselten einen Blick. Wenn er keine Kinder hatte, dann konnte sie ihm doch auch niemand wegnehmen?

Igge sah auf die Uhr. »Ist bald Essenszeit. Was gibt's heute?«, wandte er sich an mich.

Hielt er mich etwa wieder für seine verstorbene Frau? Mit geweiteten Augen gab ich Mark ein Zeichen, das »Siehst du, genau das meine ich!« heißen sollte – doch der lachte nur. »Lass dich nicht von ihm hochnehmen.«

Misstrauisch beäugte ich seinen Vater.

Der sah mich ausdruckslos an. »Is was?«

Sollte alles, was vorgefallen war, nur ein Spiel gewesen sein? Um seinen Sohn hierher zu locken? Nein, das glaubte ich nie und nimmer. Vielleicht wollte er, dass ich das annahm. Aber darauf fiel ich nicht herein. Das waren echte Aussetzer!

Mark deutete mit dem Kinn zur Fischbude. »Wenn du Hunger hast, kannst du dir dort was holen, Vadder. Und heute Abend kochen wir nichts, weil noch genug von gestern da ist.«

»Das reicht aber nicht für zwei«, wandte Igge ein.

»Dann frag ich eben Steffi, ob sie was mit mir essen geht.« Er lächelte mir zu. »Hast du Lust?«

Unsicher sah ich zu meiner Tochter.

»Na klar, geh nur!« Giulia wedelte mit der Hand. »Greta und ich versorgen uns schon. Ich hab dir doch gesagt, dass wir dich kein bisschen stören werden. Das gilt natürlich nicht nur für deine Arbeit, sondern auch für dein Vergnügen.«

»Na dann.« Ich lächelte Mark verlegen an. »Gerne.«

Mark breitete sein Handtuch auf dem Sand aus und legte sich hin. Schloss die Augen und grinste zufrieden. Nach einer Weile, in der Giulia mit Greta zum Wasser schlenderte und auch Igge sich wieder in seinen Korb zurückgelehnt hatte, schien er eingeschlafen zu sein. Marks Gesichtszüge waren entspannt, der Bauch hob und senkte sich. Mein Blick wanderte über seinen Körper. Nicht nur die Brust war behaart. Unter dem Bauchnabel verschwand eine haarige Linie in den Badeshorts. Ich wollte mir dieses Bild für den Roman einprägen. Es war perfekt.

»Du stierst mich an«, sagte Mark mit geschlossenen Augen. »Dabei darfst du das nur bei der Arbeit. So wie letztens, als du nach draußen gestarrt hast.«

»Schriftsteller sind immer bei der Arbeit«, konterte ich. »Man kann sich nicht aussuchen, wann die Ideen kommen.«

Er stützte sich auf den Ellbogen ab, kniff ein Auge zu gegen die Sonne. »Und welche Idee kam dir gerade?« Er wackelte mit den Augenbrauen. »Ging es um Erotik?«

»Mit Schweinkram will ich in meinem Haus nichts zu tun haben«, schaltete Igge sich in die Unterhaltung ein. »Die Wände sind dünn.«

»Das habe ich schon mitbekommen«, gab ich zurück.

»In deinen Schlagern geht es auch ganz schön zur Sache. Ich sage nur ›Schöne Maid, hast du heut für mich Zeit‹.«

Mark warf lachend den Kopf zurück. »Du hattest wieder eine Schlagerphase, Vadder? Das wusste ich ja noch gar nicht.«

»Kann mich an nichts erinnern.« Igge sah mich stirnrunzelnd an.

Mark warf seinem Vater einen amüsierten Blick zu. »Du alter Simulant.«

Ich winkte ab und lehnte mich im Strandkorb zurück. Sah nach vorn zur Wasserlinie, an der Giulia und Greta bei jeder heranrollenden Welle vorm Wasser davonliefen und beim Rückzug ins Meer wieder hinterherjagten.

Fühlte sich so Glück an?

Auf dem Rückweg betrachtete ich Mark von der Seite. Das Shirt mit dem Aufdruck von Graf Zahl stand ihm wahnsinnig gut. Tamme sicher auch. Und es konnte einer sagen, was er wollte. Ich fand Grübchen hinreißend.

Auch wenn ich es nicht gerne zugebe: Vor der abendlichen Verabredung mit Mark zog ich mich dreimal um. Schließlich entschied ich mich für einen leichten Sommerrock, der knapp übers Knie reichte und sanft um meine Beine schwang; dazu wählte ich eine Seidenbluse mit Schleife. Um dem Ganzen noch etwas Pep zu verleihen, zog ich eine Jeansjacke und sommerliche Stiefeletten an. Früher wäre mir der dünne Rock auf einer Insel wie Nortrum zu frisch gewesen – an den Abenden wurde es hier reichlich kühl. Doch in letzter Zeit fror ich äußerst selten.

Mark verzog anerkennend den Mund, als wir uns vor den Haustüren trafen. »Schick.«

Ich konnte das Kompliment nur zurückgeben. Das hellblaue Leinenhemd und die steingraue Chino standen ihm hervorragend.

Gemeinsam machten wir uns auf den Weg zur Pizzeria. Mark hatte »einen ruhigen Tisch für zwei« reserviert. Insgeheim fragte ich mich, ob er etwas falsch verstanden haben könnte, als ich ihm sagte, der Loveinterest aus meinem Roman sähe so aus wie er. Ich hätte das gern noch mal klargestellt, fand aber keinen passenden Einstieg. Bei Caprese, Pizza und Wein unterhielten wir uns erst mal nicht über meinen Beruf. Genauso wenig wie über seinen. Zwar stellte ich ihm ein paar Fragen zu seinem Berufsalltag als Webdesigner, doch er schien nicht in der Stimmung, das Thema weiter auszubauen. Stattdessen sprach er von seiner Kindheit auf Nortrum, von seiner Mutter Elfie, die auf der kleinen Inselschule Lehrerin gewesen war, und von Igge, der einen Baubetrieb mit zwei Angestellten besessen und sein Leben lang körperlich gearbeitet hatte.

Mark nippte am Wein. »Ich wusste schon als Kind, dass mir diese Inselwelt zu klein ist. Ich wollte in der Stadt leben mit all ihren Geräuschen, mit Verkehr und Leben, ich wollte was *er*leben.«

»Und? Ist alles so gekommen, wie du es dir vorgestellt hast?«

»Längst nicht alles«, gab er zu. »Irgendwann, nachdem ich mir die berühmten Hörner abgestoßen hatte, hätte ich mir eine Familie gewünscht. Aber dieser Traum hat sich nie erfüllt.«

»Ist dir nie die Richtige über den Weg gelaufen?«

Er hob die Schultern. »Einmal dachte ich, ich hätte sie getroffen. Aber dann war es leider doch nicht von Dauer.« Er zog eine Augenbraue hoch. »Apropos die Richtige ... wie bist du eigentlich die letzten zwei Tage mit deinem Roman vorangekommen? Kommen die beiden Turteltäubchen sich näher?«

Ich schmunzelte. »Ziemlich sogar. Ich erwähnte es ja schon: Langsam müsste nur mal ein bisschen Drama ins Spiel kommen. Sonst wird es langweilig.«

»Och, so richtig schöner Sex ist doch nicht langweilig.«

Allmählich war ich mir nicht mehr sicher, ob die innere Hitze überhaupt noch etwas mit den Wechseljahren zu tun hatte. Außerdem meldete sich meine Blase. »Entschuldige mich einen Augenblick«, bat ich und eilte ins Bad, erleichterte mich und ließ mir anschließend eiskaltes Wasser über die Handgelenke rinnen.

Als ich zurückkehrte, plumpste ich auf den gepolsterten Stuhl. »Irgendwann müssen sie jedenfalls auch mal aus dem Bett«, nahm ich das Gespräch wieder auf.

Mark musterte mich blinzelnd, er fuhr sich mit der Zunge über die Lippen. »Lass doch etwas Autobiografisches einfließen. Bestimmt hast du schon mal was angestellt, das du bereut hast. Oder etwas Peinliches erlebt?«

Ich fühlte mich wie ertappt. Dachte an das, was mit Jochen Adam geschehen war. Das hätte wahrhaftig in einem Drama enden können. War es aber Gott sei Dank nicht. Noch nicht. Denn demnächst sahen wir uns vielleicht öfter.

Entschlossen stach ich mit der Gabel in eine Cocktailtomate. »Ich bin jetzt in einem Alter, in dem mir nichts mehr peinlich sein muss, finde ich.«

Mark verzog anerkennend den Mund. »Das nenne ich innere Reife.«

Im selben Moment fiel mir doch eine Anekdote ein, auch wenn sie nicht für meinen Roman taugte. Eine Signierstunde auf der Buchmesse. Ich hatte Alexa Wiedekind assistiert, ihr die Bücher gereicht und vorab für die Signatur die Namen bei den Besucherinnen in der Warteschlange abgefragt. In den Hallen war es furchtbar laut, man verstand kaum sein eigenes Wort. Eine junge Frau beantwortete meine Frage nach ihrem Vornamen mit etwas, das mit –amela endete. Nachdem ich schon den halben Tag damit verbracht hatte, mich bei Katharinas »mit oder ohne h?«, oder bei Namen wie Bernhardt »mit d oder dt?« zu erkundigen, fragte ich: »Mit c oder mit k?«

Niemals würde ich das verdutzte Gesicht der jungen Frau vergessen.

Lachend schilderte ich Mark die Geschichte.

Er sah mich erwartungsvoll an. »Und wie hieß sie also?«

»Pamela natürlich!«

Da fiel mir mal etwas Lustiges ein, und er verstand den Witz nicht!

Nun kicherte er doch. Dann wurde seine Miene wieder ernst. »Ich bin jedenfalls froh, dass du zu den Frauen gehörst, denen nichts peinlich ist.«

Ich nickte betreten. Wenn er wüsste.

»Wollen wir zahlen?« Er deutete nach draußen. »Es wird bald dunkel.«

»Fürchtest du dich bei Dunkelheit?«

»Nein, aber man sieht dann nicht mehr so gut.«

Auf dem Rückweg grinste er mich die ganze Zeit an. »Schöner Abend war das mit dir«, sagte er. »Es ist wirklich nett, dich immer besser kennenzulernen.«

Ich lächelte geschmeichelt. »Ganz meinerseits.«

»Und wirklich schön, dass dir in deinem Alter nichts mehr peinlich ist.«

Ich blieb stehen. »Warum reitest du die ganze Zeit darauf herum? Habe ich etwas im Gesicht?« Verstohlen wischte ich mir über die Wangen.

Mark grinste breit. »Nicht im Gesicht.«

Nicht im Gesicht?

Unwillkürlich fasste ich mir an den Po. Dort spürte ich nichts als den Slip. Ich schnappte nach Luft. Wo war denn mein Rock? Hektisch zupfte ich ihn aus dem Saum der

Unterhose. Das musste auf der Toilette passiert sein. Als ich nur schnell austreten war.

So war ich also durchs Lokal spaziert und hatte danach etliche Meter im Dorf zurückgelegt? Und Mark hatte es zugelassen?

Zornig schob ich das Kinn vor. »Spinnst du? So etwas meinte ich nicht! Natürlich ist das peinlich. Wie kannst du denn nur nichts sagen?«

Er hob lachend die Hände. »Heute Mittag warst du im Bikini am Strand – im Grunde ist es doch dasselbe. Und für den Slip musst du dich keineswegs schämen!« Unversehens verfiel er in einen italienischen Akzent. »Unde ware doch picobello sauber!«

Meine Wangen glühten. *Picobello sauber?* Was denn bitteschön sonst? Und warum klang er plötzlich wie Paolo? Er war keinen Deut besser als mein Ex. Der hatte auch gern Witze über mich gemacht. Am liebsten vor seinen italienischen Freunden. »Da gibt es nichts zu lachen!«

Er gluckste. »Doch.«

Mit verschränkten Armen stapfte ich voraus.

Mark eilte neben mir her. »Nun reg dich doch bitte nicht so auf. Das war nur ein Witz!«

Aber ich regte mich auf. Männer, die sich auf meine Kosten amüsierten, konnten mir ein für alle Mal gestohlen bleiben.

Als wir an unserem Doppelhaus eintrafen, war meine Wut noch immer nicht verraucht.

Grußlos knallte ich die Tür hinter mir ins Schloss.

Da hatte dieser Tag so schön angefangen. Und jetzt das.

9

Wenn man in einer Doppelhaushälfte wohnt, kann man seinen Nachbarn kaum aus dem Weg gehen. Vor allem dann nicht, wenn man sich einen Garten teilt und die eigene Tochter sowie die Enkelin wie verrückt auf ebendiese Grundstücksnachbarn abfahren. Möglicherweise taten sie dies auch, weil ich mich – bis auf die Mahlzeiten – die kommenden Tage auf mein Zimmer zurückzog. Den Schreibtisch rückte ich vom Fenster zurück an seinen Platz an der Wand.

Die Sache mit dem Rocksaum in der Unterhose hätte mich vielleicht gar nicht so aus der Bahn geworfen. Doch dass Mark – ein Mann, an dem mir zunehmend etwas lag – mich anschließend verhöhnt hatte, war kaum zu ertragen.

Ein Gutes hatte der Vorfall in der Pizzeria zumindest: Zwischen Julia und Tamme flogen die Fetzen.

Als mein Handy klingelte und das Display »Gerald« meldete, war ich gerade in einer Szene, in der sie sich lauernd anstarrten. Dabei knisterte die Luft zwischen den beiden natürlich wie in einem Stromverteiler.

Mein Chef hatte mir seit meiner Abreise schon etliche E-Mails geschrieben, in denen er um Rückruf bat – bisher war ich dieser Bitte aber nicht nachgekommen. Immerhin hatte ich Urlaub. Jetzt nahm ich den Anruf allerdings entgegen und entschuldigte mich für mein Schweigen. »Ob du es glaubst oder nicht, hier an der Nordsee ist einfach verdammt viel los.«

»Verstehe ich doch«, sagte Gerald. »Ich wollte mich nur mal erkundigen, ob du dir ein paar Gedanken gemacht hast. Wegen deines Sonderkündigungsrechts meine ich.«

»Ach so, nein. Ich wollte das alles erst mal auf mich zukommen lassen.« Genauer gesagt, hatte ich die ganze Misere verdrängt, so gut ich konnte.

»Verstehe. Na ja, also in dem Fall ...« Er klang ungewöhnlich verloren. »Vielleicht sollten wir es allmählich doch mal irgendwie hinbekommen, uns per Videocall mit den Adams zu treffen. Die fanden es nämlich nicht so prickelnd, dass du bei ihrem Besuch hier nicht vor Ort warst.«

»Aber du hast mir den Urlaub doch genehmigt. Hast gesagt, das wäre kein Problem.«

»Schon, schon. Aber sie wollten eben alle persönlich kennenlernen – auch dich.«

Ich rutschte auf meinem Stuhl herum. »Haben sie gesagt, warum es ihnen so dringend damit ist?«

»Na ja, wegen der neuen Aufgabenverteilung.«

»Gibt es da etwa doch noch Spielraum wegen Alexa?«, fragte ich hoffnungsvoll. »Beim letzten Meeting klang es so nach beschlossener Sache.«

»Ach so, nein, daran, dass du sie abgeben musst, gibt es nichts zu rütteln. Franziska ist schon mit ihr zugange, die beiden beschnuppern sich gerade. Alexa scheint auch ziemlich zufrieden mit dem Wechsel.«

Das hätte er gern ein wenig blumiger formulieren können. »Sag ihnen einfach, dass ich Urlaub habe«, wiederholte ich.

»Hab ich doch. Aber sie haben mich gebeten, dich noch mal anzutupsen. Das habe ich hiermit getan.« Ich hörte, wie er langsam den Atem ausstieß. »Was hältst du davon, wenn ich ihnen sage, wir machen in vierzehn Tagen ein Online-Meeting?«, fuhr er fort. »Dann hab ich hier vielleicht auch soweit alles in trockenen Tüchern ...«

»Meinetwegen«, gab ich klein bei.

Möglicherweise hatte ich bis dahin schon so viel geschrieben, womit ich Nadja beeindrucken könnte, dass sie mir ein gutes Angebot machen würde. Damit käme ich erst einmal über die Runden. Dann könnte ich von meinem Sonderkündigungsrecht Gebrauch machen, und alles war gut.

Ich wollte die Hoffnung nicht aufgeben, dass sich all meine Probleme mit einem Mal in Luft auflösen würden. In Filmen geschah das manchmal. Und auch in Romanen.

Nach dem Telefonat mit Gerald entschloss ich mich zu einem ausgedehnten Spaziergang. Eigentlich verspürte ich Lust auf eine Radtour. Aber als bei dem Versuch, den platten Reifen von Antjes Fahrrad aufzupumpen, sofort wieder die Luft entwich und ich keine Geduld aufbrachte, es zu flicken, nahm ich stattdessen zu Fuß die Abkürzung quer über die Insel zur Westseite. Von dort würde ich weiter zu den Klippen und zum Leuchtturm wandern.

Ich sehnte mich danach, hinunter aufs tosende Meer zu schauen und dabei endlich den in mir schwelenden Ärger auf Mark loszuwerden. Die Aufregung wegen des bevorstehenden Online-Meetings mit Jochen und Mareike wollte ich ebenso abschütteln. Damit ich mich gedanklich uneingeschränkt mit Julia und Tamme beschäftigen konnte. Ihre Versöhnung stand an, sie hatten genug gestritten.

Als der Eingang des in Weiß und Blau getünchten Leuchtturms in mein Blickfeld geriet, entdeckte ich einen Mann, der vom Rand der Klippen hinunter zur See starrte.

War das der Inselschreiber, von dem Antje erzählt hatte?

Normalerweise hätte ich ihn gemieden – als Lektorin blieb ich gegenüber Autoren gern unerkannt. Jedenfalls solange ich nicht sicher war, ob es sich bei deren Werken um lesenswerte Geschichten und nicht um die Memoiren ihrer Kindheit handelte, für die sich meist nur die Schreibenden selbst und vielleicht noch eine Handvoll Familienmitglieder interessierten. Das klang womöglich harsch – doch leider war es die Realität. Und insgeheim fürchtete ich mich ja auch davor, dass ich derzeit etwas verfasste, das andere eher in den Schlaf wiegen statt fesseln könnte. Was, wenn ich unbrauchbaren Schrott ablieferte? Der eigene Blick auf das, was man zu Papier brachte, war nun einmal nicht objektiv.

Heute jedenfalls würde ich eine Ausnahme machen – ich musste ihm meinen Beruf ja gar nicht verraten, könnte behaupten, dass ich ebenfalls Autorin war.

Eben wandte der Mann den Kopf zu mir um. Er trug das Haar so raspelkurz geschnitten, als käme er gerade vom Friseur.

Scheu trat ich näher. »Hallo«, grüßte ich unbeholfen. »Sie müssen der Inselschreiber sein.«

Er fuhr sich über den Kopf. »Sind Sie von der Presse?«

»Nein, nein«, ich lachte, »ich bin hier zu Besuch. Eine Freundin hat mir von Ihnen erzählt.«

Versonnen wiegte er den Kopf. »So was spricht sich wohl herum. Allerdings klappt es mit meinem Projekt noch nicht so ganz wie erhofft.«

Was er sagte, weckte meine Neugier. »Darf ich fragen, worum es dabei geht?«

»Das wüsste ich selbst gern. Ich bin noch so unentschlossen.«

»Soll es denn ein Inselroman werden?«

»Inselkrimi«, korrigierte er. »Aber von denen gibt es natürlich auch schon sehr viele. Und je mehr ich recherchiere, desto größer die Herausforderung.« Er strich sich übers glattrasierte Kinn. »Es gibt schon verdammt gute Kriminalromane, muss ich sagen. Wo auch immer ich das Verbrechen verorten will: Das gab es alles schon!«

Es gefiel mir, dass er nicht gleich behauptete, mit seinem Roman wahrscheinlich für den deutschen Buchpreis nominiert zu werden.

Verlegen strich ich eine aus dem Kopftuch herausgerutschte Locke vom Gesicht. »Ich versuche mich auch gerade an einem Roman«, gestand ich. »Er spielt ebenfalls hier auf Nortrum.«

»Auch ein Krimi?« Belustigt kniff er die Augen zusammen. »Soll Ihre Leiche etwa auch am Fuße der Klippen aufgefunden werden? Oder hier vorm Leuchtturm?«

Lachend versenkte ich die Hände in den Hosentaschen. »Im Gegenteil. Grob gesagt geht es in meiner Geschichte um Liebe.« Vom Meer fuhr mir der Wind in den Nacken, ich zog die Schultern hoch. »Gerade hänge ich allerdings auch etwas fest. Vielleicht bin ich zu sehr auf meine beiden Protagonisten fixiert.«

»Sie sollten sich mal mit den Dorfbewohnern unterhalten. Das ist ein verrückter Haufen. Gehen Sie mal in Lottis Friseursalon. Da bekommen Sie garantiert Ideen. Ich habe dort schon Täter und Opfer identifiziert.« Er stieß ein gackerndes Lachen aus. »Aber damit ist es natürlich nicht getan. Da braucht es ja auch jede Menge Verdächtige und mindestens eine Handvoll falsche Fährten.« Bekümmert schüttelte er den Kopf.

»Schreiben Sie vielleicht auch besser einen Liebesroman.« Ich lachte. »Bestimmt gibt es unter den Dorfbewohnern richtige Charakterköpfe, einige davon sind vielleicht sogar ganz witzig. Und die Surfer sind echte Hingucker. Schauen Sie sich doch da noch mal um.«

Zum Glück hatte ich mit Mark schon den Loveinterest auserkoren. Und meine fiktive Julia hatte ich inzwischen ebenfalls klar vor Augen. Ich befürchtete, dass sie mir ein wenig ähnelte.

Der Mann sah versonnen in die Ferne. Dann streckte er mir die Hand entgegen. »Wolfram übrigens.«

»Steffi.«

Er zeigte hinter sich zu den Klippen. »Ich schau mal, ob ich vielleicht doch irgendwo eine Leiche ablegen kann.«

»Tun Sie das.« Schmunzelnd trat auch ich an die Kante, von der wir einen beeindruckenden Blick nach unten hatten. Der Fels nahm hier eine Biegung um den Leuchtturm, der erhaben über Meer und Land thronte. Unten zeigte sich ein Streifen Strand, der vermutlich oft überflutete. Eine Leiche konnte man hier eigentlich perfekt anspülen lassen.

Oder ein Lagerfeuer im Mondschein errichten und sich daneben lieben. Tamme und Julia hatten sich das redlich verdient.

10

Meine Tochter und Greta teilten sich inzwischen Antjes und Svens Bett. Ich hatte die Hauseigentümer endlich erreicht und sie um Erlaubnis bitten können. Dabei hatte ich ihnen auch erzählt, dass Mark Memmert ebenfalls hier war, um nach seinem Vater zu schauen. Nachdem ich ihnen versprochen hatte, dass Giulia und Greta sich mit dem Hund beschäftigten, damit er den Garten in Ruhe ließ, waren sie sogar glücklich darüber, dass wir nun zu dritt in ihrem Haus wohnten.

Seit Mark hier war, verhielt Igge sich unauffällig. So bestätigte es jedenfalls meine Tochter, die ihn jeden Tag sah. Sie fand ihn einen »ganz entzückenden alten Mann«. Greta nannte den Alten inzwischen sogar »Opa Igge«.

»Wie lange willst du eigentlich noch schmollen?«, fragte meine Tochter mich am vierten Tag meines Rückzugs.

»Wer sagt denn, dass ich schmolle?«, gab ich ihr zur Antwort. »Dafür gibt es doch nicht den geringsten Anlass. Außer vielleicht dem, dass ich mich nicht mehr ins Dorf traue, weil ich mich bis auf die Knochen blamiert habe.« Es war ein vorgeschobener Grund. In Wahrheit knabberte ich noch immer an Marks spöttischen Worten.

Giulia verdrehte die Augen. Sie hatte bei meiner Rückkehr von dem desaströsen Abend mit Mark nicht verhehlen können, wie lustig auch sie die Geschichte fand. »Dein Po ist doch wirklich noch ganz passabel«, hatte sie gemeint, und da war ich drauf und dran gewesen, ihr ebenfalls gram zu sein. Bei meinem Kind schaffte ich das allerdings nie lange.

Nun stemmte sie die Hände in die Hüften. »Ehrlich, Mama. Das hat anfangs so vielversprechend ausgesehen zwischen euch beiden. Das Leben ist zu kurz, um sich diesen besonderen Momenten zu verwehren.«

»Diese Sache war ein besonderer Moment, da gebe ich dir recht. Aber wenn es seine Spezialität ist, seine Dates lächerlich zu machen, kann ich darauf verzichten.«

Meine Tochter seufzte. »Ich glaube, es tut ihm aufrichtig leid. Bestimmt würde er sich bei dir entschuldigen. Aber wenn du es noch länger so übertreibst, dann verliert er vielleicht das Interesse. Willst du das wirklich riskieren?«

»Riskieren?« Ich tippte mich an die Stirn. »Es geht hier nicht um Leben und Tod.«

»Ja, aber um ein paar schöne Stunden. Ich weiß doch, dass er dir gefällt. Und du ihm!« Ihre Augen wurden schmal. »Oder ist das so ein Spiel von dir? Willst du ihn zappeln lassen?«

»Davon kann nicht die Rede sein. Ich arbeite einfach nur.« Wie kam sie eigentlich auf die Idee, dass ich ihm gefiel? Er hatte mich auflaufen lassen. Und verhöhnt! »Apropos ›zappeln lassen‹, meine liebe Tochter«, fuhr ich fort, »das ist doch wohl eher deine Strategie. Immerhin hast du dich auf eine Insel geflüchtet. Vielleicht riskierst ja du, dass Flori sich ärgert.«

Giulia ließ die Schultern sinken. »Du hast recht. Seither ist er noch kürzer angebunden als sonst.«

Augenblicklich bereute ich meinen Ausbruch. Ich wusste gar nicht, was in mich gefahren war. Vermisste ich wirklich Marks Gegenwart? Zumindest hätte ich gern mal wieder etwas anderes gesehen als dieses Dachzimmer.

Ich nahm meine Tochter in den Arm. »Dafür, dass er sich weiterhin nicht meldet, gehst du aber erstaunlich gut damit um. Du wirkst hier richtig gelöst. Das ist schön zu sehen.«

»Stimmt, es gibt ja auch immer was zu tun. Igge, Zilli und Greta halten mich auf Trab. Mit alledem bleibt mir gar keine Zeit zum Grübeln.«

»Siehst du, und genauso geht es mir«, entgegnete ich.

»Quatsch, bei dir ist es die Kopf-in-den-Sand-Strategie«, gab sie zurück. »Dich interessiert doch in Wahrheit brennend, was Mark macht.«

»Arbeiten vermutlich?« Angeblich hatte er ja so viel zu tun. Ich hatte es weitestgehend vermieden, in den Garten zu schauen. Und wenn doch, hatte ich ihn selten zu Gesicht bekommen. Er saß wohl wie ich am Laptop.

»Er kommt aber nicht so richtig voran.«

»Ach?«

Meine Tochter zupfte einen Fussel von ihrem T-Shirt-Kleid und betrachtete ihn, als handele es sich um ein seltenes Fossil. »Ich glaube, er fände es schön, ihr könntet zusammen arbeiten.«

»Zusammen?«

»Also gleichzeitig. In einem Raum.«

Ich lachte trocken. »Hier in meinem Schlafzimmer etwa?«

»Eher unten«, widersprach meine Tochter. »Im Wohnzimmer könntet ihr euch ein Gemeinschaftsbüro einrichten. Wäre doch nett?« Sie legte den Kopf schräg.

»Hat er dich etwa vorgeschickt?«

»Nein, das ist meine Idee, Mama. Weil ich sehe, dass ihr beiden euch echt quält.«

Ich sah in den Garten, und just in diesem Moment kam Mark nach draußen. Er trug einen Kaffeebecher zum Strandkorb, und kaum dass er saß, hockte Greta auch schon mit einem Bilderbuch an seiner Seite und sah ihn erwartungsvoll an. Seine Grübchen waren inzwischen unter einem dichten Bartschatten verschwunden.

Zilli war nicht zu sehen. Vielleicht durfte sie derzeit nicht in den Garten. Wenn ich es mir recht überlegte, hörte ich sie nur ab und an bellen. Offenbar machte er auf gut Wetter.

Eben legte er einen Arm um Greta und öffnete das Buch. Es handelte sich um die Geschichte vom kleinen Maulwurf, der wissen wollte, wer ihm auf den Kopf gemacht hat. Unwillkürlich ging mir das Herz auf. Mark hätte sich so gut als Papa gemacht. Genauso wie als Großvater – wenn auch diese Bezeichnung so wenig zu ihm passen wollte wie zu mir die der Großmutter.

»Also gut«, seufzte ich. »Ich geselle mich mal zu ihm. Okay?«

Meine Tochter sah aus, als wäre sie drauf und dran, vor Freude auf und ab zu hopsen. Es rührte mich, wie wichtig ihr die Sache war. Nach der Trennung von Paolo und seiner endgültigen Rückkehr nach Italien – die beiden sahen sich nicht öfter als einmal im Jahr – hatte sie sich immer einen neuen Partner für mich gewünscht. Vielleicht auch einen neuen Papa für sich. Aber es war nun mal nicht leicht, sich als berufstätige Alleinerziehende auf einen neuen Mann einzulassen. Ganz und gar nicht. Nun ja, und die Angst vor erneuter Kränkung spielte vermutlich auch eine Rolle.

»Falls er sich irgendetwas erlaubt, bin ich sofort wieder hier oben«, warnte ich meine Tochter über die Schulter hinweg.

Mit jedem Schritt, den ich die Stufen nach unten nahm, schwand meine Wut und wich der merkwürdigen Sehnsucht nach Marks Stimme. Nach diesem tiefen Timbre, das mir irgendwie unter die Haut ging. Und wie er da so im Strandkorb mit Greta saß und lässig die Beine übereinanderschlug ...

»Hoppla«, sagte Mark, als er mich sah, »du bist ja noch hier.«

Ich verdrehte die Augen. »Und du hast inzwischen einen Viertagebart.«

»Gut erkannt.« Er fuhr sich mit der Hand darüber. »Den wollte ich erst wieder abnehmen, wenn du wieder mit mir sprichst.«

»Ach so?« Ich legte den Kopf schräg. »Eigentlich steht er dir sogar ganz gut.«

Bekam er etwa rote Wangen? Unter dem Bart war es nicht gut zu erkennen.

Greta stieß ihn in die Seite. »Weiterlesen!«

Er blitzte mich an. »Du siehst, ich bin ein begehrter Typ.«

Nun musste ich lachen. »Dann will ich mal nicht weiter stören. Und wenn du bei Gelegenheit wieder etwas arbeiten möchtest, können wir uns gern zusammentun.«

Seine Augen weiteten sich. »Du meinst als Bürogemeinschaft?«

»Falls du noch länger bleiben solltest, meine ich.«

»Wenn du mich so nett bittest.« Er zwinkerte.

»Weiterlesen!«, forderte Greta erneut.

Nach einem kurzen, amüsierten Blickwechsel mit Mark trat ich beschwingt den Rückweg an. »Du kannst ja rüberkommen, wenn du soweit bist«, rief ich über meine Schulter hinweg.

Während er im Strandkorb für Greta die verschiedenen Tierstimmen aus dem Buch imitierte, befreite ich im Wohnzimmer Antjes Esstisch vom Tischläufer und den drei Dekokerzen.

Dann holte ich meinen Laptop aus dem Dachzimmer und stellte es an die Seite, an der ich mit dem Rücken zum Garten saß. So wäre ich am wenigsten abgelenkt. Mark konnte sich ans andere Ende setzen.

Kurz darauf trat Mark zu mir. Anerkennend hörte er sich meinen Vorschlag an. »Sieht gut aus. Was hältst du von Einheiten von jeweils fünfzig Minuten, in denen jeder konzentriert arbeitet und sich nicht von der Stelle bewegt? Sobald einer aufstehen will, um sich einen Kaffee zu holen, schießt der andere ihm einen düsteren Blick zu.«

Ich verkniff mir ein Lachen. »Aber auf Toilette gehen ist erlaubt?«

»Musst du so oft?«

»Kommt darauf an, wie viel Kaffee ich trinke. Aber da ich mir ja zwischendurch keinen holen darf, hält es sich wahrscheinlich in Grenzen.«

»Also ist es abgemacht?«, fragte er. »Wir arbeiten zusammen. Du an deinem Werk, ich für meine Kunden.«

»Klingt nach einem guten Plan.«

»Könntest du vielleicht ein bisschen enthusiastischer sein? Es sollte dich doch inspirieren, wenn du den Mann deiner Begierde – also ich meine, den deiner Protagonistin – die ganze Zeit vor der Nase hast. Du kannst mich ausgiebig anstarren, und ich verspreche, dass es mir nicht das Geringste ausmachen wird.«

Ich verdrehte die Augen, als hielte ich ihn für einen fürchterlich eingebildeten Schnösel. »Wahrscheinlich werde ich meine Kopfhörer aufsetzen, damit ich auch wirklich nichts von draußen mitbekomme.«

Mark zuckte die Schultern. »Alles, was du willst. Hauptsache, ich komme endlich voran. Mein Kunde macht allmählich Stress wegen seinem Online-Shop. Da ist alles noch wie Kraut und Rüben.«

»Sollen wir erst noch einen Kaffee –?«

»Hinsetzen«, befahl Mark lachend. »Und die nächsten fünfzig Minuten herrscht Ruhe.«

Gehorsam rutschte ich auf den Stuhl.

Tatsächlich fühlte es sich an, als habe Mark mit seinem Kommando einen Schalter umgelegt. Für die vereinbarte Zeit versank ich im Text. Weder von meinem Gegenüber noch von den anderen bekam ich etwas mit. Als wir nach drei Einheiten dann doch eine Kaffeepause einlegten und ich außerdem eine Packung Kekse öffnete, sagte Mark in vorwurfsvollem Ton: »Du hast mich gar nicht angestiert. Die ganze Zeit warst du in deinen Bildschirm versunken.«

»Heißt das etwa, dass du mich angestarrt hast?«, neckte ich ihn.

In diesem Moment platzte Greta herein. »Wollt ihr mal die Höhle sehen, die Opa Igge und ich gebaut haben?«

Mark griff nach der Kekspackung. »Und ob wir das wollen. Wir bringen sogar was zum Knabbern mit.«

»Braucht ihr nicht, ich hab alles da!« Schon huschte Greta wieder hinaus.

Die Höhle hatte sie mit Igges Hilfe im Garten aus dem Strandkorb, diversen Gartenstühlen, Laken und Wäscheklammern gezimmert. Feierlich öffnete sie den Schlitz zwischen zwei Tischdecken und bat uns hinein.

Mark und ich duckten uns und krabbelten auf allen vieren ins rötlich schimmernde Innere.

»Erinnert eher an einen Puff als an eine Höhle«, flüsterte er.

»Interessant, dass du das so genau weißt«, wisperte ich zurück.

Erst jetzt entdeckten wir Igge, der leise schnarchend auf einer Picknickdecke lag. Die Hände hatte er auf seinem Bauch verschränkt. Mark und ich sahen uns nach einem freien Plätzchen um. Viel Spielraum gab es nicht.

»Macht es euch gemütlich«, piepste Greta, »ich hole Kaffee und Kuchen!«

Nachdem wir unsere Gliedmaßen sortiert hatten, saßen wir im Schneidersitz nebeneinander. Unsere bloßen Knie berührten sich, wir zuckten zurück.

»Sorry, so bekomme ich einen Krampf.« Mark ließ die Knie wieder sinken.

Seine Härchen kitzelten an meinem Bein, ich bekam eine Gänsehaut.

Schon reichte uns Greta durch die Tischdecken zwei mit Grashalmen bedeckte Tellerchen. »Hier kommt der Kuchen.«

»Ich dachte, es gibt was Richtiges«, raunte Mark mir zu und nahm ihr die Teller ab, es folgten zwei mit Erde befüllte Plastikbecher. Zum Schluss krabbelte Greta zu uns ins Zwielicht. Mark ruckelte noch ein wenig näher an mich heran, um Platz zu schaffen. Die Haare an seinen Beinen kitzelten diesmal auf meinem Oberschenkel.

»Guten Appetit!«, wünschte meine Enkelin, und Mark und ich füllten die Gabeln, hielten sie vor die Lippen und schmatzten in die Luft.

»Köstlich«, lobte Mark.

»Das schmeckt wie im Restaurant«, stimmte ich ein und simulierte einen großen Schluck.

Greta tat ebenfalls, als äße sie und pries ihr eigenes Werk in den höchsten Tönen.

»Du, Gretchen«, sagte ich nach einer Weile, »wenn Mark und ich gleich satt sind, müssen wir aber wieder an die Arbeit.«

Anklagend zeigte sie auf Igge, dessen Schnarchen sich verstärkt hatte. »Und wer soll dann mit mir spielen?«

In diesem Moment stob Zilli zu uns hinein, schlug mir den Plastikteller aus der Hand, dann stürzte sie sich auf den schlafenden Igge. Der schnappte nach Luft, wehrte sie ab.

Mark packte Zilli am Halsband. »Nicht so stürmisch, junge Dame!«

Nun wollte sie ihm das Gesicht abschlecken, doch er reckte es aus ihrer Reichweite.

Igge rappelte sich zum Sitzen auf. »Kinners, ich müsste mal austreten.«

»Huhu, wo sind denn alle?«, rief Giulia von draußen.

Mark machte eine auffordernde Geste Richtung Ausgang. »Ladies first.«

Dachte er wirklich, ich würde hier auf allen vieren vorauskrabbeln?

Ich schürzte die Lippen. »Das hättest du wohl gern.«

Mark setzte einen Dackelblick auf. »Ich bekenne mich schuldig.« Stattdessen krabbelte nun er vor mir aus der Höhle.

Ich hätte ihm einen freundschaftlichen Stups verpassen können, ließ es jedoch lieber bleiben.

Als ich kurz darauf den Kopf zwischen den Laken hervorstreckte, half Mark mir auf die Füße. Dann seinem Vater.

»Das war sehr schön mit dir in der Höhle«, raunte er mir zu.

Verlegen streifte ich mir das Gras von den Knien, wollte »Fand ich auch« entgegnen, doch dann sprach er weiter. »Das wäre bestimmt auch eine hübsche Szene für deinen Roman, meinst du nicht?«

Blinzelnd stimmte ich ihm zu.

»Soll ich gleich noch was einkaufen gehen?«, bot Giulia an. »Wir könnten heute Abend alle zusammen essen.« Es war ihr anzusehen, wie sehr sie sich darüber freute, dass zwischen Mark und mir das Kriegsbeil begraben war.

»Weißt du was?«, antwortete er, »ich komme mit, denn heute koche ich uns allen was Schönes.« Abermals lehnte er sich zu mir hinüber. »Das würde deiner Heldin doch bestimmt gefallen, wenn der Loveinterest für sie in der Küche steht?«, flüsterte er. »Was ist denn ihre Leibspeise?«

Mein Auge zuckte. »Darüber habe ich mir noch keine Gedanken gemacht.«

Er betrachtete mich prüfend. »Was hältst du von Lachs auf Spinat, dazu Petersilienkartoffeln?«

Ich starrte ihn an. Woher –?

»Wer weiß, vielleicht ist Julias Loveinterest ja auch bei Instagram«, raunte Mark.

Meine Augen weiteten sich. Er hatte mich auf Instagram aufgestöbert? Vielleicht hätte ich mir etwas Komplexeres als *@steffifrankfurt* ausdenken sollen.

Nachdem ich ihm eine Antwort schuldig geblieben war,

wandte Mark sich erneut Giulia zu. Schon machten die zwei sich mit Greta auf den Weg zum Einkauf. Zilli wurde zu Igge ins Haus verbannt.

Ich stellte den Saugroboter an und setzte mich zurück an meinen Platz am Esstisch. Jetzt, wo wieder Ruhe herrschte, hätte ich weiterschreiben können. Doch vorher öffnete ich Instagram. Suchte nach Mark. Leider gab es Männer seines Vornamens wie Sand am Meer. Und auch bei Memmert landete ich keinen Treffer. Ebenso wenig bei *@markneumuenster*. Das hatte er garantiert beabsichtigt. Wahrscheinlich wartete er nun nur darauf, dass ich ihn fragte, unter welchem Profil ich ihn dort finden konnte. *Denkste, Mark Memmert, darauf kannst du lange warten.*

Ich legte das Smartphone ab und starrte auf den Bildschirm vor mir. Die Liebesszene mit Julia und Tamme am Strandlagerfeuer war schon im Kasten. Jetzt musste etwas anderes kommen. Mir gefiel der Gedanke, dass er sie bekochen würde.

In mich hineinlächelnd legte ich die Finger auf die Tastatur und begann zu schreiben. Dabei drehte der Saugroboter seine Runden.

Als die anderen von ihrem Einkauf zurückkehrten, herrschte draußen mal wieder wildes Spektakel. Allerdings hatte ich für heute eigentlich auch genug gearbeitet. Genauso wie der Staubsauger, der mitten auf dem Teppich stehengeblieben war. Vielleicht war der Akku leer?

In diesem Moment öffnete Mark die Terrassentür. »Wegen dem Essen«, sagte er, »magst du Knobi im Spinat? Giulia war sich nicht sicher.«

»Gerne«, antwortete ich.

Er hob den Daumen, sein Blick blieb am Saugroboter hängen. »Ach schau mal an«, sagte er und trat ein, »da muss ich doch mal ...« Ohne Vorwarnung stellte er sich mit beiden Füßen auf das Gerät.

»Ähm«, hob ich an, aber es war bereits zu spät. Das Gehäuse sackte unter Marks Gewicht zusammen, das scharfe Klirren von Schrauben war zu hören, dann zog sich krachend ein Riss durch die Abdeckung.

Mark trat mit einem »Ups!« herunter, starrte auf den zertrümmerten Staubsauger zu seinen Füßen.

»Bist du noch zu retten?«, fragte ich.

Er blinzelte. »War das etwa so ein Saugdingens?«

»Ganz genau!«

»Echt jetzt?«, rief Mark. Dann starrte er wieder zu Boden. Im nächsten Augenblick schüttete er sich aus vor Lachen. »Ich dachte, das sei eine Waage!«, japste er atemlos.

Kichernd tippte ich mir an die Stirn, fiel schließlich in sein Gelächter ein. Eine Waage. Mitten im Wohnzimmer?

»Sorry, ich besorge natürlich einen neuen«, beteuerte er, als er wieder zu Atem gekommen war. Mit beiden Händen wischte er sich die Tränen von den Wangen. »Bitte erzähl das niemandem weiter.« Er deutete mit dem Daumen hinter sich. »Schon gar nicht meinem Vater. Der sagt mir doch immer, ich wäre mindestens genauso meschugge wie er.«

»Sagt er das?«, fragte ich schmunzelnd. Bekloppt fand ich Mark Memmert keineswegs. Herausfordernd vielleicht. Vor allem aber ziemlich interessant. Und das war ja erst mal nichts Schlechtes. Ich musste nur achtgeben, dass ich mich nicht aus Versehen auch wie meine Protagonistin verliebte.

Nachdem wir die Trümmer des Staubsaugers im Keller verstaut und Mark im Internet einen neuen bestellt hatte, bot ich meine Hilfe bei der Zubereitung des Abendessens an. Doch davon wollte er nichts wissen. Wir seien seine Gäste, und Eingeladene müssten nichts tun.

Also beschloss ich, mich für den erfolgreichen Schreibtag zu belohnen und ein Bad zu nehmen. Ich trug außerdem eine Haarkur auf und ließ sie einwirken.

Währenddessen schallte von draußen das fröhliche Kreischen von Greta herein – wahrscheinlich war Zilli erneut im Garten zugange. Erstaunlicherweise war mir das gerade gleichgültig. Mark hatte versprochen, alles wieder herzurichten. Wenn er mich ließ, würde ich ihm dabei zur Hand gehen – eigentlich war es ja meine Aufgabe, nach dem Garten zu schauen.

Zufrieden räkelte ich mich im warmen Wasser, meinte das leise Gemurmel von Igge und Giulia zu hören.

Später betrat ich Igges Haus über die nachbarliche Haustür und spähte in die Küche. Mark trug eine Kochschürze um die Hüften, seine Füße steckten in Flipflops. Er hatte sich rasiert, der Blick auf die Grübchen war wieder frei.

»Hier riecht es aber gut«, lobte ich. Selbst wenn ich nicht gewusst hätte, was auf den Tisch kam – spätestens jetzt hätte ich es geahnt. Der Fisch, der Spinat und der Knoblauch gingen schon dem Geruch nach eine feine Verbindung ein. Wie köstlich würde das erst schmecken? Mein Magen knurrte.

Mark warf mir über seine Schulter hinweg einen Blick zu. »Das Kompliment kann ich nur zurückgeben. Du riechst wie ein Wellnesstempel.«

Hoffentlich hieß das nicht, dass ich es übertrieben hatte. Zu viel Parfum war fast schlimmer als zu wenig.

»Kann ich dir nicht doch mit irgendetwas zur Hand gehen?«, bot ich an, doch er scheuchte mich fort. »Ihr könnt schon mal auf der Terrasse Platz nehmen, gleich ist alles fertig. Verteilt doch schon mal den Salat.«

Vasen mit duftenden Rosen aus dem Garten zierten den Tisch, dazu gab es weißes, schon etwas angeschlagenes Geschirr und Baumwollservietten mit Silberbesteck.

»Das stammt alles noch von Elfie«, erklärte Igge, als wir uns setzten.

Giulia goss ihm Wasser ein, ich verteilte den Salat in die bereitstehenden Schälchen. Das Dressing roch fruchtig. Zwischen den Salatblättern entdeckte ich Blüten von Stiefmütterchen, die ebenfalls aus dem Garten stammten.

»Vierzig Jahre waren wir verheiratet«, fuhr Igge fort. »Und dann eines Tages«, er hieb mit der Faust auf den Tisch, »liegt sie tot im Keller.«

Greta legte sich die Hand auf den Mund. »Warum denn das, Opa Igge?«

Giulia und ich wechselten einen erschrockenen Blick. Das war kein gutes Thema für ein Kind. Doch Igge fuhr schon mit der Geschichte fort. »Die Gute wollte Wäsche waschen, und als sie nich wiederkam, ging ich nachsehen. Grässlich war das.«

Ich glaubte es ihm unbesehen. »Wie lange ist das jetzt her?«

»Dreizehn Jahre.« Igge fummelte an seinem Hemdsärmel. »Und sie fehlt noch immer.«

Mark betrat mit zwei Schüsseln beladen das Esszimmer, ich nahm ihm eine ab. »Wer fehlt noch immer?«, fragte er.

»Deine Mudder!« Igge verdrehte die Augen.

»Heute Abend wollten wir aber eigentlich über was Schönes reden, Vadder.«

Igge breitete die knochigen Hände aus. »Dann darfst du beim nächsten Mal nich das feine Geschirr auf'n Tisch tun. Da brauchs du dich nich wundern.«

Mark schenkte ihm kein Gehör, er holte weitere Schüsseln und verteilte sie auf dem Tisch, setzte sich endlich zu uns. »Lasst es euch schmecken.« Feierlich griff er zum Besteck.

»Ohne Übertreibung, es mundet wie im Restaurant«, beteuerte meine Tochter, nachdem sie die ersten Bissen genommen hatte.

»Nein, besser!«, bekräftigte ich, »Du musst mir unbedingt das Rezept verraten.« Der Fisch war butterzart und saftig, der Spinat schmeckte cremig und nach einem Hauch Knoblauch und Muskat, die Kartoffeln waren auf den Punkt. Und selbst an die Petersilie auf den Knollen hatte Mark gedacht.

»Das Rezept verrate ich dir in einer stillen Minute.« Mark zwinkerte mir zu. »Von denen werden sich ja hoffentlich noch ein paar ergeben.«

Wie oft wollte mir eigentlich noch so furchtbar heiß werden, wenn er etwas Nettes sagte?

Giulia wackelte mit den Augenbrauen. Vermutlich ging die Fantasie mit ihr durch. Sie ahnte ja nicht, dass er mir nur Stoff für meinen Roman liefern wollte. Sein Kommentar mit dem Instagramprofil hatte das doch wohl belegt? Dennoch warf ich ihm einen unsicheren Blick zu.

Igge, der kein Wort zu den Kochkünsten seines Sohnes verlor, hatte Mühe mit dem Essen. Er säbelte am Fisch herum und kleckerte sich Spinat aufs Hemd. »Sakrament«, fluchte er, »diese steifen Finger machen mich noch ganz tüdelig!«

»Das kann man doch waschen«, tröstete ihn meine Tochter. Sie langte zu ihm hinüber und half ihm, den Fisch zu zerteilen. »Da hast du aber auch ein mächtig dummes Stück erwischt.«

Bewundernd betrachtete ich sie. Sie besaß dieses besondere Gespür für ältere Menschen, genauso wie für Kinder und Tiere. Obwohl sie hier die ganze Zeit mit Igge, Greta und Zilli beschäftigt war, schien es ihr keine Last. Im Gegenteil. Abgesehen davon war Greta allerdings auch ziemlich auf Mark fixiert. Sie wollte sich nicht von ihrer Mutter beim Zermatschen der Kartoffeln helfen lassen, sondern von ihm. Und er zeigte sich mal wieder äußerst liebevoll und geduldig.

Während des Essens atmete Igge schwer, es war ihm anzusehen, dass der Tag anstrengend für ihn gewesen war. Schließlich legte er das Besteck ab. »Kinners, ich kann nich mehr«, sagte er.

»Magst du lieber in den Sessel?« Giulia stoppte Mark, der aufstehen wollte, mit einer Handbewegung. »Du hast dir nach diesem Festmahl eine Pause verdient.« Liebevoll führte sie Igge ins Wohnzimmer und schob ihm im Sessel ein Kissen in den Rücken, bettete seine Füße auf den dazugehörigen Hocker. »Zeig mal deine Hände«, forderte sie und betrachtete sich die angeschwollenen Gelenke. »Tun die arg weh?«

Igge ballte eine Faust und öffnete die Finger wieder. »Kann sie nich mehr gut bewegen. Ist so in meinem Alter, da kann man nichts machen.«

»Vielleicht hab ich was für dich dabei.« Giulia huschte hinüber zu Antje und war kurz darauf zurück, rieb Igges Gelenke mit Wintergrün ein. Das Kräuteröl half bei Entzündungen und Verhärtungen der Gewebe. Im Seniorencafé schworen die Leute darauf, wie sie erzählte. Wenn man Igge glauben wollte, spürte auch er die Wirkung sofort.

»Was machen denn die anderen Inselbewohner, wenn sie

Betreuung für ihre Eltern brauchen? Gibt es keine Einrichtung?«, flüsterte ich Mark zu.

»Doch. Die Seniorenresidenz Dünenglück. Natürlich käme die in Frage. Allerdings wird mein Vater keinen Fuß hineinsetzen. Seine Schwester musste dort nach ihrem Schlaganfall aufgenommen werden und kam bis zu ihrem Tod nicht mehr raus. Für ihn wäre das der Anfang vom Ende.«

Ich nickte ihm zu, konnte ich das doch allzu gut verstehen. Meine Eltern waren noch fit, sie reisten viel und genossen ihren Ruhestand. Hoffentlich blieb das noch lange so.

Es war schon nach zehn, als wir den Tisch abräumten. Greta war auf Igges Sofa eingeschlafen, Giulia trug sie ins Bett. Anschließend setzten meine Tochter und ich uns noch in Antjes Wohnzimmer zusammen. »Er hat ja heute richtig mit dir geflirtet«, raunte sie. »Und du bist rot geworden wie ein junges Mädchen!«

»Dafür sind allein meine Hitzewallungen verantwortlich«, tat ich ihre Worte ab. »Und geflirtet hat er nur, um mir Stoff für meinen Roman zu liefern.« Wobei ich mir da gar nicht *so* sicher war. Aber einbilden wollte ich mir lieber auch nichts. Und selbst wenn da von seiner Seite ebenfalls ein gewisses Prickeln sein sollte – wohin sollte das alles führen?

»Red dir ein was du willst – er mag dich. Das ist nicht zu übersehen.«

Ich schüttelte nur den Kopf. Besser, ich machte mir erst gar keine Hoffnungen. Dann konnte ich auch nicht enttäuscht werden.

11

Der nächste Tag war ein Sonntag, und es regnete ununterbrochen. Giulia leistete Igge mit Greta vorm Fernseher Gesellschaft, sie schauten sich alte Disneyfilme an, bei denen Greta sich kaputtlachte und Igge und Giulia in Erinnerungen schwelgten. Zwischendurch führten sie den Hund aus und besuchten das örtliche Inselmuseum.

Mark und ich saßen derweil in unserem provisorischen Büro und arbeiteten. Wir waren so in die Arbeit vertieft, dass wir kaum ein Wort miteinander wechselten. Nur ab und zu warfen wir uns einen aufmunternden Blick zu oder tranken einen schnellen Kaffee.

Zwischendurch trudelte eine E-Mail von Nadja ein. Seitdem sie mir das Okay für die grobe Romanhandlung gegeben hatte, hatte ich nichts mehr von ihr gehört. Nun bat sie mich um eine Leseprobe, um zu überprüfen, »ob alles in die richtige Richtung« ginge. Diese Nachricht ließ mich für einen Augenblick erzittern – doch dann rief ich mich selbst zur Räson. Besser, ich erhielt zeitnahes Feedback, ehe ich mich vollends vergaloppierte. So hielt ich es umgekehrt auch mit den von mir betreuten Autorinnen, um zu vermeiden, dass am Ende alles noch einmal komplett überarbeitet werden musste.

Ich versprach ihr, ganz bald etwas zu liefern.

Abends bereitete Giulia einen riesigen Topf Spaghetti für alle zu. Wie selbstverständlich schnitt sie Greta und Igge die Nudeln klein, damit sie zurechtkamen.

Wie wir so um den großen Tisch versammelt saßen, hätte man meinen können, wir seien eine große, einträchtige Familie. Verstohlen schielte ich von einem zum anderen, lauschte dem fröhlichen Geplapper meiner Enkelin und Giulias ermutigenden Worten an Igge, tauschte mit Mark Blicke, von dem ich annahm, dass auch er die Situation genoss. Wenngleich ihm gelegentlich ein angestrengtes Stirnrunzeln dazwischengeriet.

Alles in allem war es jedenfalls ein gelungener Tag. Keine besonderen Vorkommnisse.

So konnte es meinetwegen weitergehen.

Am Montag schickte ich die ersten Kapitel an Nadja und beschloss, einen Tag Pause einzulegen, um endlich mal ausgiebig Zeit mit Giulia und Greta zu verbringen. In der Nacht hatte es wieder geregnet. Die Wiese im Garten war pitschnass, die Wege vorm Haus mit Pfützen übersät, doch die Sonne stand morgens schon wieder am Himmel und ließ die Natur in frischen Farben erstrahlen.

Da draußen noch alles nass war, beschlossen wir, uns drinnen zu beschäftigen. Daheim in Frankfurt liebte es meine Enkelin, Friseurin zu spielen. Und was sie darüber hinaus liebte – genauso wie ihre Mutter und ich – waren die Songs von Abba. Ruckzuck hatte sie im Wohnzimmer einen »Friseurstuhl« für mich in die Mitte geschoben, auf dem ich rittlings Platz nahm. Giulia startete die Musik von ihrem Smartphone und knipste Fotos, während wir drei zu »Dancing queen« mitsangen und die Kleine mir die Haare kämmte. Zwar tat das meinen Locken nicht unbedingt gut, da mir danach der Schopf in alle Richtungen stand, doch ich genoss ihre Berührungen. Dabei hätte ich Schnurren können wie ein Kätzchen.

Greta flocht mir bunte Gummis ins Haar, bürstete wieder und begann von vorn.

Als Mark, den ich für diesen Tag ins Haus seines Vaters »verbannt« hatte, an die Scheibe klopfte, winkte ich ihn vergnügt zu uns herein.

»Wollte doch mal hören, wer da so schön trällert.« Er betrachtete uns anerkennend. »Ihr könntet glatt eine Band gründen.«

»Was ist eine Band?«, wollte Greta wissen.

Giulia hob sie auf den Arm und drückte ihr einen Kuss auf die Nasenspitze. »Leute, die Musik zusammen machen.«

Ihre Tochter schlang die Arme um ihren Hals. »Aber dann sind wir ja schon eine Band.«

»Eine Wohnzimmerband«, sagte ich lachend.

»Wir haben hier übrigens auch einen richtigen Friseurladen.« Mark deutete auf meinen wirren Schopf. »Die Besitzerin heißt Lotti und stammt ursprünglich aus Berlin. Ich war noch nicht bei ihr, aber falls du Lust auf einen Spaziergang hättest, könnten wir bei ihr vorbeischauen.«

Mir fiel ein, dass auch Antje und dieser Inselschreiber ihren Salon erwähnt hatten. Zwar hätte ich die Frau nicht wegen des von ihm angepriesenen Inseltratschs aufgesucht, doch ich hatte Lust, mir die Haare schön machen zu lassen. In Frankfurt fand ich selten Zeit dafür.

»Hat der Salon denn montags geöffnet?«, fragte ich zweifelnd.

»Ich glaube schon. Hoffen wir, dass sie spontan einen Termin frei hat. Und wenn nicht, machen wir eben etwas anderes.«

Giulia zwinkerte mir zu.

Als wir auf dem Weg ins Dorf waren, sagte er: »Schön, dass wir uns noch mal zu zweit irgendwohin wagen. Zuletzt ist das ja ein bisschen unglücklich geendet.«

Ich knabberte auf der Unterlippe. »Das stimmt.«

»Jeder hat eine zweite Chance verdient«, ergänzte er mit einem flehenden Blick. »Ich verspreche auch hoch und heilig, mich zu benehmen. Mit meinen Bemerkungen bin ich wohl ein bisschen übers Ziel hinausgeschossen, was?«

Ich sparte mir einen Kommentar. Diese Angelegenheit nach dem Pizzeriabesuch war für mich abgehakt. Wir hatten uns ja längst wieder versöhnt.

Der Salon mit dem etwas beunruhigenden Namen *Wächst ja wieder* lag gleich am Hafen. Vor einer Bank, die an der weiß getünchten Hauswand lehnte, stolzierte eine Möwe mit erhobenem Haupt hin und her, als hätte sie einen Termin und wartete darauf, hineingebeten zu werden. Zilli sprang kläffend auf sie zu, und sie flog davon.

Die Tür zum Salon stand offen. Auf einem Friseurstuhl im Retrolook saß eine alte Dame mit zart fliederfarbenem Haar. Die dunkelblonde Salonbesitzerin hielt ihr eben einen Spiegel hinter den Kopf, damit sie ihre frisch frisierte Pracht bewundern konnte.

»Sehr schön, min Deern«, lobte die Frau, »perfekt wie immer.«

Aha. Der Lilatouch war also gewollt und kein Unfall. Schmunzelnd sah ich mich um. Nicht nur die Kundin, auch die Besitzerin des Salons bevorzugte es bunt. Im Inneren war es farbenfroh gestrichen, und Friseurin Lottis Gesicht war von zwei rosafarbenen Haarsträhnen umrahmt, die sie sich hinters Ohr geklemmt hatte. Sie trug ein geringeltes Shirt und eine aufgekrempelte Latzhose. Frech sah sie aus, die Berlinerin, sehr sympathisch. Hoffentlich konnte sie auch gut schneiden und der Salonname war nicht Programm.

Nachdem sie sich von ihrer Kundin verabschiedet hatte, wandte sie sich mit einem »Und was kann ich Schönes für Sie tun?«, mir zu.

»Das heißt, sie haben Zeit für mich?«

Die junge Frau nickte. »Immer rein in die gute Stube.«

Ich gab Mark, der es sich draußen auf der Bank bequem gemacht hatte, ein Zeichen, dass ich bleiben durfte, und trat ein, deutete auf meine von Greta zerpflückten Wellen. »Ein bisschen nachschneiden wäre toll, damit die Locken wieder schön springen.«

Lotti wies auf den Stuhl. »Klasse Farbe«, schwärmte sie. Über den Spiegel strahlte sie mich an. »Und Ihre Sommersprossen. Ein Traum! Sie haben Ähnlichkeit mit Julianne Moore, wissen Sie das?«

Verlegen bedankte ich mich.

Sie pflückte eine Strähne aus meinem roten Schopf und inspizierte die Haarspitzen. »Viel ist da nicht kaputt, da müssen nur wenige Zentimeter weg. Oder soll es eine Typveränderung sein?«

Lachend lehnte ich ab.

»Na, dann waschen wir die Pracht erst mal.«

Während sie mein Haar schamponierte, fragte sie mich, ob ich etwa zu den wenigen Touristinnen gehörte, die den Weg auf die Insel fanden.

In knappen Worten fasste ich zusammen, was mich für

vier Wochen hierher geführt und ich bisher – im Groben – erlebt hatte. »Übrigens war es dieser Autor vom Leuchtturm, der mir Ihren Salon empfohlen hat«, endete ich.

Die Friseurin beugte sich nach vorn. »Wolfram? Hat er Ihnen verraten, woran er schreibt? Wir fragen uns hier nämlich alle, was er seit Neuestem dauernd in sein Notizbuch kritzelt.«

Ich hob die Schultern. »Als ich ihn getroffen habe, hatte er keines dabei. Aber es war von einem Krimi die Rede.«

Ihre Finger massierten meine Kopfhaut. Wie gut das tat. So eine Szene konnte ich eigentlich auch noch in den Roman einbauen. Nach einer Kopfmassage sehnte sich doch jeder.

»Ein Krimi, so so.« Lotti spülte das Shampoo mit wohltemperiertem Wasserstrahl aus und gab Conditioner ins Haar. Schließlich saß ich mit einem Handtuchturban wieder aufrecht.

»Dann wollen wir mal.« Lotti nahm das Tuch ab und lächelte mir aufmunternd zu.

Als ich aus dem Salon trat, fühlte sich mein Kopf wunderbar leicht an. Lotti hatte bei meinen Locken wahre Wunder vollbracht, so fröhlich hatten die sich noch nie gekringelt.

Mark warf mir einen anerkennenden Blick zu. »Hello, Shirley Temple«, scherzte er und machte eine halbe Verbeugung. »Let's dance, würde ich sagen.«

»Pass bloß auf, dass ich dich nicht beim Wort nehme«, warnte ich ihn, »ich tanze nämlich leidenschaftlich gern.«

»Ach was?« Falls das überhaupt möglich war, betrachtete er mich noch wohlwollender als zuvor. »So richtig auf dem Parkett mit Wechselschritt und allem Pipapo?«

»Mit allem Glanz und Gloria«, versicherte ich. Bedauernd hob ich die Schultern. »Es gibt leider viel mehr tanzwütige Frauen als Männer, es ist wirklich schwer, einen Partner zu finden.«

Mark tippte sich auf die Brust. »Hier wäre einer.«

Ich beäugte ihn misstrauisch. »Wo willst du denn tanzen gelernt haben? Gibt es auf Nortrum etwa auch eine Tanzschule?«

»Nicht direkt, aber auf den Gemeindefesten – und davon gibt es hier einige – wurde immer getanzt, da hat man es mit der Zeit gelernt.« Er wackelte mit den Augenbrauen. »Ein bisschen Talent gehört natürlich auch dazu.«

Fast hätte ich zu ihm gesagt, dass er mir dieses Talent bitte bei nächstbester Gelegenheit beweisen solle. Doch dann dachte ich an Paolo und Jochen und zu welchen Desastern das Tanzen mit ihnen geführt hatte und verbannte den Gedanken sofort wieder in die hinterste Ecke.

»Was hältst du von einem Abstecher an den Hundestrand?«, durchbrach Mark die Stille.

Zögernd fasste ich mir an die Lockenpracht. »Wenn ich das Kopftuch aufsetze, gehört meine neue Frisur schon wieder der Vergangenheit an.«

»Eine Schönheit wie dich kann nichts entstellen. Und das Kopftuch steht dir doch auch.« Mark lächelte mir so sanft zu, dass es mir mitten ins Herz ging. War da doch mehr zwischen uns als nur ein Flirt?

In diesem Moment passierte uns ein Pärchen mit Pudel. Er und Zilli beschnupperten sich ausgiebig. Das Tier trug ein Mäntelchen im Burberrymuster. Mark und ich warfen uns einen verstohlenen Blick zu. »Fehlt nur noch der Hut«, raunte er mir zu.

»Wie wäre es, wenn wir Zilli auch mal so ein schickes

Kleidchen besorgen?«, fragte ich ihm beim Weitergehen. »Wäre das nicht dein Traum?«

Er warf mir einen belustigten Blick zu. »Das würdest du glatt machen, oder? Meine arme Zilli. Zum Glück gibt es hier keinen Laden für solchen Firlefanz.« In einer gespielten Geste wischte er sich den Schweiß von der Stirn.

Kaum hatten wir den Dünenweg hinter dem Hafen erreicht, wusste Zilli genau, wo es lang ging. Sie raste voraus, ihre Ohren schlackerten, als wollte sie abheben. Ich konnte gar nicht mehr verstehen, weshalb ich anfangs wegen der Beete so ungehalten gewesen war. Dieses Hundemädchen war einfach unfassbar süß, ihre Fröhlichkeit ansteckend.

Mark trug ein Hundespielzeug mit sich, ein Wurfgeschoss, mit dem er einen kleinen Ball so weit von sich schleuderte, dass ich ihn fast aus den Augen verlor. Zilli hingegen behielt ihn genau im Blick und sprang kläffend hinterher, brachte ihn schwanzwedelnd zurück. Wieder und wieder. Selbst aus dem Wasser fischte sie ihn.

»Mark?«, vernahmen wir plötzlich eine weibliche Stimme hinter uns.

Wir wandten uns um. Eine Frau, die ich auf Mitte vierzig schätzte, näherte sich. Sie trug das blonde Haar schulterlang und streifte es hinter die Ohren. »Lange nicht gesehen«, sagte sie zu ihm. »Ich wusste nicht, dass du hier bist.« Mit Blick auf Zilli fragte sie: »Ist das deiner?«

»Kann man so sagen.«

Er sah nicht gerade gesprächig aus. Zögernd nahm ich ihm die Ballschleuder ab und warf den Ball für Zilli, sonderte mich ein Stück von den beiden ab, doch der Wind trug ihre Stimmen in meine Richtung.

»Bist du auf Urlaub hier, oder –?«, fragte Mark.

»Ja, mit der Familie.«

Schweigen.

»Und wie geht es allen? Lino und Bendix meine ich«, fragte er dann.

»Gut. Sehr gut sogar. Lino geht schon in die achte Klasse. Benni ist gerade mit der zehnten fertig, wechselt demnächst in die Oberstufe.«

Aus dem Augenwinkel sah ich, wie sie hinter sich zeigte. »Die fläzen sich gerade im Strandkorb und starren in ihre Handys. Schwieriges Alter.«

Sie schwiegen wieder.

»Willst du sie vielleicht mal begrüßen?«, schlug sie vor.

»Nee, lass mal.«

»Okay.« Die Frau zuckte mit den Schultern. Dann trat sie näher und fasste Mark am Arm. »Tut mir wirklich leid, wie das damals –«

Er schüttelte sie ab und nahm zwei Schritte rückwärts, als hätte er sich verbrannt. Mit dem Daumen zeigte er in meine und Zillis Richtung, die eben wieder mit dem Ball herange-hetzt kam.

Die Frau musterte mich, dann hob sie abermals die Schultern.

Mark ließ sie stehen. Er schlüpfte aus seinen Schuhen und legte sein Handy darin ab, dann nahm er mir die Ball-schleuder aus der Hand. Mit einem Pfiff lockte er Zilli herbei und rannte los zur Wasserlinie, sprintete wie der Teufel ins Meer hinein, mit Zilli an der Seite, die begeistert bellte und in der Gischt der Wellen verschwand.

Die Frau und ich wechselten einen Blick, dann wandte sie sich ab und ging davon.

Ich beobachtete Mark weiter bei seinem Spiel mit Zilli, doch die Leichtigkeit, die ihn vorher umgeben hatte, war verschwunden.

Schließlich trug er den Hund auf den Armen heraus, sein Shirt und die Hose trieften vor Nässe.

Auch wenn er es sich zu verkneifen versuchte, ich sah, wie er zitterte.

»Du bräuchtest ein Handtuch«, sagte ich hilflos.

»Unsinn, geht schon.« Er ließ Zilli auf den Sand, die Hündin schüttelte sich. Das Wasser stob aus ihrem Fell.

»Alles okay?«, fragte ich.

Ärgerlich zog er die Brauen zusammen, während er die Schuhe wieder anzog. »Mein Gott, warum denn nicht? Ich brauchte nur eine Abkühlung.«

Wie gern hätte ich ihn gefragt, wer die Frau gewesen war. Eine Ex-Freundin offensichtlich. Doch was war zwischen ihnen vorgefallen? Und wer waren die Kinder, die sie erwähnt hatte?

»Sollen wir nach Hause gehen?«, fragte ich. »Du wirst sicher die Klamotten wechseln wollen.«

»Ich denke, was ich will oder nicht, überlässt du einfach mir?«

Ich blinzelte. Gut, dann hielt ich wohl besser den Mund. Schweigend folgte ich ihm. Selbst Zilli ging folgsam neben ihrem Herrchen her.

Als wir den Dorfrand und damit unsere Häuser erreicht hatten, blieb er in der Tür zum Haus seines Vaters stehen. »Heute Abend essen wir am besten mal getrennt.«

»Wie du meinst.« Ich schluckte. »Tschüss«, sagte ich noch. Dann schlug Mark die Haustür hinter sich ins Schloss.

Ich wusste nicht, ob ich mich über ihn ärgern oder um ihn sorgen sollte. So oder so: Ein dicker Kloß steckte in meinem Hals fest.

Vom Wohnzimmer aus beobachtete ich, wie Zilli zu unseren Familienmitgliedern auf die Wiese schoss und ihre

Wiedersehensfreude kundtat. Mark kam nicht nach draußen.

Es dauerte keine zwei Minuten, da stand Giulia bei mir. »Und?«, fragte sie, »wie war euer Ausflug?«

Ich ließ mich aufs Sofa fallen, berichtete meiner Tochter von der seltsamen Begegnung am Strand. »Und auf einmal ist seine Stimmung gekippt, als hätte jemand einen Schalter umgelegt.«

»Vielleicht ist es nicht gut geendet mit den beiden.«

»So weit war ich auch schon«, entgegnete ich. »Aber dass er nicht mehr mit mir spricht und wir deswegen heute Abend nicht zusammen essen werden, finde ich ziemlich traurig.«

Giulia schmunzelte. »Wusste ich es doch. Dir liegt was an ihm.«

Seufzend verschränkte ich die Arme. »Mir liegt etwas an allem hier. Dass wir uns hier so gut verstehen und alles so wenig stressig ist zwischen immerhin vier Generationen – das gefällt mir. Und jetzt will er nicht mehr mit uns essen?«

»Dann essen wir anderen eben alle ohne ihn.« Giulia zuckte die Schultern. »Ist ja wohl nicht mehr zeitgemäß, dass wir Frauen uns von einem Mann sagen lassen, was wir zu tun und zu lassen haben. Das sind vier gegen einen. Igge wäre garantiert auch enttäuscht.«

Ich rieb mir mit beiden Händen übers Gesicht. »Wir können ihm doch nicht den eigenen Vater abspenstig machen.«

»Oder wir setzen Greta auf Mark an. Sie lässt ihren Charme spielen und knackt seine Schale.«

»Gar nichts machen wir«, widersprach ich. Irgendetwas sagte mir, dass es keine gute Idee wäre, Salz in die Wunde zu streuen. Welche auch immer es war. »Wir Sonntagsfrauen gehen in das Café am Hafen und machen uns einen gemütlichen Mädelsabend.«

Zwar sah meine Tochter mich an, als wollte sie widersprechen. Doch dann nickte sie und kehrte zurück zu Igge und Greta in den Garten.

12

Die kommenden beiden Tage verbrachte ich wieder am Schreibtisch im Dachzimmer. Mittlerweile neigte ich dazu, meinem Loveinterest Tamme ein komplett anderes Aussehen zu verpassen, da er mich immerzu an Mark erinnerte. Und der ging mir gewaltig auf die Nerven. War er eigentlich noch ganz gescheit? Seit er nach unserem Ausflug ins Haus verschwunden war, ließ er sich kaum blicken. Zwar hörte ich ihn, wenn er zu einer Runde mit Zilli aufbrach oder seinem Vater in den Garten etwas zurief, mehr aber nicht.

Einmal hätte ich fast bei ihm geklingelt, als der neue Saugroboter geliefert wurde. Doch dann holte ich das Teil einfach aus seiner Verpackung und ließ es eine Proberunde drehen. Auch das hätte ich Mark gern vorgeführt.

Es ärgerte mich, dass mir seine Gesellschaft so sehr fehlte. Aber da war ich nicht die Einzige.

»Warum ist Mark böse?«, wollte Greta in einer Kaffeepause von mir wissen und schob trotzig die Unterlippe vor.

»Er spielt nur noch mit Zilli, nicht mit mir. Und er lacht gar nicht mehr.«

Sie sprach mir aus der Seele. Vor allem hatte er auch mich ziemlich oft zum Lachen gebracht, und das gelang beileibe nicht vielen Männern.

Nachdenklich sah ich sie an. Mark und ich hatten doch letztens zusammen dieses arme Hündchen im Burberrymantel im Dorf gesehen. Da hatte er gelacht. Und im Minimarkt hatte ich ein Regal mit Puppen nebst Outfit entdeckt. Vielleicht würde es Greta und mir ja gelingen, mit einem Trick seine Schale zu knacken.

Ich strich meiner Enkelin über den Kopf. »Komm, ich hab da vielleicht eine Idee. Wir müssen dafür nur kurz ins Dorf.«

Giulia, die zu uns gestoßen war, betrachtete mich neugierig. »Was hast du vor?«

»Lass dich überraschen.«

Kurz darauf inspizierten Greta und ich im Supermarkt die Auswahl an Puppenkleidern. Wenn ich bei so einem Teil die Rückennaht auftrennte, könnte mit etwas Mühe ein Mäntelchen daraus werden. Nur Nähzeug musste ich noch erstehen. Das gab es hier bestimmt auch.

»Was hältst du davon, wenn du eins davon für Zilli aussuchen darfst?« Ich deutete auf die Puppenoutfits.

Mit großen Augen betrachtete Greta die Auslagen und zeigte auf ein Ballerinakleidchen. Verzückt schlug sie die Hände vor den Mund. »Dann ist sie mein Baby!«

Als wir aus dem Laden wieder nach draußen traten, konnte ich mir ein Lachen nicht verkneifen. Hoffentlich gelang mein Plan. Ich hatte länger nicht mit Nadel und Faden hantiert. Und Zilli musste ja auch noch mitspielen.

Zurück von unserem Ausflug spähte ich durch die

Scheibe in Igges Wohnzimmer. Mark hielt auf dem Sofa den Laptop auf dem Schoß, den Blick auf den Bildschirm gerichtet, zu seinen Füßen lag Zilli. Ich pochte leise und öffnete die Tür einen Spalt. Stirnrunzelnd sah er auf. Zilli hob den Kopf, ihr Schwanz schlug auf den Boden.

»Dürfen Greta und ich uns kurz mal deinen Hund ausleihen?«, fragte ich ihn.

»Wir waren erst spazieren.«

»Wir wollen nur ein bisschen mit ihr spielen.«

»Meinetwegen.« Er zuckte die Schultern.

Immerhin Zilli freute sich. Schwanzwedelnd folgte sie mir in Antjes Haus.

Greta sah mir konzentriert dabei zu, wie ich bei dem Kleidchen die Nähte auftrennte und den Stoff Zilli überwarf, um zu schauen, wie ich am besten vorgehen sollte. Anschließend begradigte ich mit ein paar Schnitten die Kanten und umgarnte sie, faltete aus den Stoffresten ein paar Bänder, mit denen wir das Mäntelchen an dem Hundemädchen befestigen konnten. Dank Zillis unendlicher Genügsamkeit gelang es uns, sie in das zusammengeschusterte rosafarbene Teil zu kleiden, dessen Hüfte ein Streifen Tüll zierte. Die Stoffreste reichten sogar noch aus für eine passende Schleife für Zillis Kopf, die wir vorsichtig mit einer Haarklammer befestigten.

Greta schlug entzückt die Hände zusammen. Der Ballerinahund sprang an ihr hoch. Ich verkniff mir ein Lachen.

»Jetzt musst du aber achtgeben«, mahnte ich Greta, als wir den Garten betraten, um den Hund zu Mark zurückzubringen, »dass sie nicht gleich wieder in der Erde wühlt. Sonst ist das Kleidchen sofort ruiniert.«

Schnell lockte Greta Zilli zu Igges Terrasse.

Mark saß noch immer in seinen Bildschirm vertieft auf dem Sofa.

»Na?«, brummte er nur, als Greta die Tür öffnete. Dann ging sein Blick zu Zilli, die schwanzwedelnd auf ihn zusprang. Die rosa Schleife auf ihrem Kopf wackelte wie ein Propeller.

Marks Augen weiteten sich. Er holte Luft und verschluckte sich an seiner eigenen Spucke. Nach Luft schnappend stellte er den Laptop neben sich ab. Sein Husten verstärkte sich noch, als Zilli die Vorderpfoten an ihm abstützte, um ihm die Hände abzuschlecken.

Als er wieder zu Atem kam und sie sich genauer betrachtet hatte, fragte er: »Wer hat sich das denn einfallen lassen?«

»Die Omi!« Greta strahlte mich an.

Zilli schmiss sich auf den Rücken, wollte am Bauch gekrault werden. Meine Enkelin ließ sich nicht lange bitten.

Marks Blick ging zu mir. Ich legte den Kopf schräg. Fragte ihn wortlos, ob er nicht endlich wieder der Alte sein wollte.

Er straffte die Schultern und erhob sich vom Sofa, winkte mich mit sich in den Hausflur seines Vaters. Dann schloss er die Tür zum Wohnzimmer, damit Greta uns nicht hören sollte, und versenkte die Hände in den Hosentaschen. »Ich weiß, ich habe mich wie ein Idiot benommen.«

»Schön, dass du es zugibst«, antwortete ich ohne jede Häme.

»Ich würde dich wahnsinnig gerne mal umarmen«, sagte er nun. »Wäre das okay?«

Mein Herz setzte einen Schlag aus. »Sehr okay.«

Schon standen wir eng umschlungen im Flur. Er drückte mir einen sanften Kuss auf die Schläfe. »Ich mag euch so sehr, weißt du«, flüsterte er.

»Wir dich doch auch«, wisperte ich zurück. Sein

warmer Körper fühlte sich wahnsinnig gut an. Meine Wange ruhte an seiner Schulter. Ich hätte noch viel länger so mit ihm stehen können, doch wir lösten uns voneinander.

»Verrätst du mir, was mit dir los war, seit wir diese Frau am Strand gesehen haben?«

»Das war ein ganz böser Moment.« Er seufzte tief. »Dieses Zusammentreffen mit Astrid hat mich kalt erwischt.«

»Wart ihr mal ein Paar?«

Mark fuhr sich durchs Haar. »Ich würde dir das ja ganz gern in einer ruhigen Minute erzählen und nicht gerade hier im Hausflur.«

Ich breitete die Hände aus. »Mir fällt gerade kein ruhigerer Ort als dieser ein.« Aus dem Wohnzimmer schallte Gretas Quieken beim Spiel mit Zilli.

»Also gut.« Mark kratzte sich versonnen das Kinn. »Wir sind beide hier aufgewachsen, aber als junge Erwachsene ging jeder seiner Wege. Dann gab es ein Klassentreffen, und wir sahen uns wieder. Sie war frisch geschieden, hatte zwei kleine Jungs. Wir haben uns verliebt und«, er hob die Schultern, »waren sechs Jahre zusammen. Zufällig lebten wir beide in Neumünster, es passte perfekt.«

»Und dann?«

»Sie wollte gern noch ein Kind.«

»Du nicht?« Der Umgang mit Kindern schien ihm doch in die Wiege gelegt zu sein.

»Schon, aber«, er zeigte auf seine Lenden, »die Kerlchen hier wollen leider nicht so wie ich. Sie sind elende Schwimmer. Die hätten nicht mal die Prüfung zum Seepferdchen bestanden.« Er seufzte traurig.

»Und da hat sie dich einfach verlassen?«

»Erst, als sie einen anderen kennengelernt hat, der ihr diesen Wunsch sicher erfüllen konnte natürlich.«

»Puh. Das ist hart.«

»Ja, da war sie eiskalt, und deswegen hat mich diese Begegnung ein bisschen aus der Bahn geworfen.«

»In sechs Jahren baut man ja auch eine ziemlich enge Beziehung zu Kindern auf, auch wenn sie nicht die eigenen sind«, murmelte ich. »Hast du zu den beiden noch Kontakt?«

»Nein, deswegen hat es mich ja besonders kalt erwischt, als sie gesagt hat, Lino und Bendix wären auch am Strand. Die beiden hab ich seit drei Jahren nicht mehr gesehen.«

»Hat ihre Mutter den Kontakt verboten?«

»Nein, aber Astrid ist weggezogen, sodass es auch für die Jungs schwer gewesen wäre, mich zu treffen.« Er winkte ab. »Und offiziell habe ich ja auch gar keine Rechte. Inzwischen haben sie mich sicher vergessen.«

»Das kann ich mir nicht vorstellen«, widersprach ich.

Er ging nicht auf meine Worte ein. »Noch mal: sorry. Ihr könnt ja am allerwenigsten dafür.«

Wir umarmten uns abermals.

Als wir wieder voneinander ließen, fragte ich: »Lust auf einen Kaffee bei den Nachbarinnen?«

Mark nickte erleichtert. »Eines wollte ich dir noch sagen.«

»Was denn?«

»Du bist wirklich witzig. Die Idee mit dem Hundejäckchen. Chapeau.«

»Man muss eben wissen, wie man jemanden aus der Reserve lockt.«

Er gab mir einen sanften Kuss auf die Wange. »Danke dafür. Das hab ich gebraucht.«

Diese Geschichte von Astrid und ihren Söhnen arbeitete den Rest des Nachmittags in mir. Während unseres Kaffeetrinkens auf der Terrasse, bei dem Mark endlich wieder mit der glücklichen Greta herumalberte, fasste ich ihn immer wieder ins Auge. Insgeheim hatte ich ihn für einen eingefleischten Junggesellen gehalten, der wahrscheinlich nichts anbrennen ließ. Hatte gedacht, er wäre einer jener Männer, die sich nicht festlegen und sich schon gar keine Kinder ans Bein binden wollten. Dabei hatte er schon letztens ganz so geklungen, als hätte er gern eigene Nachkommen gehabt. Als wäre er heute vielleicht sogar mit Vergnügen ein Großvater. Womöglich hätte ihm diese Tatsache weniger zu schaffen gemacht als anfangs mir.

»Puh, die Sonne sticht heute ja richtig«, unterbrach Giulia meine Gedanken. Ihr Blick ging zur Markise, die wir bisher noch kein einziges Mal benutzt hatten. »Könnten wir die vielleicht mal ausfahren?«

»Antje meinte, die klemmt«, entgegnete ich, schob dennoch meinen Stuhl zurück, um es auszuprobieren. Mir war selbst ziemlich warm.

Ich angelte nach der Kurbel und drehte sie ein paar Mal. Sie ging einwandfrei. Die Markise setzte sich in Bewegung, fuhr eine Armlänge aus – und stoppte. Ich kurbelte noch ein wenig mehr, doch nichts tat sich, also leierte ich in die andere Richtung, aber sie bewegte sich keinen Zentimeter weiter.

Mark schob den Stuhl zurück. »Lass mich mal versuchen.«

Ich verdrehte die Augen und ließ ihn gewähren. Er rüttelte an der Kurbel, versuchte ebenso erfolglos wie ich, sie weiter zu drehen.

»Antje meinte, da hilft nur warten«, sagte ich zu den

anderen. »Morgen geht sie dann wahrscheinlich wieder.« Ich setzte mich.

Giulia fächelte sich Luft zu. »Ich zieh mich mal auf ein schattiges Plätzchen im Garten zurück.«

Mark betrachtete sich die Markise genauer. »Die ist schief.« Er zeigte nach oben. »Da links ist sie schräg eingezogen. Da klemmt vermutlich der Stoff. Wahrscheinlich wartet Antje, bis es mal regnet, dann ist der Stoff weicher und läuft besser.«

»Kann sein.«

»Ich schau mal nach Werkzeug.«

Während Mark im Schuppen verschwand, in dem sich auch die Räder befanden, und Greta ihm mit Zilli folgte, half ich Giulia dabei, den Strandkorb in den Schatten zu schieben. Nebeneinander machten wir es uns darin bequem. Kurz darauf kündigte Mark an, sich Hilfe zu holen, er hätte nicht das passende Werkzeug da.

Es dauerte eine Weile, bis er wieder auftauchte. Neben einer Leiter hatte er einen jungen Mann im Schlepptau, an dessen Outfit und mitgebrachtem Werkzeugkoffer unschwer zu erkennen war, dass es sich bei ihm um einen Profi handelte. Mit einem »Moin«, stellte er sich als Jarick vor. Leise besprach er mit Mark, wie dieser bei der Markise vorgehen sollte, und war kurz darauf auch schon wieder verschwunden. Das passende Werkzeug hatte er Mark dagelassen.

Der wischte sich mit dem Handrücken über die Stirn und sah zum Himmel, von dem die Sonne heute wirklich außergewöhnlich stark herunterbrannte. Mit einem Ruck zog er sich das Shirt über den Kopf und warf es über eine Stuhllehne.

Giulia stieß mich in die Seite. »Woohoo«, flüsterte sie.

Ich presste die Lippen zusammen und stupste sie zurück.

Mark erklomm die Leiter, streckte sich zur Aufhängung der Markise und öffnete sie geschickt mit einem Schraubschlüssel.

»Nicht schlecht für sein Alter«, flüsterte meine Tochter. »Hab ich am Strand gar nicht so drauf geachtet.«

Ich schon, dachte ich. Es fiel mir schwer, den Blick abzuwenden. Nun wollte ich wahrhaftig nicht zu den Frauen gehören, die einen Mann anschmachteten, aber ich konnte nichts dagegen tun, mir vorzustellen, wie es wäre, diese nackte Männerbrust zu berühren und mich an sie zu schmiegen. Vorhin im Hausflur hatte es sich ja schon angekleidet so verdammt gut angefühlt.

Eben kam Igge um die Hausecke. Erstaunt betrachtete er seinen Sohn. »Mein lieber Scholli«, sagte er, »hast du nix anzuziehen, Jung?«

Giulia gackerte.

Mark wandte den Kopf zu uns um. »Stört es euch, Ladies?«

»Aber nein!«, riefen meine Tochter und ich wie aus einem Mund.

Mark schraubte weiter. Er zog jetzt den Bauch ein, was dazu führte, dass seine Jeans ein Stück nach unten rutschte und auf seinen Beckenknochen landete. Himmel.

Giulia hatte inzwischen das Interesse verloren und sich mit geschlossenen Augen im Korb zurückgelehnt, sie summte leise vor sich hin.

»Hat Flori sich eigentlich mal gemeldet?«, erkundigte ich mich leise. Wir hatten das Thema in den letzten Tagen gemieden, doch ich wollte nicht, dass es sich zu einem Tabu entwickelte.

Giulia öffnete die Augen. »Hat er, stell dir vor. Er hat sogar gesagt, dass er uns vermisst.«

»Ach?«

»Ja, und dann hat er gefragt, ob wir ihn auch vermissen, und da hab ich gesagt, dass ich dazu gar keine Zeit habe, weil wir hier rund um die Uhr beschäftigt sind mit Igge und Zilli und Mark. Und dass ich hier so ein Familiengefühl habe, wie ich es ganz lange nicht kannte. Und wo ich gerade dabei war, endlich mal ehrlich zu ihm zu sein, hab ich ihm obendrein erklärt, dass ich mich mit ihm manchmal furchtbar einsam und verlassen fühle.«

Ich betrachtete meine Tochter erstaunt. »Und was hat er gesagt?«

»Nicht viel. Ich glaube, er war gekränkt. Hat mich gefragt, ob ich glauben würde, dass es ihm so viel Spaß macht, entweder für seine Firma oder an seiner Masterarbeit zu arbeiten. Und dass er das alles ja nur für uns machen würde, für Gretchen und mich.«

Mein Blick schweifte zu Mark, der stöhnend am Markisenstoff herumzuppelte. Vielleicht sollte ich ihn fragen, ob er Hilfe benötigte. »Und was hast du dann gesagt?«, wandte ich mich stattdessen zurück an meine Tochter.

»Dass es nicht so viel bringt, wenn wir uns deshalb aus den Augen verlieren und nur noch streiten. Weil es sein könnte, dass wir uns darüber so sehr entfremden, dass wir uns trennen könnten.«

»Wow.«

»Ich weiß. Er hat einfach aufgelegt.«

Sanft streichelte ich ihr über den Arm. »Warum hast du mir davon gar nichts erzählt?«

Meine Tochter strich sich eine Locke aus der Stirn. »Weil es okay ist. Es ist doch ein deutliches Zeichen dafür, wo wir beide eigentlich stehen, wenn ich ihn nicht vermisse. Was sollte ich auch vermissen, Mama? Ich bekomme doch sowieso nur sehr wenig von ihm.«

Sie klang so reif und gefasst, gar nicht wie eine Vierundzwanzigjährige. Ich legte den Arm um sie.

Giulia schmiegte sich an mich. »Wir brauchen doch gar keine Männer.«

Mark kletterte von der Leiter und klaubte das Shirt vom Stuhl, zog es sich im Lauf über.

»Wer braucht keine Männer?«, fragte er.

»Wir beide hier«, antwortete Giulia. »Wir sind uns selbst genug.«

»So so«, sagte er. Nun zeigte er hinter sich zur Terrasse. »Einer dieser Männer, die ihr nicht braucht, hat sich jedenfalls um die Markise gekümmert. Jetzt läuft sie wieder.«

Wir reckten die Hälse. Der in Gelb und Rot gestreifte Stoff der ausgefahrenen Markise tauchte die Veranda in ein warmes Licht.

»Super«, lobte ich ihn. »Vielen Dank.«

»Top!« Giulia hob den Daumen.

»Wenn ihr wollt, könnt ihr euch jetzt rüber in den Schatten setzen«, sagte Mark.

»Ach, hier ist es ja auch ganz angenehm.« Giulia lehnte sich zurück in den Korb.

»Finde ich eigentlich auch«, stimmte ich zu und legte mich ebenfalls hin. »Später vielleicht.«

Mark brummte etwas Unverständliches und räumte das Werkzeug ein, verabschiedete sich kurz darauf, um es dem Handwerker zurückzubringen.

Giulia und ich grinsten uns an.

13

Am anderen Morgen saßen Mark und ich einander wieder zum Arbeiten gegenüber. Er wollte heute die letzten Änderungen an der Shopseite seines Kunden vornehmen. Konzentriert starrte er auf den Bildschirm, klackerte leise auf der Tastatur. Ich hingegen fand heute keinen rechten Zugang zu meinem Text. Seit ich Nadja die ersten Kapitel geschickt hatte, wartete ich sehnsüchtig auf ihr Feedback. Wozu weiterschreiben, wenn ich gar nicht auf dem richtigen Weg war? Ich schwankte zwischen Angst und Hoffnung.

Schließlich tat ich das, was ich als Lektorin am wenigsten leiden konnte: Ich erkundigte mich per E-Mail bei ihr, ob sie schon Zeit gefunden habe, einen Blick hineinzuwerfen.

Nadjas Antwort erfolgte prompt: *Zeit für ein Telefonat?*

Mein Herz hämmerte in einer Art und Weise, als hätte ich einen Termin beim Arzt und erwartete eine schlimme Diagnose. Mit einem Fingerzeig in Richtung Dachzimmer verständigte ich mich mit Mark und verzog mich dorthin, wählte schon auf der Treppe ihre Nummer.

»Du, ich mag das wirklich nicht schlechtreden, was du da geschrieben hast«, begann Nadja ohne Einleitung. »Das ist soweit ganz anständig.«

Mein Puls schoss in die Höhe. Anständig. Das klang ja furchtbar. »Aber?« Langsam setzte ich mich auf die Bettkante.

»Es war ja von Sinnlichkeit die Rede, meine Liebe. Und dafür sind diese beiden ... wie heißen sie noch?«

»Julia und Tamme.«

»Ah ja. Die zwei sind dafür, wie soll ich sagen, irgendwie schon ein paar Tage zu alt.«

Ich schluckte. Das hatte mir doch gerade so gut daran gefallen. Es war ja nicht so, dass ich erschlaffende Brüste und Potenzprobleme eingebaut hatte. Im Gegenteil, die beiden waren in jeglicher Hinsicht top in Schuss.

»Zu solchen Figuren passt ja auch gar nicht so ein Nackenbeißerroman«, fuhr Nadja fort.

Nackenbeißer? Wie kam sie jetzt darauf? So bezeichneten wir doch nur Romane, in der die Handlung in weiten Teilen aus Sexszenen bestand. Mit Covern, auf denen Männer mit herabgebeugten Köpfen hinter den Frauen standen, um ihren Nacken zu küssen.

»Aber ...«, ich fuhr mir mit der Zunge über die Lippen, »ich hab doch auch ganz viel Landschaft drin. Und Sinnlichkeit. Die Szene am Lagerfeuer zum Beispiel. Mehr Strand, Meer und Mondschein geht doch kaum. Und Julia verliebt sich in Tamme, da geht's ja nicht nur um Sex. Sondern auch um Herzklopfen mit allem Drum und Dran.«

»Ja, aber das liest sich dann eher wie ein Bericht vom Kardiologen.« Nadja seufzte. »Ich hätte mir wirklich gewünscht, du würdest so was schreiben wie in deiner Novelle. Mehr Andeutungen und weniger Vollzug. Das ist sonst Pornografie. Die Leserinnen dieses Genres mögen das nicht. Die springen uns dann ab, das müssen wir um jeden Preis vermeiden.«

Um jeden Preis. Ich wusste, was das hieß. Zur Not – wenn ich nicht bereit wäre, entsprechende Änderungen vorzunehmen – nahm man eine andere Autorin. Dabei hatte ich solche Freude an meiner Geschichte gehabt.

»Und dann halt auch noch die Nordsee«, fuhr Nadja fort. »An der ist ja auch so gar nichts Betörendes. Da will man sich ja dauernd eine Jacke überziehen.«

Auf die Nordsee wollte ich nun wirklich nichts kommen lassen. Und es war ja ursprünglich von Sex und Erotik die Rede gewesen, wie hatte ich ahnen können, dass ich Details an den entscheidenden Stellen hätte ausblenden sollen? Mir war, als hätte sie plötzlich den Kurs geändert und wollte etwas ganz anderes von mir als besprochen.

»Du«, ich räusperte mich, »ich weiß gar nicht, ob ich da so viel ändern möchte.«

»Du weißt aber schon, dass du gerade wie jede andere schwierige Autorin klingst, die an ihren Zeilen klebt wie ...«

»... wie eine Ertrinkende am Rettungsring, ja, ich weiß.« Obendrein klang ich frustriert und auch beleidigt, ich hörte es selbst. »Du meinst also, dass es nichts taugt?«, hakte ich leise nach.

»Aber doch, schon. Nur eben nicht für das, was wir uns vorgestellt haben. Wenn wir es als Spitzentitel unterbringen sollen, müsstest du umfangreiche Umbauten vornehmen. Also da gehört einfach mehr Liebe, mehr Gefühl und mehr Pep hinein. Weniger Sex. Dafür ein schönes Familiengeheimnis. Du kennst dich doch eigentlich aus!«

Ein Familiengeheimnis hatte sie zuvor mit keiner Silbe erwähnt. Wo sollte ich das denn plötzlich herzaubern?

Außerdem hatte sie doch ihr Okay zum Exposé gegeben, auch wenn es in der Eile natürlich nur ein grober Umriss von mir gewesen war. Auf einmal klang sie so, als suche sie einen Love & Landscape Stoff wie Jochen.

Abgesehen davon: Julia hatte nichts mehr mit ihrer Familie zu klären, sie hatte das alles hinter sich gelassen und wollte endlich ihr Leben genießen. Genauso wie ich.

»Ich überlege mal«, versprach ich vage. Dann beendeten wir das Gespräch.

Zurück im Wohnzimmer plumpste ich auf meinen Stuhl. Mark hob den Kopf. »Schlechte Nachrichten?«

»Ich glaube, ich hänge das Schreiben wieder an den Nagel«, klagte ich. »Dieser Roman war eine Schnapsidee.«

»Wieso das denn? Du hast doch die ganze Zeit in die Tasten gehauen. Das schien zu laufen wie geschnitten Brot.«

»Dachte ich auch, aber meine Lektorin ist anderer Meinung.«

»Vielleicht solltest du den Verlag wechseln?«

Ich lachte auf. »Du hast keine Ahnung von Verlagen. Es ist sauschwer, bei einem unterzukommen. Die guten Plätze sind auf Jahre belegt. Und das«, ich zeigte auf den Bildschirm vor mir, »ist mein Erstling. Ich kann da nicht wählerisch sein.«

»Dein erster Roman?« Er runzelte die Stirn. »Was machst du denn normalerweise?«

Ungeduldig winkte ich ab, wollte ihm jetzt nicht erläutern, dass sonst ich den Schreibenden erklärte, was sie alles verändern sollten. »Egal. Ich glaube, ich brauche erst mal eine Pause und lass alles sacken. Dann kann ich immer noch entscheiden, ob ich hinschmeiße oder von vorn anfange.«

»Würde ich dann etwa aus deinem Manuskript fliegen?« Mark riss empört die Augen auf.

»Es heißt nicht umsonst ›Kill your darlings‹«, entgegnete ich. Wenn es dem Text diente, waren auch solche Stellen zu streichen, an denen man am meisten hing.

Mark tippte sich auf die Brust. »Dieser Darling hier würde aber sehr ungern gekillt werden.« Er reckte den Hals. »Darf ich es wenigstens mal sehen, ehe du mir das Messer zwischen die Rippen rammst?«

»Ich muss erst mal an die frische Luft.« Mein Blick ging durchs Fenster, doch ich blieb unmotiviert sitzen. Mein Energielevel bewegte sich gerade auf der Nulllinie.

Mark lachte. »O je. Ein bisschen frische Luft wird da wohl nicht reichen. Was hältst du von einem Segeltörn ums Nordkap?«

Ich runzelte die Stirn. »Segeltörn? Nordkap?«

Er wedelte nach draußen. »Die Klippen, der Leuchtturm ... da treibt einen die Strömung ordentlich um.«

»Und wo bekommen wir jetzt so schnell einen Skipper her, der uns dorthin segelt?«

Mark schob seinen Stuhl zurück. »Ich segele natürlich selbst.«

»Du segelst?«

»Hab ich das noch gar nicht erzählt?«

»Äh. Nein.«

Er zuckte mit den Schultern. »Dann weißt du wohl auch nicht, dass ein Boot namens Elfie im Hafen liegt?«

»Du veräppelst mich.«

»Keineswegs.« Abwartend sah er mich an. »Kommst du mit oder nicht?«

»Sagtest du nicht, dein Kunde wartet ganz dringend auf die neue Sparte in seinem Onlineshop?«

»Der Shop steht, ich muss ihn nur befüllen. Das geht schnell. Mein Auftraggeber braucht es zum Wochenende, und das bekomme ich hin.« Er klatschte in die Hände. »Hopp, hopp, bevor ich es mir anders überlege.«

Kopfschüttelnd lachte ich. »Du bist wirklich immer wieder für eine Überraschung gut.«

Mark zog mich auf die Füße. »Ich hoffe in Zukunft nur noch für gute.«

14

»Wieso hast du denn noch gar nichts davon erzählt, dass du hier ein Boot liegen hast?«, fragte ich Mark auf dem Weg zum Hafen. In der Jackentasche hatte ich das Kopftuch bei mir. An Bord würde ich mein Haar damit bändigen. Mark trug eine Baseballmütze, die ihm ein jugendliches Aussehen verlieh. Wir schlenderten an den Geschäften vorbei, die Sonne wärmte unsere Haut. Ein Pferdefuhrwerk der Müllabfuhr kam uns entgegen. Der Fuhrmann zog die Zügel an und brachte die Tiere zum Stehen. Zwei Männer luden verschnürte Tüten vom Wegesrand auf den Anhänger. Giulia hatte am Morgen unseren Müll auch nach draußen gestellt.

»Vielleicht, weil das für mich so selbstverständlich ist, dass ich es nicht für erwähnenswert hielt. Meine Eltern und ich sind früher häufig gesegelt. Schon als Kind hab ich das gelernt. Auf einer Nordseeinsel gehört das zum guten Ton.«

»Ich hoffe, ich muss dir nicht assistieren«, tat ich meine Bedenken kund. »Ich weiß weder, was Back- noch was Steuerbord ist. Und außerdem müssen wir sofort umkehren, falls ich seekrank werden sollte.«

»Neigst du dazu?«

»Da ich noch nie gesegelt bin, kann ich das gar nicht sagen.«

Er drückte meinen Arm. »Die See ist ruhig heute. Und so weit fahren wir ja auch gar nicht raus. Falls dir übel wird, kehren wir natürlich sofort um. Entspann dich.«

Er hatte wohl keine Ahnung, wie entspannt ich mit ihm war. Schon lange hatte ich mich nicht mehr so leicht gefühlt. Die zuvor verspürte Energielosigkeit war verflogen.

Als wir den Hafen erreichten, liefen gerade zwei Boote aus. Die bunten Segel flatterten im Wind. Die übrigen Jollen schaukelten sanft im Wasser.

Eine von ihnen zierte die Aufschrift *Elfie*. Es war das Boot von den Gemälden in Igges Wohnzimmer. Faszinierend gut war es dort getroffen. Mark reichte mir die Hand und half mir aufs Schiff, dann öffnete er das Vorhängeschloss einer Box unter der Umrandung, die als Sitzgelegenheit diente. Schon fischte er zwei orangefarbene Schwimmwesten hervor.

Zögernd nahm ich eine entgegen. »Ich dachte, wir schippern nur so ein bisschen?«

»Nie ohne Rettungsweste«, mahnte Mark. »Jedenfalls nicht bei mir.«

Gehorsam zog ich das Teil über, führte die Schnur zwischen den Beinen hindurch und verhakte sie auf der Vorderseite. Dann band ich mir das Tuch ins Haar und nahm auf der Schiffsumrandung Platz. Der Rumpf des Einmasters war blau-weiß gestrichen, und so waren auch die Farben des Segels, das Mark löste. Er warf den Motor an, und wir tuckerten gemächlich aus dem Hafen.

Freudig sah ich mich um, betrachtete die kleiner werdenden Häuser. In der Ferne waren schon die Klippen und der Leuchtturm auszumachen. Weiter draußen nahm der Wind an Stärke zu, und nun war ich doch froh über die Weste und das langärmelige Hemd, für das ich mich vor unserem Aufbruch entschieden hatte.

Mark stellte den Motor ab und hisste das Segel. Der Stoff blähte sich auf.

»Woohoo«, rief ich und klammerte mich an den Rand des Boots. Verzückt schloss ich die Augen und genoss den Wind. Das wäre auch etwas für Giulia und Greta, dachte ich. Beim nächsten Mal mussten wir sie unbedingt mitnehmen! Obwohl es natürlich auch schön war, mit Mark alleine hier zu sein.

Ich öffnete die Augen und musterte ihn unauffällig. Voller Konzentration sah er nach vorn, den Leuchtturm im Visier. Er hielt das Ruder, duckte sich unter den Mast und kreuzte geschickt durchs Wasser, immer an der Uferlinie entlang. Der Wind sprühte uns Tropfen der aufschäumenden Gischt ins Gesicht. Es dauerte nicht lange, bis wir die Spitze der Insel erreicht hatten und um das »Kap« herum segelten. Hinter dem Turm erstreckte sich ein Birkenwäldchen, dahinter kamen einzelne Häuser in Sicht. Von dort aus gelangte man auch zu den Salzwiesen, die wir von dieser Stelle aus nicht sehen konnten.

Ich hätte ewig hier draußen bleiben und Mark beim Segeln zuschauen können. Eben drosselte er die Fahrt. Schließlich trieben wir schaukelnd auf dem Wasser.

»Alles gut bei dir?«, fragte er.

»Alles bestens.« Gott sei Dank neigte ich nicht zur Seekrankheit. Vielleicht würden wir öfter segeln in der Zeit, die uns hier noch blieb. Viel war das ja gar nicht.

»Magst du baden? Das Wasser hat immerhin siebzehn Grad.« Er lachte.

Kopfschüttelnd schlang ich die Arme um mich. Ich hatte ja nicht mal Schwimmzeug dabei. »Du?« Eigentlich hätte ich nichts dagegen einzuwenden gehabt, ihn noch einmal in Badehose zu sehen.

Doch Mark verneinte. »Wie mein Vater hab ich ziemlichen Respekt vor dem Meer. Schon als Kind hab ich mich davor gegruselt, was da alles so unter uns her schwimmen könnte. Vom Planschen am Strand konnte ich aber schon früher nicht genug kriegen.«

»Vermisst du als Inselkind das Leben hier nicht furchtbar, wenn du in der Stadt bist?«, hakte ich nach.

Mark setzte sich neben mich. Die Jolle schaukelte auf den Wellen. »Für Kinder ist das hier natürlich ein Traum. Keine Autos, keine Gefahren, die Natur ... Aber was willst du hier machen als Erwachsener?«

»Du hättest Segellehrer werden können. Oder Handwerker wie dieser Jarick – Dinge zu reparieren scheint dir doch zu liegen.«

»Handwerker?« Er verzog den Mund. »Ich tüftle lieber an Webseiten herum und lebe damit meine kreative Ader aus. Zum Segellehrer hätte mein Enthusiasmus für die See nicht gereicht. Wäre mein Vater nicht immer noch hier, würde ich noch viel seltener kommen. Ich hab kaum noch Verbindungen hierher. Der Inseltratsch, diese kleine Welt, in der alle sich einigeln ... mir ist das zu eng. Viele Kameraden sind weggegangen wie ich. Klar, manchmal segele ich noch ganz gern, aber nicht jedes Mal, wenn ich hier bin. Alleine macht es mir nicht so viel Spaß. Ich bin ja eigentlich ein geselliger Typ.«

»Gibt es keine Frau, die dich begleiten könnte?« Diese

Frage brannte mir schon ewig auf der Zunge. Nach Astrid würde ihm doch noch mal jemand begegnet sein?

»Das wüsstest du gerne, was?« Er zwinkerte.

Ich schürzte die Lippen. »So dringend auch wieder nicht.«

»Verrätst du mir dann auch deinen Beziehungsstatus?«

»Liegt der nicht auf der Hand?«

»Wenn du so fragst, bist du wohl vergeben.« Er fasste mich wohlwollend ins Auge. »Der Glückliche ist zu beneiden.«

Sprachlos sah ich ihn an. Dachte an seine kürzlichen Anspielungen darauf, er wolle mir Stoff für meine Geschichte liefern. Aber das hier war echt. »Danke für das Kompliment, aber – ich bin schon lange Single.«

»Warum das? Du bist so eine attraktive Frau, obendrein schlagfertig und unkompliziert. Außerdem wirkst du sehr selbstständig und autark. Eigentlich müssten die Männer bei dir Schlange stehen.«

Ich warf ihm einen schrägen Blick zu. »Stehen sie nicht«, antwortete ich. »Es gibt aber ohnehin wenige, die mir gefallen.« Keiner, wenn ich ehrlich war. Bis auf ihn. Aber damit wollte ich jetzt keinesfalls herausplatzen. Ich stieß ihn in die Seite. »Nun sag schon. Bist du auch Single oder wartet in Neumünster jemand auf dich?«

Mark lehnte sich über den Bootsrand und fuhr mit den Fingern durchs Wasser. »Derzeit nicht. Nach Astrid hatte ich erst mal genug.« Ein verletzlicher Zug umspielte seinen Mund. »Diese Erfahrung war schon ein bisschen bitter.«

»Kann ich verstehen.« Es war schlimm, was er da erlebt hatte. Eine Frau mit Kindern kam deshalb wahrscheinlich gar nicht mehr für ihn in Frage. Und eine mit Kinderwunsch auch nicht. Aber so jemand wie er hatte doch sicher hin und wieder Sex. Es musste ja nicht gleich etwas Festes sein.

Plötzlich kam mir ein Gedanke. »Sag mal, was du ganz am Anfang erwähnt hast, als ich dir von meinem Roman erzählt habe ...«

»Ja?«

»Diese Geschichte von dem Mann, der mit der Frau eines Kumpels eine Affäre hatte – hast du da von dir selbst gesprochen? Also ... was ich meine, ist ... warst du der Betrogene oder der Betrüger?«

Mark zog die Hand aus dem Wasser und wischte sie sich an seiner Jeans ab. »Ich hatte gehofft, du hättest meinen brillanten Vorschlag längst vergessen.«

»Nö. Keineswegs.«

Mit geübten Handgriffen löste er das Segel. »Kehren wir um?«

So war das also. Er wollte nicht darüber reden. Auch gut. Irgendwann würde ich es schon noch aus ihm herauskitzeln.

15

⁓⁓

»Siehst du denn nach unserem Segeltörn etwas klarer?«, fragte Mark auf halber Strecke zurück durchs Dorf. »Du willst doch nicht ernsthaft den Roman hinwerfen?« Er blieb stehen. »Das darfst du schon allein deshalb nicht tun, weil wir beide dann nicht mehr zusammen arbeiten würden. Das wäre furchtbar.«

Erstaunt sah ich ihn an. Der Mann warf ja heute mit Komplimenten nur so um sich. »Wäre es das?«

»Ja, und außerdem gehe ich davon aus, dass deine Freundin sich irrt und die Geschichte total gelungen ist. Beim Schreiben spiegeln sich immer ganz viele Emotionen in deinem Gesicht.«

Was hieß das denn um Himmels willen? Hatte er mir etwa auch angesehen, wenn es zwischen Julia und Tamme geknistert hatte?

»Nun schau doch nicht so erschrocken. Das ist doch was Gutes.«

Ich ging weiter. »Keine Ahnung, was du da gesehen hast.

Meine Lektorin ist jedenfalls Fachfrau. Vielleicht hat sie recht und mein Geschreibsel will niemand lesen.«

Mark holte zu mir auf. »Du kannst es ja einfach mal mir zum Lesen geben. Wie gesagt, ich würde sowieso gerne einen Blick hineinwerfen.«

»Auf keinen Fall. So ein Romanentwurf ist eine intime Sache. Die zeigt man nicht jedem.«

Er hätte mir meine Worte krummnehmen können, doch das tat er nicht. »Gut, dann leite ich es eben an ein Verlegerpaar weiter, das ich kenne. Sie sind Kunden von mir. Um genau zu sein, sind sie diejenigen, für die ich gerade den Shop umbaue.«

Ich blieb wieder stehen. »Du kennst Verleger?«

»Jep. Jochen und Mareike Adam von Adam & Adam. Schon mal gehört?«

Ungläubig sperrte ich den Mund auf. »Ähm.« Ich lachte trocken. »Das heißt der Shop, den du derzeit integrierst, ist der von *Schönbooks*?«

Seine Augen strahlten. »Ganz genau! Kennst du die beiden Verlage?«

Ob ich sie *kannte*? »Adam & Adam sind meine neuen Chefs«, stellte ich klar. »Der Shop, den du gerade implementierst, ist der von dem Verlag, für den ich die letzten vierzehn Jahre gearbeitet habe. Ich bin Lektorin bei Schönbooks.«

Mark stemmte die Hände in die Hüften. »Das gibt's doch gar nicht.«

Nein, das gab es wirklich nicht. Die Welt war verdammt klein. Hilflos kratzte ich mich am Kopf. Normalerweise hätte mich das jetzt wahrscheinlich sogar gefreut. Immerhin teilten wir gemeinsame Bekannte. Aber gleichzeitig ... O Gott. Die Erinnerung an ein Frankfurter Hotelzimmer flackerte in mir auf. Mit seinen Auftraggebern darin.

Mark, der nichts von meinen Gedanken ahnte, breitete die Hände aus. »Wenn du Lektorin bei dem Laden bist, den sie übernehmen – dann ist die Sache ja noch viel einfacher. Biete den Adams den Roman doch einfach an. Oder ...« er legte den Finger ans Kinn, »... ich lege ein gutes Wort für dich ein. Jochen und Mareike sind Freunde von mir. Sie legen viel Wert auf meine Meinung.«

Ich räusperte mich heiser. Sie waren auch noch befreundet? Hilfe! Je weniger die drei über mich sprachen, umso besser. »Das vergiss bitte gleich wieder, okay?«, entgegnete ich fest. »Niemals würde ich ihnen diesen Roman anbieten. Never. Ich bin nämlich ...«, händeringend suchte ich nach einer Ausrede, »... ein bisschen sauer auf sie.«

»Aber wieso? Sie sind total nett. Und sehr beliebt bei ihren Mitarbeitern.«

»Mag sein, aber sie haben mir meine Lieblingsautorin entzogen«, sagte ich schnell. »Ich soll zukünftig die B-Ware lektorieren. Und das ist –« *Reine Schikane* hatte ich sagen wollen, aber ich schluckte es hinunter. Viel lieber wollte ich dieses Thema so schnell wie möglich beenden. »Vergiss es einfach, okay?«, wiederholte ich.

Himmel, ich war dem lieben Gott so dankbar, dass ich es bisher vermieden hatte, mit Mark über meinen Job zu sprechen. Sonst wüsste er, dass ich mich mit dem Gedanken trug zu kündigen. Und würde es den beiden vielleicht sogleich brühwarm erzählen. Sie sollten sich *gar nicht* über mich unterhalten. Das wäre mir das Allerliebste.

Mit einem Mal sah Mark mich ganz seltsam an. So prüfend. »Lektorin bei Schönbooks bist du also. Und lebst in Frankfurt?«

»Ja. Und?« Mein Herz pochte.

»Heißt du mit Nachnamen eigentlich anders als deine Tochter oder auch Lombardo?«

Diese Frage konnte nur eines bedeuten. Shit, Shit, Shit. Ich straffte mich. »Mein Nachname tut doch überhaupt nichts zur Sache. Ich habe dir eben gesagt, dass du nichts unternehmen sollst. Ende der Durchsage.«

Mark fuhr sich über die Bartstoppeln. Das flaue Gefühl im Magen wuchs sich zu einer handfesten Übelkeit aus. Mein Name musste also gefallen sein. Rein geschäftlich, oder wie gut waren die drei befreundet?

Ich setzte mich wieder in Bewegung, stapfte entschlossen voraus. Zum Glück kamen unsere Häuser in Sicht. Vorhin hatte ich noch gedacht, das Schicksal meinte es gut mit mir. Aber im Gegenteil! Ich wollte nicht, dass jemand von dieser entsetzlichen Peinlichkeit erfuhr, die ich mit den Adams erlebt hatte. Schon gar kein Mann, den ich mochte!

Vor dem Doppelhaus zog ich die Schultern hoch und öffnete Antjes Tür. War den Tränen nahe. »Mach's gut, Mark«, sagte ich über meine Schulter hinweg, begegnete seinem verblüfften Blick nur mit einem Blinzeln und zog die Haustür hinter mir ins Schloss.

In der Küche sank ich schwer atmend auf einen Stuhl. Meine Gedanken rasten.

Kannte er die ganze Geschichte? Oder –?

Eine stille Hoffnung stahl sich in mein Herz. An irgendeiner Stelle würde ich ja auf der Homepage als Lektorin aufgeführt werden, falls ich blieb. Vielleicht hatte er ja nur deswegen nach meinem Nachnamen gefragt.

Aber was, wenn nicht? Was, wenn er sich – speziell mit Jochen – in einem anderen Zusammenhang über mich unterhalten hatte?

Mit einem Ruck zog ich das Tuch vom Kopf und schleuderte es von mir.

Nachdem ich eine Weile vor mich hingestarrt und mit meinem Schicksal gehadert hatte, beschloss ich, die Spülmaschine auszuräumen. Vielleicht würde es mir helfen, etwas Stumpfsinniges zu tun. Löcher in die Luft zu starren, hatte jedenfalls noch niemanden weitergebracht. Unsanft schob ich einen Geschirrstapel in den Schrank, ein Teller stieß an, und ein Stück Porzellan brach heraus. Na toll.

Ich schloss die Augen. Zählte bis zehn. Jetzt bloß nicht losheulen.

Entschlossen nahm ich den Besteckbehälter aus der Spülmaschine und sortierte klirrend Messer und Gabeln in die Schublade.

Ohne mein Versprechen an Antje, bis zu ihrer Rückkehr das Haus zu hüten, hätte ich augenblicklich gepackt und wäre geflüchtet. So hatte ich es auch bei der Buchmesse getan. Obwohl ich ganz in der Nähe wohnte, hatte ich nach diesem Vorfall das Messegelände nicht mehr betreten. Hatte mich krankgemeldet und sämtliche Termine abgesagt. Aus Angst, die Sache könnte sich herumgesprochen haben und ich Zeugin davon werden, wie jeder die Köpfe zusammensteckte, sobald ich auftauchte. Ich wusste ja, wie sehr meine Kollegen den Buchmesseklatsch und -tratsch liebten. Diese Events waren ein wahrer Sündenpfuhl. Da wurden Treueschwüre, die man daheim geleistet hatte, außer Kraft gesetzt. Auf den Verlagspartys floss der Alkohol in Strömen, und alle Hemmungen fielen. Da landete man danach schon mal in einer Hotelbar und tanzte weiter, diesmal Wange an Wange. Ging mit auf das Zimmer des Hamburger Kollegen, weil der ziemlich gut roch und sich seine Hände beim Tanzen so gut angefühlt hatten. Vor allem, wenn man wusste, dass dessen Ehefrau sechshundert Kilometer entfernt mit Migräne außer Gefecht gesetzt war und die Buchmesse für sie flachfiel. Es sei denn, sie wurde durch ein brandneues Mittel spontan geheilt, sodass sie beschloss, ihren Mann mit ihrer Nachreise zu überraschen. Leider traf Mareike erst bei Nacht und Nebel ein, weil der Zug auf halber Strecke wegen einer Signalstörung Halt machte und sie im nächsten Bahnhof in ein Taxi steigen musste. Doch weil die Leute an der Rezeption sie schon seit Jahren kannten, bekam sie einfach so eine Zimmerkarte in die Hand gedrückt.

»Überraschung!«, erklang ihre Stimme aus dem kleinen Eingangsflur, während sie die Hotelzimmertür hinter sich schloss.

Jochen hatte gerade ein Kondom aus seinem Portemonnaie geangelt, unsere Klamotten waren auf dem Fußboden vor dem Bett verstreut. Meine Clutch lag auf dem Nachttisch.

Für eine Sekunde erstarrten wir. Jochen schob hastig unsere Kleidungsstücke mit dem Fuß unters Bett, während ich meine Handtasche an mich riss und mit einem Satz in den offenstehenden Kleiderschrank hopste. Die Tür zog ich in allerletzter Sekunde hinter mir zu. Ich wagte es kaum zu atmen.

Vor meinem Gesicht baumelten zwei Anzüge von Jochen, sie rochen nach seinem Parfüm. Es kitzelte in meiner Nase.

»Olala, Liebling ... Du bist ja nackt?«, war das Letzte, was ich von Mareike hörte, bevor mich der Niesanfall packte.

»Schatz, ich –«, hob Jochen an, doch dann stoppte er.

»Du mieses Aas!«, hörte ich ihre schrille Stimme. Rasch trippelnde Schritte näherten sich Richtung Schrank.

Mir blieb das Herz stehen. Keuchend riss ich einen der Anzüge vom Kleiderbügel, um mich damit zu bedecken.

Schon glitt die Schranktür beiseite, und ich drängte blindlings an Mareike vorbei, mein Gesicht halb im Jackett verborgen. In meiner Panik geriet ich ins Stolpern, fing mich gerade noch ab und hastete barfüßig weiter zur Tür. Jeden Moment rechnete ich damit, dass Mareike mich mit einem Hechtsprung stoppen würde.

Doch dazu stand sie vermutlich selbst zu sehr unter Schock. Oder ihr fehlte der Mumm.

Atemlos schlug ich die Zimmertür hinter mir zu und stand mit nichts als Jochens Anzug vor meinem Bauch im Hotelflur. Zitternd presste ich auch die Clutch an mich.

Aus Angst, Mareike könnte mir folgen, hetzte ich weiter, hoffte, irgendwo ein WC-Zeichen zu entdecken – doch Fehlanzeige.

Keinesfalls konnte ich splitternackt in den Fahrstuhl steigen, also blieb mir nur das Treppenhaus.

Glücklicherweise sah mich niemand, während ich dort in Jochens viel zu großen Anzug schlüpfte.

So unmöglich bekleidet taumelte ich schließlich durch die Hotellobby. Dort hielten sich um diese Zeit mehr Gäste auf, als mir lieb war. Keine Ahnung, ob mich jemand erkannte. Mit gesenktem Haupt eilte ich zur Drehtür, kämpfte mich mit den Ellbogen hindurch bis zum Taxistand.

»Isch bin ja viel gewöhnt, grad zur Messe, gell«, sagte der hessische Fahrer, als ich auf die Rückbank plumpste und meine Adresse nannte. Unverhohlen musterte er mich im Rückspiegel. »Is des jetz so'n Transgender-Ding, Mädsche? Oder hat dir jemand die Klamotte geklaut?«

»So ungefähr«, murmelte ich und starrte aus dem Fenster. In der Scheibe reflektierte mein blasses Gesicht, umrahmt von wild abstehenden Locken.

Bis heute war ich nicht darüber im Bilde, ob Mareike mich trotz meiner Verhüllung erkannt hatte oder ob sie zumindest aus Jochen herauspressen konnte, um wen es sich bei seiner Begleiterin handelte. Er und ich hatten seither keinen Kontakt. Nur meine Klamotten hatte er mir am nächsten Tag von einem Fahrradkurier zukommen lassen.

Mochte Jochen Mark die ganze Geschichte brühwarm zum Besten gegeben haben? Wie intensiv waren sie befreundet? Beste Kumpel teilten so etwas bestimmt miteinander.

Und saß dieser Kumpel gerade still vergnügt nebenan und sah mich im Geiste als niesende Nackedei durch einen Hotelflur hetzen?

Und selbst wenn nicht. Angenommen, er ahnte nichts und wir kamen uns näher – so wie Giulia sich das für uns wünschte. Er kannte Jochen! Und Mareike!

O Gott.

Mit der Hüfte schlug ich die Besteckschublade zu, dass es nur so schepperte.

16

»Ich verstehe echt nicht, was mit dir los ist, Mama.« Giulia schob Greta am Frühstückstisch ein mit Nuss-Nougat-Creme beschmiertes Brötchen hinüber und sah mich dabei prüfend an. »Was ist denn bloß gestern vorgefallen bei eurem Segeltörn?«

Ich hatte abends vorgegeben, mich nicht wohlzufühlen, und war dem gemeinsamen Abendessen ferngeblieben. Was auch damit zusammenhing, dass Gerald sich noch einmal gemeldet hatte, um mir für heute ein Zoom-Meeting mit den Adams aufzudrängen. Heute! Dabei waren die vereinbarten vierzehn Tage erst nach dem Wochenende um. Und ich Rindvieh hatte mich so geschwächt gefühlt, dass ich einfach zugestimmt hatte.

»Gar nichts ist vorgefallen«, entgegnete ich wahrheitsgemäß. »Es war total schön.« Jetzt musste ich ihr nur noch den Twist erklären. »Aber was nützt das alles, Schatz? Er zeigt sich nur deshalb von seiner besten Seite, weil er denkt, dass es meinem Roman dient. Und so langsam nervt mich das.«

Es war gelogen, hatte ich doch eindeutig gespürt, dass Mark mich mochte. Aber mir wurde das hier zu verzwickt. Die Sache mit ihm und den Adams wuchs mir schlichtweg über den Kopf.

Meine Tochter streifte sich die Finger an einer Serviette ab. »Dass er angeblich keine ernsteren Absichten hat, hast du mir schon mal weismachen wollen. Aber inzwischen bin ich mir absolut sicher, dass das nicht stimmt. Ich will dir sagen, was los ist: Du hast Angst, dein Herz an ihn zu verlieren. Und befürchtest, dass es am Ende gebrochen wird. Weil er in Neumünster lebt und du in Frankfurt. Dabei könntet ihr euch doch trotzdem regelmäßig sehen. Trefft ihr euch eben in der Mitte. Mit dem Sprinter bist du ruckzuck in Köln. Und er genauso.«

»Ich habe im Moment wirklich ganz andere Sorgen«, erwiderte ich fest. »Heute Mittag habe ich eine Videokonferenz mit den neuen Verlegern. Die liegt mir quer im Magen. Da kann ich keinen Urlaubsflirt gebrauchen. Weder einen vorgetäuschten noch einen richtigen.« Bisher hatte ich meiner Tochter noch gar nicht viel von der Übernahme durch Adam & Adam erzählt.

»Na gut, das kann ich nachvollziehen«, sagte sie endlich.

»Danke.« Ich verdrehte die Augen und hoffte nur eines: dass Mark nicht inzwischen bei den Adams durchgeklingelt hatte, um ihnen brühwarm zu erzählen, wer ihm hier nun seit fast zwei Wochen vor der Nase saß.

Ich schlüpfte aus meiner viel zu warmen Fleecejacke.

Greta, die inzwischen ihre Brötchenhälfte zu Ende gemümmelt hatte und deren Mund rundherum mit Schokocreme verschmiert war, sah ihre Mutter erwartungsvoll an. »Wann gehen wir heute spazieren? Ich will wieder die Leine nehmen!«

Giulia streichelte ihr über die Wange. »Wann immer Mark es erlaubt.«

»Okay, dann jetzt.« Schon rutschte sie vom Stuhl. »Ich geh schon mal!«

»Erst Zähneputzen«, befahl meine Tochter. »Und schau dir mal dein Gesicht an.« Als sie sich wieder mir zuwandte, lächelte sie. »Sie ist hier so ausgeglichen. Ich hätte nie gedacht, dass sie sich so ausdauernd mit einem Tier beschäftigen würde. Es scheint, als bräuchte sie nichts anderes.«

»Du kommst hoffentlich nicht auf die Idee, dir einen Hund anzuschaffen.« Ich warf ihr einen strengen Blick zu. Wer sollte sich denn um den kümmern, wenn Greta in die Schule kam und Giulia mehr arbeiten, vielleicht sogar eine Ausbildung beginnen würde?

»Ich weiß«, Giulia zog die Nase kraus, »keine Sorge.«

Ich sah auf die Uhr. Nur eine Viertelstunde bis zu meinem Meeting. Wie gerne hätte ich es abgesagt. Vielleicht hätte ich das sogar getan, hätte Nadja die Leseprobe besser gefallen. Noch immer hatte ich keine Entscheidung darüber getroffen, ob ich ihren Wünschen folgen und alles umschreiben oder es so fortführen sollte wie begonnen, um dann einen anderen Verlag dafür zu finden. Oder ob ich das Dokument in den elektronischen Papierkorb befördern und die Schreibkarriere sogleich wieder beenden sollte.

Greta kehrte aus dem Bad zurück. Ich nahm ihr süßes Gesicht zwischen meine Hände und küsste sie. »Viel Spaß beim Spaziergang«, flüsterte ich.

Dann verzog ich mich mit dem Laptop ins Wohnzimmer, auf meinen angestammten Platz mit dem Rücken zum verlassenen Garten, der gefiel mir als Hintergrund für den Videocall besser als das Bett unterm Dach.

Voller Herzklopfen starrte ich auf den Bildschirm. Gerald

musste mich nur noch zum Meeting dazu schalten. Zur Abwechslung war mir mal kalt, ich rubbelte mir über die Arme. Schon tat sich etwas auf dem Monitor. Drei Gesichter sahen mir freundlich entgegen. Hoffentlich war ich nicht puterrot.

»Hallo, Steffi«, begrüßte mich Gerald.

»Tag, Frau Sonntag«, grüßte Jochen.

Seine Frau Mareike, die neben ihm saß, hob die Hand. Auf den Messen trug sie immer einen Hut, als wäre sie auf der Pferderennbahn. Heute hatte sie das Haar hochgesteckt. »Toll, dass es trotz Ihres Urlaubs klappt«, sagte sie. »Wo erwischen wir Sie gerade? Gerald meinte, Sie sind an der Nordsee?«

Innerlich atmete ich auf. Ihr lockerer Tonfall sprach nicht dafür, dass sie auch nur im Geringsten ahnte, wen sie vor sich hatte. »Ja, auf Nortrum«, bestätigte ich heiser.

Mareikes Augen weiteten sich. Sie sah ihren Mann belustigt an. »Zufälle gibt's!« Nun wandte sie sich wieder an mich. »Da kommt ein Freund von uns her. Mark Memmert.«

Mein Augenlid zuckte. »Ich kenne hier niemanden«, presste ich eilig hervor. »Ich hüte nur das Haus einer Freundin.« Wenn ich vorgab, ihn nicht zu kennen, würde zwischen ihnen auch hoffentlich nicht das Gespräch auf mich kommen. Mark und ich würden uns nach meinem Aufenthalt hier nie wieder sehen. Ende der Geschichte.

»Schön, dass Sie sich trotzdem einen Moment für uns Zeit nehmen.« Jochen war nichts anzusehen. Vielleicht war er nur geübt darin, ein Pokerface aufzusetzen.

»Tja, meine liebe Steffi«, übernahm Gerald die Gesprächsführung, »die Adams wollten heute ja gern mir dir über dein zukünftiges Tätigkeitsfeld sprechen.«

»Ich glaube, die Adams können ganz gut selbst sagen, worüber sie heute sprechen wollen«, sagte Jochen.

Gerald verlor für eine Millisekunde die Kontrolle über seine Gesichtszüge, dann lächelte er wieder und neigte das Haupt. »Aber selbstverständlich.«

»Zuerst einmal«, fuhr Jochen fort, »fänden wir es schön, wenn wir uns alle duzen, das macht doch das Reden leichter.«

Da hatte er wirklich recht, zumal wir uns ja längst geduzt hatten.

»Ich bin Mareike«, sagte Mareike.

»Steffi«, entgegnete ich. Ein Lächeln fiel mir jetzt leichter. Auch, wenn jedes Grinsen mir später als Häme ausgelegt werden könnte, falls doch eines Tages ans Licht käme, welche Ungeheuerlichkeit Jochen und ich hier gerade vor allen überspielten.

»Gerald hat dir ja wohl schon angekündigt, dass wir uns einige Veränderungen in deinem Tätigkeitsfeld vorstellen könnten, stimmt's?« Jochen lächelte warmherzig.

Ich verschränkte die Arme. »Das hat er.«

»Und was meinst du dazu?«

»Was ich dazu meine?«

»Ja«, schaltete sich Mareike ein, »wir dachten eigentlich, dass du dich sofort bei uns melden würdest.«

»Ach so. Gibt es da noch Verhandlungsspielraum? Also wenn das so ist: Ich hätte mir was anderes gewünscht. Alexa und ich haben lange sehr gut zusammengearbeitet. Dass ich stattdessen Alfred Schönhausen nehmen soll, hat mich schon –«

»Das ist doch Quatsch«, unterbrach mich Jochen. »Schönhausen wird von uns nicht mehr weitergeführt. Er

162

muss sich nach einem Verlag umschauen, der besser zu ihm passt. Nein, es geht ja um unser Angebot an dich.«

Gerald breitete die Hände aus. »Ich hab den beiden schon gesagt, dass du ja hier in Frankfurt Familie hast, Steffi.«

»Angebot?«, richtete ich mich an Jochen. »Es war doch nur von einem Sonderkündigungsrecht die Rede.« Irritiert sah ich zwischen den dreien hin und her.

Mareike lehnte sich nach vorn. »Das hast du auch, natürlich, aber das ist ja das Letzte, was wir wollen. Nein, wir würden dir wirklich gern die Programmleitung Liebesroman übertragen. Jochen meint, du hättest ein gutes Gespür für die Marktlage. Wir sind überzeugt, die über Vierzigjährigen möchten gern Liebesgeschichten lesen, in denen Frauen ihres Alters eine Hauptrolle spielen. Frauen wie du und ich, die mit beiden Beinen im Leben stehen, die einem Beruf nachgehen und weder von einem Mann gerettet werden wollen noch einen suchen, der ihnen über den Kopf streicht und Dinge sagt wie ›Lass mich das mal für dich übernehmen‹. Davon haben wir den Leserinnen in den letzten Jahrzehnten weiß Gott genug vorgesetzt. Wir möchten diese Sparte von realistischen Frauenromanen gerne ausbauen. Mit dir als Leiterin. Hier bei uns in Hamburg.«

Ich blinzelte ungläubig. Das Angebot war fantastisch. Und sie sprach mir mit allem, was sie gesagt hatte, so aus der Seele. Normalerweise hätte die Freude darüber auch sofort von mir Besitz ergriffen. Wäre ich ein Hund gewesen, hätte ich gar nicht mehr damit aufgehört, mit dem Schwanz zu wedeln. Doch ich war kein Hund. Ich war eine Frau mit rabenschwarzem Gewissen. Jochen und ich waren uns in der Vergangenheit nicht nur bezüglich der Marktlage einig gewesen, sondern hatten auch beim lockeren Jive, später beim

Blues, sehr gut miteinander harmoniert. Er war ein großartiger Tänzer. Von der Hotelbar zu den Fahrstühlen war es nicht weit gewesen. Was hatte mich da nur geritten! Ich war doch selbst schon betrogen worden.

»Wie gesagt«, schaltete sich Gerald erneut ein, »Steffi hat ja hier Familie. Wohingegen ich ungebunden bin und gewissermaßen sofort loslegen könnte. Dass endlich auch realistische Frauenromane gemacht werden sollen, finde ich eine hervorragende Idee.«

Ich hatte Mühe, meine Gedanken zu ordnen. Sie flogen von einem Thema zum anderen. Hatte Gerald mir dieses Angebot vorenthalten, weil er es für sich in Anspruch nehmen wollte? Wie konnte er mit so falschen Karten spielen? Fast hätte ich gekündigt! Zumal ihm doch hätte klar sein müssen, dass die Adams in jedem Fall noch damit an mich herangetreten wären.

Und dass Mareike hier in dieser Runde so offen und freundlich mit mir sprach, war kaum zu ertragen. Wieso musste ausgerechnet sie mir einen Job anbieten, von dem ich schon seit Jahren träumte?

Dabei lag Gerald nicht einmal falsch damit, dass es mir sehr schwerfallen würde, in Frankfurt alles hinter mir zu lassen. Giulia und Greta nicht mehr so häufig zu sehen, wäre hart. Aber machbar. Oft waren es die Kinder, die in eine andere Stadt umzogen und sich nur noch zu den Geburtstagen und Feiertagen blicken ließen.

Dafür würde ich ständig Mareike über den Weg laufen.

»Ich sehe, dass du das erst einmal sacken lassen musst«, unterbrach Jochen meine Gedanken. »Dafür haben wir natürlich Verständnis.«

Mit ›wir‹ meinte er wohl sich und seine Frau.

Mareike stieß jetzt ihren Mann in die Seite, sie flüsterte

ihm etwas ins Ohr. Jochen kniff die Augen zusammen. Dann verzog er überrascht den Mund. Er nickte.

»Was hältst du davon«, schlug Mareike nun vor, »wenn du von Nortrum aus einen kurzen Abstecher nach Hamburg unternimmst, und wir zeigen dir den Verlag?« Sie stupste ihren Mann verschwörerisch am Arm. »Die Aussicht vom Büro auf die Elbe wird sie bestimmt überzeugen.« An mich gewandt fuhr sie fort: »Und nach Nortrum ist es dann ja auch nicht weit. Angenommen, du wolltest noch mal ab und an hin.«

Gerald sah aus, als habe er auf eine Zitrone gebissen. Gewiss hatte er sich bei seinem Besuch in Hamburg schon ausgemalt, wie es für ihn wäre, genau dieses Büro zu beziehen. Mir kam ein Gedanke, den ich aber lieber noch für mich behielt. Ich wollte niemanden in Bedrängnis bringen. Vielmehr wuchs in mir der Wunsch – vor der Fahrt nach Hamburg und erst recht vor einer Entscheidung – mit Jochen allein zu sprechen. Ich würde ihn anrufen. Sobald sich meine Nerven beruhigt hatten.

Bei der Verabschiedung versprach ich, mich kurzfristig zu melden. Als ich aufgelegt hatte, verbarg ich den Kopf in den Händen und stieß einen stillen Schrei aus. So saß ich eine ganze Weile in mich zusammengesunken.

Schließlich zog ich zögernd das Smartphone zu mir heran. War es überhaupt klug, Jochen heute noch anzurufen? Um was zu besprechen? Dass wir seiner Frau unbedingt reinen Wein einschenken sollten? Das wäre doch der Todesstoß für eine gute geschäftliche Zusammenarbeit. Wie sollte sie es schaffen, in meiner Gegenwart nicht an diese unsägliche Situation im Hotelzimmer zu denken?

Ich stand auf und starrte aus der Terrassentür nach draußen. Auf der Wiese lagen plötzlich Gartenwerkzeuge und

Säcke für Gartenabfälle. Nanu.

Das Smartphone in meiner Hand klingelte, ich zuckte zusammen. **Jochen Adam** meldete das Display.

Schnell eilte ich nach oben unters Dach, stellte mich dort ans Fenster. Falls die anderen gleich von ihrem Spaziergang zurückkehrten, wollte ich ungestört sein. Bedächtig stieß ich den Atem aus und nahm das Gespräch entgegen. »Grüß dich«, sagte ich matt. »Ich hätte dich nachher auch noch angerufen.«

»Dieses Szenario eben hätten wir uns wirklich sparen können, wenn du in der Vergangenheit auch nur einmal ans Telefon gegangen wärst oder wenigstens zurückgerufen hättest, wenn ich verzweifelt versucht habe, dich zu erreichen«, flüsterte er. »Eine Strategie, wie wir uns verhalten, wäre nicht schlecht gewesen.«

»Tut mir leid, ich ahnte doch gar nichts von eurem Angebot! Warum hast du denn nicht einfach geschrieben?«

»Was hätte ich denn schreiben sollen, ohne irgendetwas preiszugeben? Das war mir zu riskant. Wie dem auch sei. Wir hätten dich gern für den Job.«

»Und Mareike ahnt gar nichts?«

»Nein. Und selbst wenn, wäre es ihr wahrscheinlich egal – sie und ich sind nur noch Geschäftspartner. Zwischen uns ist der Ofen aus.«

»Okay, aber hat sie denn nie wissen wollen, wer da mit dir, also ...«

»Klar, aber ich hab ihr natürlich eine Lüge aufgetischt – allein um dir keinen Ärger zu machen. Ich hab ihr gesagt, ich hätte dich in der Hotelbar kennengelernt, eine unbekannte Schönheit mit Namen Charlotte.«

Charlotte. Der Name passte ja wohl kein bisschen zu mir.

»Im Übrigen gehe ich davon aus, dass sie mir diesen Fehltritt schon längst heimgezahlt hat«, fuhr Jochen fort.

»Okay, mag sein. Aber hättest du denn gar kein schlechtes Gewissen, wenn ich täglich vor ihrer Nase herumtanzen würde? Also, ich schon.«

Er lachte. »Du musst ja nicht tanzen. Und abgesehen davon weiß ich genauso wenig, wer mir vor der Nase herumtanzt. Manchmal denke ich sogar, es könnte mein bester Freund sein, mit dem sie mich betrogen hat. Aber da ich keine Beweise habe ...«

Meine Kopfhaut prickelte. Sein bester Freund. War Mark damit gemeint? Ich hatte ja bereits geahnt, dass die von ihm vorgeschlagene Episode für meinen Roman autobiografischen Ursprungs sein könnte.

Angestrengt dachte ich nach. Angenommen, ich nahm die Stelle in Hamburg wirklich an. Und lief dort im Verlag Mark gelegentlich über den Weg. Da würde doch unweigerlich herauskommen, dass er und ich uns kannten. Und dass er mir gefiel. Aber vorhin hatte ich behauptet, ich würde hier niemanden kennen, also auch keinen Mark Memmert. War ich eigentlich blöd? Absurder konnte es doch gar nicht mehr werden.

Vielleicht hätte ich jetzt damit herausrücken sollen. Aber ich war total blockiert.

»Bist du noch dran?«, fragte Jochen.

»Ja, ich überlege nur, wie es jetzt weitergeht. Ein Gedanke kam mir schon vorhin, aber da Gerald dabei war, hab ich geschwiegen. Im Grunde könnte ich doch auch von Frankfurt aus die Programmleitung Liebesroman übernehmen. Inzwischen ist es doch ganz normal, dass Mitarbeiter aus dem Homeoffice arbeiten. Wir hätten damit mehrere Fliegen mit einer Klappe geschlagen. Ich könnte die Leitung übernehmen, so wie ihr es euch wünscht, und bliebe trotzdem bei meiner Familie in Frankfurt. Und Mareike und ich würden uns nicht allzu oft begegnen, womit es mir sehr viel besser ginge.«

»Das funktioniert nicht«, widersprach Jochen. »Wir wollen eine klare Trennung der Standorte, daher brauchen wir dich vor Ort. Außerdem treffen wir uns mehrmals pro Woche zur Lektoratskonferenz. Die Zeit, in der wir das online machen mussten, war eine Katastrophe. Da haben wir viel schlechtere Entscheidungen getroffen. Du weißt, wie das ist mit dem Flurfunk. Der befruchtendste Austausch findet nun mal auf dem Korridor und in der Teeküche statt – in den Konferenzen wird dann konkretisiert und beschlossen. Das fiele alles weg. Das funktioniert vielleicht bei einer Lektorin mit ihrem festen Autorinnenstamm. Aber nicht bei der Leitung.«

Er hatte ja recht. Ich sah das eigentlich genauso.

»Überlegst du es dir übers Wochenende?«, drängte er. »Oder sagen wir ... bis nächsten Mittwoch. Länger können wir wirklich nicht warten. Auf unserer Webseite wird gerade der Shop integriert. Die Programmleitung ›Echte Frauen‹ würden wir da auch gerne bald nennen.«

Zufällig wusste ich genau, wer diesen Namen auf der Homepage eintragen würde.

Ich versprach Jochen, mich bis Mittwoch zu entscheiden und legte auf.

Der Job reizte mich so sehr! Aber was war mit Mark? Höchstwahrscheinlich lag ich richtig mit meiner Vermutung, dass zwischen ihm und Mareike etwas gelaufen war. Und er wusste mit ziemlicher Sicherheit von mir und Jochen ... Es wäre ein Wahnsinn gewesen, mich tiefer auf diese Schmierenkomödie einzulassen.

Um dieses ganze Techtelmechtel aufzuklären, hätten wir vier an einen Tisch gehört. Aber das war ja wohl das unmöglichste Szenario von allen. Das Einfachste wäre gewesen, von meinem Sonderkündigungsrecht Gebrauch zu machen und nie wieder etwas von den Adams zu hören. Und auch nie wieder von Mark? Der Gedanke gab mir einen Stich ins Herz.

Eben stürmte unten im Garten Greta mit Zilli auf die Wiese, hinter ihnen tauchte Mark auf. Er leinte die Hündin an den Strandkorb und klaubte die lange Harke vom Rasen – Greta drückte er eine kurze in die Hand.

Zilli sah den beiden kreuzunglücklich bei der Arbeit zu. Ihr Gesichtsausdruck drückte genau das aus, was ich fühlte. Eigentlich hätte ich mich dazu gesellen und mithelfen wollen. Ich wollte nichts mehr, als mit Mark zu reden, alle Karten auf den Tisch zu legen und ihn zu fragen, ob er tatsächlich mit Mareike im Bett war. Das hätte ich nämlich noch schlimmer gefunden als meinen Fehltritt. Den besten Freund so zu hintergehen!

Wieder dachte ich im Kreis. Angenommen, ich sagte den Adams doch zu und wir hielten alle Heimlichkeiten aufrecht. Jochen und ich kehrten unter den Teppich, dass ich diejenige aus dem Kleiderschrank war, und wir nahmen Mark das Versprechen ab, ebenfalls kein Sterbenswörtchen darüber zu verlieren. Und ich würde ihm schwören, dass ich die Sache zwischen Mareike und ihm für mich behielt. Es gab Menschen, die bewahrten weitaus brisantere Geheimnisse und schliefen wie Babys. Es war ja nicht gerade eine Lebenslüge, die wir da mit uns herumtrugen. Wir hatten Fehler gemacht, die sich nicht mehr rückgängig machen ließen, aber es hatte niemand Schaden genommen.

Aber was ist eigentlich mit deinem Romanprojekt?, fragte eine Stimme in mir. *Wenn du zusagst, wirst du keine freie*

Minute mehr haben, daran weiterzuarbeiten. Selbst wenn es kein preisverdächtiges literarisches Werk war, das ich da verfasst hatte – ich mochte es.

Aber laut Nadja taugte es nichts. Offenbar waren es nur Fingerübungen gewesen. Die hatten eine Weile Spaß gemacht und mich von allem anderen abgelenkt – doch eine rosige Zukunft als Autorin erwartete mich wohl nicht.

Blieben Giulia und Greta. Konnte ich die beiden in Frankfurt zurücklassen? Angenommen, zwischen meiner Tochter und Flori ging es in die Brüche. Dann konnte sie dauerhaft in meine Frankfurter Wohnung einziehen. Oder sie siedelte ebenfalls nach Hamburg über. Sie hatte keinen Job, auf den sie Rücksicht nehmen musste. Greta würde auch dort zur Schule gehen können.

Als hätte sie meine Gedanken gespürt, sah meine Enkelin aus dem Garten zu mir nach oben und winkte. Ich winkte zurück, sie ließ die Harke fallen und lief zum Haus. Wahrscheinlich wollte sie mir von ihrem Spaziergang erzählen.

In diesem Moment klingelte es an der Haustür.

Ich hörte Giulias Schritte unten im Flur. Schon stieß sie einen spitzen Schrei aus.

»Papi!«, rief Greta.

Im selben Moment vernahm ich Floris brummige Stimme. »Nun lasst mich doch erst mal reinkommen.«

Ich fasste mir an die Brust. Der Gute war den beiden nachgereist! Hatte sie *doch* vermisst! Innerlich hüpfte ich vor Freude. Und so wie es von unten zu mir nach oben schallte, war bei meiner Tochter und Greta die Freude auch riesengroß.

Ich lauschte dem fröhlichen Geplapper und fragte mich kurz, ob dieses Chaos hier eigentlich niemals enden wollte. Aber so war nun mal das Leben. Unberechenbar. Abermals wandte ich den Kopf zum Garten, wo Mark sich auf der Harke abstützte und zu unserer Terrasse blickte. Mit dem Unterarm wischte er sich den Schweiß von der Stirn, dann ließ er die Harke fallen und stemmte die Hände in den Rücken, bog sich nach hinten. Sein T-Shirt rutschte nach oben und legte ein Stück Bauch frei.

Ich wandte mich vom Fenster ab und ging nach unten.

17

Schon lange hatte meine Tochter nicht mehr so gestrahlt. Giulia hielt auf der Terrasse die Hände um Floris Körpermitte geschlungen und lehnte ihren Kopf an seine Schulter, als wollte sie ihn niemals wieder loslassen. Ich hatte nie so ganz begriffen, was sie eigentlich so sehr zu ihm hinzog. Auf den ersten Blick war er kein Hingucker. Er war weder groß noch breitschultrig, besaß nicht einmal eine außergewöhnliche Haar- oder Augenfarbe. Flori war der Stereotyp eines Computernerds. Er rasierte außerdem seine Brust- und Achselbehaarung – das hatte Giulia mir mal im Vertrauen erzählt. Und dennoch: Dieser Mann bedeutete ihr alles, auch wenn sie sich hier eingeredet hatte, bestens ohne ihn klarzukommen. Und einen besseren Liebesbeweis, als ihr nachzureisen – das musste ich ihm lassen – hätte er ihr nicht liefern können. Ihm war die Freude darüber, dass sein Überraschungsbesuch so gut ankam, ebenfalls an der Nasenspitze anzusehen.

»Keine Angst«, sagte Flori zu mir, nachdem auch wir

uns begrüßt hatten, »ich bleibe nur bis Montag. Danach hast du sie wieder ganz für dich.«

»Unsinn«, murmelte ich.

»Wir werden dich ganz in Ruhe schreiben lassen«, raunte auch Giulia mir zu. »Mach dir keine Sorgen.«

Ich musste dringend an meiner Mimik arbeiten. Mein Gesichtsausdruck verhieß offenbar nichts Gutes, dabei konnten sie ja nicht ahnen, dass Floris Besuch das kleinste Problem für mich war. Stirnrunzelnd sah ich Mark entgegen, den Greta eben zu uns auf die Terrasse führte. Stolz stellte sie ihm ihren Papi vor. Immerhin war Flori fast schon seit ihrer Geburt in ihrem Leben, sie kannte keinen anderen Vater. Die beiden Männer schüttelten Hände, und dann sah Mark zu mir.

Was wollte er mir mit diesem Hundeblick zu verstehen geben?

Während Greta zusammen mit Giulia ihrem Papa den Strandkorb und Zilli vorführte, blieben Mark und ich auf der Terrasse zurück.

Er streifte sich die beschmutzten Finger sauber und versenkte sie in den Taschen seiner Jeans. »Wie bist du heute mit dem Schreiben vorangekommen?«

»Ganz gut«, log ich.

Wusste er von dem heutigen Videocall? Was wusste er überhaupt?

Mark wippte auf und ab. »Im Gegensatz zu mir. Ich musste dauernd an dich denken.« Nun zeigte er mit dem Daumen hinter sich in den Garten. »Wenigstens hier kam ich dann mal auf andere Gedanken.«

Er hatte an mich gedacht? Unversehens wickelte ich mir eine Haarsträhne um den Finger und ließ es sofort wieder bleiben.

»Mir sind da ein paar Dinge klargeworden«, fuhr er fort. »Die haben mich etwas in Aufruhr versetzt.«

»Frag mich mal.«

Wir kicherten. Auf einmal hatte ich gar nicht mehr solche Angst. Anderen fiel es doch auch nicht schwer, Vergangenes hinter sich zu lassen. Das könnte ich ebenfalls tun. Was geschehen war, hatte nichts mehr zu bedeuten. Und wenn Mareike und Jochen ohnehin nur noch Geschäftspartner waren – wozu alte Wunden aufreißen?

»Kann ich deinen Namen denn nun auf der Webseite nennen?«, fragte er.

»Du hast wirklich nicht schon die ganze Zeit gewusst, wer ich bin?«, hakte ich nach.

Er lachte trocken auf. »Nicht die Bohne. Der Groschen ist erst gestern gefallen.«

»Ich habe mich noch nicht entschieden. Jochen will erst am Mittwoch eine Antwort. Lass die Stelle mit dem Namen noch frei.«

»Gibt ja auch noch genügend anderes, was drauf muss. Arbeiten wir morgen wieder zusammen? Das würde mich freuen.« Er lächelte.

Unsere Aufmerksamkeit wurde von Igge abgelenkt, der eben aus seinem Haus trat und Greta, Giulia und Flori im Strandkorb etwas zurief. Es klang wie »Knut«. Der Alte lief erstaunlich schnell. Fuchtelte mit den Händen in der Luft herum.

»Was ist denn los, Vadder?«, rief Mark.

Zilli hopste an Igges Hosenbeinen hinauf. Er ignorierte sie. Stattdessen hatte er Flori im Visier, der sich erhob und ihm die Hand entgegenstreckte. »Hallo, ich bin –«, setzte er an, doch da fiel ihm Igge um den Hals. »Wo hast du denn nur gesteckt?«, fragte er mit zittriger Stimme. »Dass ich das noch erleben darf!«

Meine Tochter führte ihn zum Strandkorb und presste ihn an den Schultern hinein. »Wann hast du denn zum letzten Mal was getrunken, Igge?«, wollte sie wissen. »Ich hatte dir doch eine ganze Kanne hingestellt.«

Der Alte konnte den Blick nicht von Flori wenden. Er klopfte neben sich in den Korb. »Komm, min Jung, setz dich zur mir.«

Flori kratzte sich verlegen am Kopf.

»Ich weiß, wen er meint«, raunte Mark mir zu. »Seinen Bruder. Es gibt da eine gewisse Ähnlichkeit. Knut ist allerdings schon gut zwanzig Jahre tot.« Ratlos sah er mich an.

»Tja«, seufzte ich leise.

Statt Flori setzte sich meine Tochter neben Igge und tätschelte ihm die Hand. »Das wird gleich wieder gut«, sprach sie beruhigend auf ihn ein. Doch ihr sorgenvoller Blick sagte etwas anderes.

Herausfordernd sah ich Mark an. »Antje hat mir für Notfälle die Nummer von einem Arzt gegeben. Sollen wir nicht mal mit Igge hin?«

Giulia streichelte ihm die knochigen Finger, dann zeigte sie auf Flori, der noch immer unbehaglich dreinschaute. »Das ist Florian, Gretas Papa. Nicht dein Bruder Knut.«

Igges Unterkiefer fuhr hin und her. »Weiß ich doch, weiß ich doch«, murrte er. Er tippte sich an den Kopf. »Der hier will manchmal nicht mehr so gut. Der Knut is ja schon lange hin, ich Dösbaddel.«

»Okay, ich sehe ein, du hast dir nichts eingebildet«, raunte Mark mir zu. »Aber du siehst doch auch, dass er sich gleich wieder einnordet. Diese kurzen Gedächtnislücken sind nur Schluckauf.«

»Schluckauf?«, wiederholte ich tonlos. »Was, wenn während so eines Schluckaufs dann doch mal etwas passiert? Wenn er sich zu diesen Klippen aufmacht und hinunterstürzt zum Beispiel?«

»Ich gebe dir recht, man sollte ihn nicht zu oft alleine lassen. Bald ist ja auch Antje wieder da, solange bleibe ich hier. Und danach werde ich öfter herkommen.«

Er wollte diese Verantwortung wirklich an Antje übertragen? Wie stellte er sich das vor? Sie und Sven hatten doch auch ihre Arbeit, ihr Privatleben. Ich behielt diese Gedanken jedoch für mich. Das war eine Sache zwischen ihm und den beiden. In meinem Leben gab es genügend andere Dinge, über die ich mir den Kopf zerbrechen musste.

Später, als wir uns bis zum Abendessen voneinander verabschiedet hatten, grübelte ich unterm Dach wieder vor mich hin. Sollte ich Jochens Angebot annehmen oder nicht? Und was war eigentlich mit Gerald? Welches falsche Spiel hatte er die ganze Zeit getrieben? Er hatte mir wichtige Informationen vorenthalten und versucht, mich zur Kündigung zu bewegen. Das war doch ungeheuerlich. Spätestens seit dem Videocall mit Jochen und Mareike musste ihm klar sein, dass ich ihn durchschaut hatte. Und doch schwieg er. Kein Wort der Entschuldigung, keine Erklärung.

Nun war ich auch nicht gerade die konfliktfreudigste Person unter der Sonne, aber diese üble Sache gehörte allmählich auf den Tisch.

Entschlossen wählte ich seine Nummer und lauschte in den Hörer.

»Hallo, Steffi«, meldete er sich nach dem siebten oder achten Klingeln, »das ist ja eine Überraschung! Was macht die Nordsee?«

»Lass uns das Geschwafel umgehen und gleich auf den

Punkt kommen«, unterbrach ich ihn. »Mir ist schon klar, weshalb du mir nichts von Adams Angebot erzählt hast – weil du den Job gern für dich selbst gehabt hättest. Aber du weißt schon, dass du damit an deinem eigenen Ast gesägt hast, oder?«

Durch die Leitung hörte ich, wie er nach Luft schnappte. »Ho-ho, Moment mal bitte. Als ich euch beim Jour fixe erzählt habe, dass Karsten an Adam & Adam verkauft hat, da bist du wie ein Häufchen Elend in deinem Stuhl zusammengesunken. Ich sag's mal so: Begeisterung sieht anders aus. Als nächstes wolltest du wissen, wie viel Urlaub du hast, und ich muss nicht Psychologie studiert haben, um zu durchschauen, dass du ihnen noch nicht mal im Dunkeln begegnen wolltest. Was immer der Grund dafür ist, das geht mich ja nichts an. Jedenfalls wollte ich dir erst mal ein bisschen Raum geben, um die Neuigkeit sacken zu lassen. Und später hast du dich auch nicht gerade drum gerissen, endlich diesem Zoom-Meeting beizuwohnen. Ich wollte eigentlich nur vermitteln und die Adams nicht im Regen stehen lassen – auch dir dürfte klar sein, dass sie jemanden von uns für die Programmleitung brauchen. Und wenn du es nicht willst – was mir offensichtlich erschien, sorry, wenn ich mich da getäuscht haben sollte –, dann muss ich es wohl machen. Ich bin jung und ungebunden, ich mag Hamburg und neue Herausforderungen – wieso also nicht?«

Mir verschlug es für einen Moment die Sprache. Hatte er sich das zurechtgelegt, oder war das echt?

»Außerdem ist mir zu Ohren gekommen, dass du selbst unter die Autorinnen gehen willst«, fuhr er fort, »da konnte ich wohl erst recht davon ausgehen, dass du keine neue Aufgabe übernehmen willst, die wahrscheinlich erst mal jede Menge Überstunden fordert.«

Dass Nadja geplaudert hatte, gefiel mir gar nicht. Es hatte niemand aus der Branche wissen sollen, dass ich mich an einer Geschichte versuchte. Sonst würden am Ende zu viele Menschen Zeuge meines kolossalen Scheiterns!

»Ich schreibe erst mal nur für mich selbst«, stellte ich klar. »Und es ist wohl kaum davon auszugehen, dass ich von meinem Erstlingswerk – sofern es überhaupt veröffentlicht wird – leben könnte. Ich werde also weiterhin arbeiten – und gern auch an einer herausfordernden neuen Aufgabe.«

»Also wirst du zusagen?«

»Das weiß ich noch nicht!«, rief ich verzweifelt.

»Aha, also hatte ich doch recht, dass du eigentlich nicht willst. Was wirfst du mir jetzt genau vor?«

Schnaubend stieß ich den Atem aus. Er war ein richtiger Wortverdreher.

»Wie auch immer«, sagte er nun, »wenn du das mit dem Schreiben nur für dich machst, dann kannst du es ja auch selbst veröffentlichen. Du weißt ja, wie viele Autorinnen uns schon abgesagt haben, weil sie sich nicht länger verbiegen wollen, um den Anforderungen von Verlagen gerecht zu werden.«

Genau genommen waren uns schon wertvolle Talente abgesprungen, weil sie mit dem Schreiben endlich auch Geld verdienen wollten. »Was bist du eigentlich für ein Verlagsmensch, dass du mir dazu rätst?« Ich stieß einen Seufzer aus. Falls ich bei Adam & Adam wirklich zusagen sollte, mussten wir unseren Autorinnen wahrscheinlich ein bisschen mehr bieten als bisher. Sonst sprangen die auch noch auf diesen Zug auf.

»Und wie fändest du das, wenn ich die Stelle in Hamburg annehmen würde?«, fragte ich. »Dann wäre ich ja plötzlich deine Chefin.«

»Deswegen fallen mir auch nicht die Eier ab«, erwiderte Gerald. »Und falls du mir doch auf den Zeiger gehst, suche ich mir eben was anderes. Du kennst ja die Fluktuation in unserer Branche. Wo sich eine Tür schließt, tut sich eine neue auf.«

»Das heißt, ich kann meine Entscheidung treffen, ohne auf dich Rücksicht zu nehmen?«

»Mach mal«, antwortete Gerald. »Ich komm schon zurecht.«

18

Greta hätte beim morgendlichen Kakao in der Küche, während ihre Eltern noch schliefen, nicht mehr strahlen können. Vielleicht hatte sie sich – so klein sie auch war – Sorgen um die beiden gemacht. Kinder spürten ja instinktiv, wenn etwas im Ungleichgewicht war. Da mussten gar keine lautstarken Streits an der Tagesordnung sein. Schweigen war vermutlich gleichsam beunruhigend.

Nach einer Weile hörten wir Flori und Giulia miteinander reden und kichern. Sie hatten mit Greta zu dritt im Bett geschlafen, und ich beschloss, den beiden ein wenig Zweisamkeit zu gönnen und mit Greta zum Spielplatz zu gehen.

Bei unserer Rückkehr waren auch Giulia und Flori aufgestanden; sie saßen mit übereinandergeschlagenen Beinen in der Küche und tranken Kaffee. Greta kletterte auf Floris Schoß und schmiegte sich an ihn. »Gehen wir heute an den Strand?«, gurrte sie.

»Was denn sonst?« Er küsste sie auf die Stirn. »Mama hat mir erzählt, dass man hier tolle Sandburgen bauen kann.«

»Au ja!« Schon rutschte sie von seinem Schoß und zog an seiner Hand. »Lass uns gleich los!«

»Und du?«, fragte Giulia mich. »Kommst du mit?«

Ich schüttelte den Kopf. »Geht ihr mal allein. Ich hab hier zu tun.«

Mark und ich hatten abends verabredet, dass wir heute wieder zusammen arbeiten würden.

»Allerdings unter einer Bedingung«, hatte ich ihn gewarnt. »Dass wir uns nicht die Köpfe heißreden. Kein Wort über meine berufliche Zukunft, keins über die Adams oder Igge.«

Er hatte mit einem erhobenen Daumen geantwortet. Und dabei ausgesehen, als wollte er mir um den Hals fallen. Was er aber nicht getan hatte. Leider.

Bevor er rüberkam, wollte ich rasch einen Blick auf meinen Roman werfen und mir überlegen, wie ich weiter damit vorging.

Noch im Schlafshirt setzte ich mich an den Rechner im Wohnzimmer und öffnete die Datei, überflog die bisherigen Kapitel und stellte fest, dass Nadja mir mit ihren Anmerkungen jegliche Freude daran geraubt hatte. Mit einem Mal war ich ganz ihrer Meinung: Das war alles zu flapsig formuliert, es herrschte eine aufgesetzte Leichtigkeit, und dann der dauernde Sex – das wurde mit der Zeit eintönig. Was war eigentlich in mich gefahren?

Nein, es musste alles von Grund auf neu geschrieben werden. Ich musste der Geschichte mehr Leben einhauchen, sie so schreiben, dass die Leserinnen das Gefühl hatten, es könnte genau so passiert sein.

Als Mark herüberkam, war ich noch immer im Schlafshirt.

»Hoppla, ich hab dich ganz vergessen!« Ich zog mir das Shirt bis zu den Knien. »Bin gleich wieder da.«

Als ich zurückkehrte und mich ihm gegenüber setzte, verlor er kein Wort darüber. Auch sonst hielt er sich an die besprochenen Regeln.

Und meine Geschichte nahm neue Form an.

Am Nachmittag schallte von drüben Musik zu Mark und mir ins Wohnzimmer, wo wir noch immer am Esstisch beisammen saßen. Synchron legten wir die Köpfe schräg.

»Was ist das für ein Lied?«, fragte er.

»Love is in the air«, sagte ich. »Von wem war das noch?«

Mark sah in die Luft, sang leise mit. »*Everywhere I look around.*« Dann hob er die Schultern. »Keine Ahnung, da müssten wir beide noch Kinder gewesen sein.«

»Bei allen Songs, die dein Vater abspielt, war ich noch ein Kind. Aber meistens kenne ich die Interpreten.« Es wurmte mich, dass mir der Sänger nicht einfiel. Ich mochte das Lied. Das war mal was anderes als Igges sonstige Schlager. Versonnen wippte ich mit dem Fuß. Hoffentlich sprach die Musik nicht dafür, dass Marks alter Herr gerade mal wieder einen seiner Aussetzer hatte.

Mark schien sich keine Sorgen zu machen. »Ich bin dir ja übrigens auch noch etwas schuldig«, sagte er stattdessen.

»Was denn?« Ich streckte die steif gewordenen Glieder.

»Einen Tanz.«

Ich lachte auf. »Steht demnächst ein Gemeindefest an, wo wir eine Gelegenheit dazu hätten?«

Er schob seinen Stuhl zurück und wies ins Wohnzimmer. »Dafür brauche ich kein Gemeindefest. Hier haben wir doch Platz.«

Eben fiel mir der Name des Sängers ein. John Paul Young. Das Lied stammte aus den Siebzigern. »Du willst hier tanzen?«, fragte ich ungläubig. »Jetzt?«

»Warum denn nicht?«

So laut klang der Song auch wieder nicht herüber, außerdem war er wahrscheinlich bald zu Ende.

Als hätte er meine Gedanken erraten, zückte Mark sein Handy. Kurz darauf schallte *Love is in the air* auch durch Antjes Wohnzimmer und übertönte den Sound aus dem Nachbarhaus.

»Darf ich bitten?« Er stellte sich in Grundstellung und wippte im Takt.

Zögernd griff ich nach seiner Hand, er legte seinen Arm um meine Schultern. Wow. Gute Körperspannung.

Zwar hatte ich noch nie auf Teppich getanzt. Und auch selten barfuß. Ein, zweimal berührten sich unsere Zehen. Doch nach wenigen Augenblicken hatten wir uns eingegroovt. Mark führte mich sicher durchs Zimmer, wir drehten und scharwenzelten umeinander, als hätten wir nie etwas anderes getan. Dabei sang er leise den Text mit.

War er sich bewusst, worum es darin ging? Dass uns Liebe umgab, wohin man auch sah?

Als der Song geendet hatte, blieben wir leicht außer Atem neben dem Sofa stehen. Noch hielten wir uns an der Hand, Marks Arm lag um meine Schulter.

»Nicht schlecht«, lobte ich ihn. Versuchte, die angenehmen Schauer, die mir über den Rücken liefen, abzuschütteln. *Ruhig bleiben. Das war nur ein Tanz.*

»Gleichfalls.« Seine Augen blitzten.

Ich hörte die Haustür, im Flur regte sich etwas.

Schon stürmte Greta ins Wohnzimmer. »Wir haben Kuchen mitgebracht!«

Mark und ich fuhren auseinander.

Ich richtete mein Kleid und strich mir übers Haar.

Nun lugten auch Giulia und Flori zu uns herein. Die Augen meiner Tochter weiteten sich. Ihr Blick ging zum Sofa, vor dem wir zum Stehen gekommen waren. »Stören wir?«

»Wir haben getanzt«, erklärte Mark, als wäre es das Normalste von der Welt.

Flori zwinkerte vielsagend. »Getanzt. So so.«

Ich hasste solche Anzüglichkeiten. Als wären wir Kinder, die man beim heimlichen Naschen erwischt hatte.

»Wann essen wir endlich den Kuchen?«, rief Greta ungeduldig und zog ihren Papa hinter sich her Richtung Küche.

»Am besten sofort«, murmelte ich. Vor allem brauchte ich einen starken Kaffee.

»Ich lass euch mal unter euch und schau nach meinem Vater.« Mark strich mir über den Arm, schickte ein kaum hörbares »Danke, das war schön« hinterher, dann war er aus der Tür.

Giulia warf mir einen vielsagenden Blick zu und trollte sich pfeifend zu ihren Lieben.

Ich folgte ihr kurz darauf und versuchte für den Rest des Tages, mir nichts anmerken zu lassen.

Die halbe Nacht lag ich wach. In Gedanken bei diesem Tanz mit Mark. Das Muskelspiel seiner Arme unter meinen Fingern hatte mich aufgewühlt. Seine gehauchten Worte zum Abschied. Und wäre nicht meine Familie dazugekommen – wer wusste denn, was vielleicht geschehen wäre?

Eigentlich hatte ich mich nie mehr zu tief auf einen Mann einlassen wollen. Erst recht nicht auf einen, mit dem ich beim Tanzen harmonierte.

Aber was, wenn es doch einmal ein gutes Zeichen war?

19

Am Sonntag überredete mich Mark zu einem Ausflug aufs Festland. Am liebsten hätte er einen Tagesausflug nach Hamburg unternommen – »ganz ohne Hintergedanken«, doch für den Abend waren Windböen und Regen angekündigt, und ich wollte sichergehen, dass wir rechtzeitig wieder zurück waren, ehe Fähre und Flieger vielleicht den Betrieb einstellen würden.

Ich hatte schon vom sagenhaft schönen Strand in Sankt-Peter-Ording gehört, war aber noch nie dort gewesen – also entschieden wir uns dafür. Die Sonne strahlte vom blauen Himmel, als wir mit Marks Auto, das er bei seinen Besuchen auf Nortrum immer in Dagebüll abstellte, in dem Küstenort ankamen. Zilli hatten wir daheim bei den anderen gelassen, sie fuhr nicht so gerne im Auto mit.

Gemütlich schlenderten Mark und ich vom Parkhaus zu unserem Ziel. Einmal streiften sich unsere Hände, und er warf mir einen verlegenen Blick zu. Ob auch er noch Minuten danach dieser Berührung nachspürte?

Als die See in Sicht kam, sperrte ich den Mund auf. Links prägten unzählige Strandkörbe das Bild, rechts jagten Kite-Segler über den Sand, der Wind nahm sie mit. Auf dem Wasser waren Surfer und Wellenreiter unterwegs. Der Seegang hier war so viel stärker als auf Nortrum, das geschützt zwischen den Nachbarinseln lag. Hier hingegen blies uns der Wind den feinen Sand ins Gesicht, und ich war froh, dass ich zu meinem Kopftuch auch eine Sonnenbrille trug.

Über einen langen Holzsteg gelangte man zu der auf Pfählen gebauten Gastronomie, von der aus man alles überblicken konnte. Wir aßen eine Portion frische Krabben mit einer vorzüglichen Sauce, in die wir knuspriges Weißbrot tunkten. Dazu tranken wir ein Gläschen Wein. Anschließend schlenderten wir die Wasserlinie entlang Richtung Westen. Spielerisch sprangen wir über die herantosenden Wellen, in die sich unerschrockene Kinder und Erwachsene hineinstürzten.

Natürlich lag es mir die ganze Zeit auf der Zunge, ihn nach Jochen und Mareike zu fragen, um mir letzte Gewissheit zu verschaffen, was er über mich wusste und ob ich mit meiner Vermutung, er könnte seinen Freund mit dessen Frau betrogen haben, richtig lag. Doch ich traute mich einfach nicht. Und er hielt sich ebenfalls weiterhin an unsere Abmachung, das Thema Adam & Adam zu meiden. Stattdessen sprachen wir über unsere tägliche Arbeit, übers Segeln und auch übers Tanzen. In Neumünster stellte er sich bei einer Tanzschule gelegentlich als Tanzpartner für die alleinstehenden Frauen zur Verfügung, doch so wie er klang, war das nicht immer ein Vergnügen.

»Umgekehrt übrigens auch nicht«, wusste ich zu berichten, »die ›freiwilligen‹ Männer, die ich dabei schon kennen-

gelernt habe, sahen bei weitem nicht so gut aus wie du.«
Kaum hatte ich das gesagt, spürte ich die Hitze in meinen
Wangen.

Danach gingen wir erst einmal schweigend weiter, dabei
grinste Mark ziemlich unverhohlen vor sich hin.

Nachdem wir schon etliche Kilometer zurückgelegt
hatten und uns zur Umkehr entschlossen, bemerkten wir die
sich im Nordosten auftürmenden Wolkengebilde. Wenn
Greta Gewitterwolken malte, sahen sie genau so aus.

»Oha«, sagte Mark. »Da sollten wir uns vielleicht beei-
len.« Er winkte mich hinter sich her. Beunruhigt folgte ich
ihm. Mir stand nicht gerade der Sinn nach einer schwan-
kenden Fähre. Vom Flieger ganz zu schweigen.

Die Strecke zog sich, die Wolken kamen näher. Auch
andere Strandbesucher hatten sich zum Rückzug entschlossen. Es war eine richtige Völkerwanderung.

Bei der Parkgarage angekommen, fielen die ersten dicken
Tropfen.

»Zur Not müssen wir in Dagebüll übernachten.« Mark
lächelte mir zu. »Wäre das schlimm?« Er hielt mir die
Autotür auf, und ich stieg ein.

Ich hatte gar nichts für eine Übernachtung dabei.
Dennoch erfasste mich bei der Ausfahrt aus dem Parkhaus
ein angenehmer Schauer bei dem Gedanken, mit ihm die
Nacht in einem Hotel zu verbringen. Natürlich würden wir
getrennte Zimmer nehmen. Aber was, wenn er mitten in der
Nacht bei mir anklopfen würde? Wie in einem Film. Es war
nicht zu leugnen, dass es zwischen uns knisterte. So wie
vorhin, als sich unsere Hände berührt hatten.

Dennoch hob ich unbeteiligt die Schultern. »Wenn alle
Stricke reißen, wird uns wohl nichts anderes übrig bleiben.«

Sehr gut. Das hatte locker geklungen.

Sobald wir den Ort verlassen hatten, drückte Mark aufs Gas.

Während ich aus dem Beifahrerfenster sah, signalisierte mein Smartphone eine eingehende Nachricht von Giulia.

> Flori möchte mich heute Abend gerne in das Restaurant am Hafen einladen. Wir wollen mal fangfrischen Nordseefisch essen. Greta will ich aber nicht gern mit Igge allein lassen. Wann kommt ihr zurück? Für achtzehn Uhr würden wir noch einen Tisch bekommen. Ist übrigens ziemlich windig gerade.

> Sind unterwegs. Ich schreib dir, wenn wir auf der Fähre sind.

Zu meiner Überraschung setzte das Fährschiff planmäßig über. Es schaukelte auf der aufgewühlten See hin und her wie ein Korken; was nicht niet- und nagelfest war, rutschte auf den Tischen von einer Seite auf die andere.

»Sturm ist erst, wenn die Schafe keine Locken mehr haben«, scherzte Mark. »Alles andere ist nur'n büschen Wind.«

Er hatte gut reden.

Eilig gab ich Giulia Bescheid, dass wir gegen achtzehn Uhr im Hafen einlaufen würden.

> Geht dann ruhig schon vorher los, bevor euer Tisch vergeben ist – sind ja dann nur noch wenige Minuten, bis wir im Ginsterweg eintreffen!

Sofort krallte ich mich wieder an den Tisch in der Fährkantine.

Nur mit Mühe behielt ich das Essen bei mir. Auf den Boden starrend betete ich mir vor, dass es mir bald besser gehen würde. Ganz sicher.

Mark betrachtete mich mit einer Mischung aus Sorge und Belustigung. Selbst sein beruhigendes Streicheln über den Rücken brachte mich nicht dazu, dieser Situation etwas Positives abzugewinnen. Schließlich hielt mich nichts mehr auf meinem Platz, und ich stürzte zur Toilette, nur um dort festzustellen, dass ich nicht die Einzige war, die nicht gut mit diesem Wellengang umgehen konnte.

Endlich legten wir an. Inzwischen doch leider eine Viertelstunde später als gedacht.

> Sind gleich da, es gab Gegenwind!

textete ich Giulia.

> Okay. Wir sind schon im Restaurant. Igge und Greta schauen fern, bis ihr kommt. Bis nachher!

Mit wackligen Knien wankte ich von Bord, hielt nach einem der Pferdefuhrwerke Ausschau und kletterte in den Anhänger. Ich wollte keinen Schritt mehr auf den Beinen sein, nur noch heim.

Die Mähnen der Pferde flatterten im Wind, selbst der Kutscher zog den Kopf ein, während wir durch den Ort zuckelten. Die Verkaufsständer der Geschäfte waren ins Innere verbannt – doch das war es auch schon. Touristen streiften in Friesennerzen und Gummistiefeln durchs Dorf. Wahrscheinlich tummelten sich noch mehr am Strand, um sich das Schauspiel der herantosenden Wellen anzusehen. In der Ferne grollte Donner. In Frankfurt würde sich bei diesem Wetter niemand auf die Straße wagen.

Mark tätschelte mir abermals den Rücken. »Ich koch dir gleich mal einen schönen Tee«, versprach er und zog mich kurz darauf hinter sich her in Igges Haus. Aus dem Wohnzimmer schallte der Fernseher.

Im Türrahmen zur Küche blieben wir überrascht stehen.

Was hatte Igge hier getrieben? Mehrere Schüsseln und eine mit Fett eingeriebene Kuchenform zeugten davon, dass er anscheinend backen wollte, genauso wie die Packung Mehl. Daneben lag sein mit Mehl bestäubtes Seniorenhandy.

»Dieser Typ ...« Mark schüttelte den Kopf und machte sich auf den Weg zum Wohnzimmer. »Hier ist niemand!«, rief er mir kurz darauf zu. Dann verstummte der Fernseher.

Ich lugte aus der Küche, wo ich gerade damit begonnen hatte, ein wenig klar Schiff zu machen. »Dann werden sie drüben sein.«

»Hm«, sinnierte Mark. »Aber warum?«

Vor der Haustür rüttelte wieder der Wind an uns, eilig stoben wir in Antjes Haus.

»Igge, Greta?«, rief ich in den Flur.

»Zilli!«, lockte Mark.

Nichts rührte sich.

Mark und ich sahen uns fragend an. Wohin mochten sie gegangen sein? Bei Giulia und Flori waren sie jedenfalls nicht, die hätten doch Bescheid gegeben.

»Schau doch mal auf seinem Handy nach«, sagte ich zu Mark. »Vielleicht hat ihn jemand angerufen.«

Doch als er es überprüfte, fanden wir nichts.

Nervös zog ich mein Smartphone aus der Tasche, klingelte bei Giulia durch – vielleicht waren die drei ihnen ja doch gefolgt – doch sie nahm nicht ab. Kein Wunder, sie war ja beim Candlelight-Dinner mit Flori.

Sicherheitshalber probierte ich es auch auf dessen Nummer. Er meldete sich sofort. »Seid ihr heil zurück?«, fragte er. »Hier am Hafen bläst es wie wild.«

»Ja, gerade erst, und –«

»Super, dann sind wir beruhigt. Das hat uns jetzt doch keine Ruhe gelassen, dass Greta mit Igge allein ist. Giulia wollte gerade schon nach Hause zurück. Marks Vater ging nicht ans Telefon.«

Meine Kehle wurde trocken. »Ach so. Nein, nein. Bleibt nur. Wir ... kümmern uns.«

Klopfenden Herzens unterbrach ich die Leitung.

»Da siehst du, wohin es führt, wenn ich mich von dir irgendwohin locken lasse!«, schimpfte ich verzweifelt. »Schon verschwindet meine Enkelin! Wer weiß, wo er sie mit hingenommen hat? Sicherlich nicht zum Nacktbadestrand – da gibt es heute nichts zu sehen!«

Marks Gesicht war blass.

»Denk nach!«, rief ich.

Er fasste sich mit beiden Händen an die Wangen, zog eine Fratze. »Wenn ich das wüsste.«

Ich sank auf einen Stuhl, dann raffte ich mich wieder auf, und wir durchforsteten ein zweites Mal die Häuser. Riefen auf der Terrasse lautstark ihre Namen – doch Wind und Regen trugen unsere Worte mit sich fort, noch bevor sie die Lippen verlassen hatten. Der Alte und das Kind blieben verschwunden.

»Sollten wir nicht die Feuerwehr alarmieren oder zumindest einen Suchtrupp organisieren?« Zuvor musste ich allerdings meine Tochter informieren. O Gott. Davor graute mir so sehr. Verzweifelt sah ich Mark an. »Wir können doch nicht untätig hier herumstehen!«

»Okay.« Er nickte. »Aber vorher ein letzter Versuch. Wir schauen nach, ob die Jolle noch da ist.«

Meine Augen weiteten sich. »Du meinst, er könnte rausgefahren sein? Obwohl sich ein Sturm zusammengebraut hat?«

Er warf die Hände in die Luft. »Meine Mutter hat früher für unsere Bootsausflüge einen Kuchen gebacken – daher die Idee. Oder Zilli ist davongelaufen und er ihr nach. Ach, was weiß denn ich – es könnte alles geschehen sein, so verwirrt, wie er in letzter Zeit war!«

»Ach so, jetzt gibst du es also endlich zu!«, rief ich. »Ich könnte mich ohrfeigen!« Und ich hatte Giulia leichtfertig gesagt, sie und Flori könnten ruhig schon aufbrechen!

Mark, der vermutlich dasselbe dachte, presste die Lippen aufeinander. »Ich schau nach. Bleib du hier – falls sie zurückkommen, sollte jemand da sein.«

»Kommt überhaupt nicht in Frage, ich komme mit.« Meine Augen liefen über. Ich würde keinesfalls hier sitzen und warten. Sollten die drei zurückkehren, waren sie ja immerhin sicher.

Als ich ihm hinterherstürzte, wehte mir abermals pfeifend der Wind um die Ohren. Die Rosen im Vorgarten bogen sich. Ich zog die Kapuze über den Kopf und verschnürte sie, verschloss den Reißverschluss unterm Kinn. Dann zog ich die Schultern hoch und stapfte hinter Mark her. Der Regen peitschte mir ins Gesicht, er fühlte sich an wie Nadelstiche. So einen Sturm hatte ich noch nie erlebt. In Frankfurt windete es zwar auch gelegentlich. Manchmal knickten sogar Bäume um. Und doch hatte er nie solche

Wucht wie hier. Dass die Häuser nicht abhoben, war ein Wunder.

Mark rannte voraus, ohne sich nach mir umzusehen. Offenbar war er inzwischen ernsthaft in Sorge. Was meine nicht gerade milderte. Außer Atem hetzte ich hinter ihm her zum Hafen. Der Wind trieb Gischt über die Wasseroberfläche, die vertäuten Boote neigten sich zur Seite. So auch *Elfie*. Beschädigt sah sie nicht aus. Und auch nicht so, als ob jemand darin Unterschlupf gesucht hätte. Kein Lichtstrahl drang nach draußen, das Vorhängeschloss an der Tür zur Kajüte war verschlossen.

Schwer atmend kam ich neben Mark zum Stehen. Ich stützte die Hände auf den Knien ab. »Und jetzt?«, rief ich gegen den Wind an.

»Mama?«, klang die Stimme meiner Tochter durchs Getöse an mein Ohr. Ich wandte den Kopf. Giulia kam von der Hafenkneipe auf mich zugelaufen. Flori kämpfte an der Tür mit seiner Jacke.

Auch das noch. Hatten sie etwa aus dem Fenster geschaut und uns entdeckt? Wie sollte ich den beiden nur erklären, dass wir Igge und Greta verloren hatten?

»Was macht ihr hier draußen bei diesem Sturm?«, rief Giulia gegen den Wind an. In ihren Augen las ich, was ich nicht auszusprechen wagte.

Flori, der ihr mit gesenktem Kopf hinterhergerannt war, legte den Arm um sie. »Sucht ihr etwa den Alten und Greta?«

»Sie können nicht weit sein«, beschwichtigte ich die beiden gegen meine eigene Überzeugung.

Mark deutete auf die Jolle. »Das Boot liegt jedenfalls im Hafen, das ist schon mal gut. Wir finden sie sicher gleich!«

»Was hatte Igge bloß in der Küche vor?«, rief ich hilflos

gegen den Sturm an.

»Wieso, was war denn in der Küche?«, rief Giulia.

»Es sah aus, als hätte er Kuchen backen wollen!«

Meine Tochter und ihr Freund wechselten einen ratlosen Blick.

»Moment mal, er hat was erzählt«, rief Flori jetzt. »Er hat jemanden getroffen, heute Nachmittag. Im Dorf.«

Mark hing an seinen Lippen. »Wen denn?«

Flori zuckte die Schultern. »Ich hab mir die Namen nicht gemerkt, leider! Also, es müssen Kinder gewesen sein.« Er kratzte sich am Kopf. »Er meinte, die hätten ihn eingeladen, glaube ich.« Hilflos hob er die Hände. »Ich hab gar nicht genau hingehört, ihr wisst doch, dass er gern alles Mögliche erzählt. Wie hätte ich wissen können, dass es um heute geht und dass das noch wichtig wird!«

»Fallen dir hier Familien ein, mit denen er Kontakt hat?«, fragte ich Mark. Immerhin fühlte ich mich nun ein bisschen ruhiger. Kinder wohnten in Häusern.

Doch Mark schüttelte den Kopf. »Er hat nicht viele Kontakte hier, und mit Kindern ...« Er blinzelte ratlos. »... keine Idee.«

Giulia zupfte an Floris Jacke. »Hat er nicht vielleicht erwähnt, woher er sie kennt?«

Flori knabberte auf der Unterlippe. »Von früher?«

Mark zog schon wieder die Wangen lang. Sein Gesicht hatte rote Flecken. »Hat er ihre Namen erwähnt? Lino und Bendix vielleicht?«

Floris Blick ging in die Ferne, er nickte. »Könnte gut sein. Doch! Ja, ich glaube, so hat er sie genannt.«

Mark blies die Wangen auf, dann ließ er langsam den Atem entweichen. »Gott sei Dank. Dann sind sie bei Astrid.«

Ich brauchte ein paar Sekunden, um mir in Erinnerung zu rufen, wer Astrid war. Seine Ex.

Mark sprintete sofort los. »Ich melde mich, wenn ich sie habe!«, rief er über seine Schulter hinweg.

Flori presste Giulia einen Kuss auf die Stirn. »Ich geh mit ihm.« Schon jagte er Mark hinterher.

Als die Angst der Hoffnung wich, versagten meine Beine den Dienst. Ich sank auf den Boden und kauerte mich zusammen wie ein Kind. Dass ich mit dem Po in einer Pfütze saß und dass Wind und Regen mir noch immer ins Gesicht peitschten, spürte ich kaum. Meine Tochter zog mich zurück auf die Füße und hakte sich bei mir unter, mit gesenkten Köpfen liefen wir hinüber zum Hafenlokal.

Ein Kellner brachte Tee und Handtücher, kurz darauf trug er die Nordseescholle auf, die Giulia und Flori zuvor bestellt hatten. Vor Kälte schlotternd nahmen wir ein paar Bissen und starrten gebannt auf Giulias Smartphone. Als es endlich klingelte, hielten wir den Atem an.

An der Miene meiner Tochter sah ich sofort, dass alles gut war. »Sie haben sie«, flüsterte sie und lauschte weiter in den Hörer. Als sie auflegte, wischte sie sich die Augen. »Sie kommen dann heim, wir sollen hier ruhig noch essen, es dauert noch einen Augenblick.«

Weinend nahmen wir uns in den Arm. Und dann erzählte ich Giulia, wer die beiden Jungs überhaupt waren, die Igge mittags im Dorf getroffen hatte.

Vollkommen durchnässt und vor Kälte schlotternd schlossen wir bei unserer Rückkehr Greta im Wohnzimmer in die Arme. Sie hatte sich auf dem Sofa in eine Decke eingekuschelt, daneben saß Mark. Zilli ließ sich auf seinem Schoß den Kopf kraulen.

Mark sah mitgenommen aus. Als hätte er geweint. Ich fasste ihn näher ins Auge. *Garantiert* hatte er geweint.

Igge, der im Sessel saß, verdrehte die Augen. »Kinners, ihr macht vielleicht ein Gedöns.«

Giulia kniete sich vor den Sessel, sie legte ihre Hände auf seine knochigen Knie. »Kannst du dir denn nicht vorstellen, dass wir uns Sorgen gemacht haben? Warum hast du denn nicht angerufen oder wenigstens einen Zettel geschrieben?«

Er machte eine wegwerfende Handbewegung. »Ihr wart doch beim Essen, min Deern. Bis ihr zurückgekommen wärt, wären wir doch auch wieder hier gewesen.«

»Aber ich hatte dir gesagt, dass ihr fernsehen sollt, bis Mama und Mark kommen.«

Igge schnaubte. Er sah in die Ferne. »Joa, das hab ich dann wohl vergessen.«

»Und was hattest du in der Küche vor?«, hakte ich nach. »Wolltest du einen Kuchen backen?«

Er tippte sich an die Stirn. »Ich hab in meinem ganzen Leben noch kein' Kuchen gebacken.«

Mark und ich wechselten einen Blick. Immerhin hatte sein Vater Greta nicht hier allein gelassen. Das musste man ihm dann doch zugutehalten.

Ich rutschte neben ihm aufs Sofa. »Wie war es denn bei Astrid und den Jungs?«, flüsterte ich. »Hast du mit den beiden geredet?«

In seinen Augen schimmerten Tränen. Er nickte stumm.

Ich drückte seinen Arm. »Das finde ich schön. Da kannst du deinem Vater fast dankbar sein.«

»Meine Rede!«, rief Igge.

Wenn er wollte, hörte er erstaunlich gut.

Giulia kam wieder zum Stehen und setzte sich mit dem Po auf den Couchtisch.

Mark umriss uns leise, wie das Treffen mit den beiden Jungs verlaufen war, und endete mit den Worten: »Sie haben es mir nachgetragen, dass ich mich nie mehr bei ihnen gemeldet habe, obwohl Astrid nicht mal etwas dagegen hatte.«

»Verstehe«, sagte ich.

»Dabei hab ich das doch nur nicht getan, weil ich dachte, ich hätte offiziell keine Rechte!«

»Na ja, aber ihr habt ja offenbar nicht mal darüber gestritten«, antwortete meine Tochter. »Falls Flori und ich uns trennen würden, wäre das schlimm für Greta, wenn er sich nie wieder melden würde. Und wenn die Mutter der beiden nicht mal was dagegen hatte, dann verstehe ich eigentlich gar nicht –«

»Ich doch auch nicht!«, sagte Mark unglücklich. »Und ich bereue es wie verrückt.« Er hob die Schultern. »All die verlorenen Jahre. Sie haben sich so sehr verändert, nicht nur optisch. Aber ich war nun mal so gekränkt. Es hätte mir das Herz zerrissen, sie nur noch ganz selten zu sehen, bloß als Besucher. Dabei hab ich ausgeblendet, dass ihnen die Trennung von mir auch zugesetzt hat. Und die von Igge.«

Wir warfen einen Blick zu seinem Vater, der nun mit geschlossenen Augen im Sessel saß.

»Du musst mit ihm zum Arzt«, drängte ich Mark.

Giulia fand das auch. »Am besten gleich morgen. Er muss mal richtig durchgecheckt werden.«

Er versprach es. Erleichtert sank ich ins Sofa zurück. Mit einem Mal kam eine bleierne Müdigkeit über mich. Ich lehnte meinen Kopf an seine Schulter und schlief unversehens ein.

20

Spät am Abend verfrachtete mich Giulia ins Bett. Wie ein Kind deckte sie mich zu und hauchte mir einen Kuss auf die Stirn. »Gute Nacht, Mama«, flüsterte sie. »Schlaf dich mal richtig aus.«

Und das tat ich. Weder hörte ich, wie unten alle erwachten, frühstückten und anschließend die Küche in Ordnung brachten. Noch, wie sie das Haus verließen. Giulia, um Mark und Igge zum Arzt zu begleiten; Flori und Greta, um einen Ausflug zum Leuchtturm zu unternehmen. So jedenfalls stand es auf dem Zettel, den sie neben der Kaffeemaschine für mich abgelegt hatten.

Unverhofft fand ich mich alleine wieder. So, wie ich es mir bei meiner Anreise ausgemalt hatte.

Ich hätte in Ruhe arbeiten können. Dort weitermachen, wo ich zuletzt geendet hatte. Bei dieser Geschichte, die nun viel mehr mit meiner eigenen zu tun hatte als die ursprüngliche Version von Julia und Tamme.

Wie ich da so saß und die Finger auf die Tastatur legte, trudelte eine Nachricht von Nadja ein.

Wir haben noch mal gesprochen in der Lektoratsrunde. Den Platz werden wir nun doch an ein anderes vielversprechendes Talent vergeben. Bitte bleib aber unbedingt dran. Du kannst mir gern jederzeit wieder etwas zeigen.

Ich schloss den Laptop und ging zurück ins Wohnzimmer, sah vom Sofa aus in den Garten. Der Sturm hatte den Rosenstöcken nichts anhaben können, sie standen wieder aufrecht. Doch auf der Wiese lagen Blütenblätter und zahllose abgebrochene Zweige. Der Himmel war noch immer wolkenverhangen, jeden Moment konnte es erneut anfangen zu regnen.

Ich horchte in die Stille des Hauses, lauschte dem Wind, der in leisen Böen um die Ecken strich wie eine Katze.

Die letzten beiden Sätze von Nadja schmerzten besonders, sie klangen wie Donnerhall in mir nach. Ich selbst verwendete sie ähnlich bei Autorinnen, die ihr Potential noch nicht richtig ausschöpften. Um sie zu *ermutigen*.

Ich meinte, Zillis Bellen und Gretas Geplapper zu hören, doch es waren nur Phantomgeräusche. Plötzlich kam mir die Stille unerträglich vor, und ich beschloss, die vom Sturm abgerissenen Zweige und Blüten von der Wiese und aus den Beeten aufzusammeln. Im Schuppen fand ich die nötigen Utensilien und legte los. Fuhr mit dem Rechen durch das Gras und bildete kleine Haufen, beförderte sie in einen Biosack. Hing dabei meinen Gedanken nach.

Angenommen, ich zog nach Hamburg. Dann hätte ich immer diese Stille um mich herum. Im Verlag natürlich nicht, da wäre ich auf Trab, aber wenn ich abends nach Hause käme, wäre ich ganz für mich. Keine abendlichen Abstecher zu Giulia, kein Greta-Babysitting am Wochenende. Vielleicht würde ich mich endlich in einem Fitnessstudio anmelden, wieder öfter ins Kino oder ins Theater gehen.

Fragte sich bloß mit wem. In Hamburg kannte ich keine Menschenseele. Außer Jochen und Mareike. Und Mark, der allerdings auch eine Stunde von dort entfernt wohnte.

Seufzend beförderte ich die letzten Zweige in den Sack und verstaute alles im Schuppen, kehrte zurück ins Haus. Immer noch Stille. Nach Giulias Geburt hatte es häufig diese Momente gegeben, in denen ich mich nach absoluter Ruhe sehnte. Danach, dass mal niemand etwas von mir wollte. Mich einfach sein ließ. Aber jetzt gerade, da hätte es mich nicht im Geringsten gestört, wenn sie alle hier um mich versammelt gewesen wären.

Ich setzte mich aufs Sofa, sah hinaus in den aufgeräumten Garten. Dachte erneut an Mark. Gestern hatte er die beiden Ziehsöhne wiedergesehen. Und ihre Mutter. Als wir sie am Strand getroffen hatten, war sie allein unterwegs. Vielleicht war sie ja von ihrem neuen Partner schon wieder getrennt und hatte es bitter bereut, Mark verlassen zu haben? Was mochte dieses gestrige Treffen in ihm ausgelöst haben? Womöglich würden sie es noch einmal miteinander versuchen. Ich war ja gestern leider an seiner Schulter eingedöst und hatte ihn nicht mehr danach fragen können.

Der Gedanke, er könnte noch Gefühle für Astrid hegen, verursachte mir ungutes Bauchflattern.

Im Flur fiel die Haustür ins Schloss.

»Giulia?«, rief ich nach meiner Tochter und stand auf. Im Flur streifte sie gerade die Schuhe ab.

»Wie war es beim Arzt?«

»Sehr gut. Der hatte was auf dem Kasten. Netter Typ.« Giulia ging in die Küche, ich folgte ihr. Sie setzte die Kaffeemaschine in Gang, legte ein Pad ein. Über ihre Schulter hinweg fragte sie: »Gut geschlafen?«

Ich strahlte. »Wie ein Baby.«

»Magst du auch einen?« Sie deutete auf die Maschine.

Ich nickte und setzte mich. »Was hat dieser Thore Mathiesen denn nun gesagt? Hat er Igge richtig durchgecheckt?«

Die Maschine brummte, der erste Kaffee ergoss sich in eine Tasse. Giulia ließ noch eine zweite auffüllen, dann setzte sie sich zu mir, schob mir eine hin.

»Also«, begann sie.

Ich legte den Kopf schräg.

»Wir haben gestern noch so ein bisschen gebrainstormt, auch mit Flori.«

»Wer ist wir?«

»Mark und ich.«

»Aha. Worüber denn?«

Giulia schwenkte die Kaffeetasse hin und her, nahm einen Schluck. »Über Igge.«

Abwartend sah ich sie an. »Ihr wart doch jetzt mit ihm beim Arzt. Willst du mir nicht sagen, was dabei herausgekommen ist?«

»Der Doktor konnte nicht alle Tests durchführen, die man normalerweise macht, wenn der Verdacht auf Demenz besteht«, sagte sie. »Aber zumindest so ein paar Standardtests, und wenn man danach geht, gibt es bei ihm eigentlich noch keine dollen Anzeichen. Allerdings sieht es mit dem Sauerstoffgehalt in seinem Blut nicht gut aus. Und laut Ultraschall ist die Halsschlagader ziemlich verkalkt, das heißt, das Gehirn wird nicht gut mit Blut versorgt. Da kann es schon mal zu Aussetzern kommen.« Sie pustete in die Tasse. »Es gibt da jetzt verschiedene Möglichkeiten. Vielleicht braucht er demnächst eine OP, zumindest aber Medikamente, und er braucht wahrscheinlich auch immer mal wieder Sauerstoff. Will heißen, es muss jemand hier sein, der sich um ihn kümmert.«

»Meine Rede. Ich hoffe, Mark sieht das auch ein?«

Giulia nahm einen Schluck Kaffee. »Das tut er.« Sie sah auf. »Und da komme ich ins Spiel.«

Ich blinzelte. »Du willst Igges Pflege übernehmen?«

Meine Tochter legte ihre Hand auf meine. »Zumindest für eine Weile. Ich mag ihn total. Greta und ich könnten bei ihm unterm Dach unterkommen, das steht leer. Und Flori könnte daheim ganz in Ruhe an seiner Arbeit schreiben und übers Wochenende öfter herkommen – sogar auf der Zugfahrt könnte er arbeiten. Insgesamt wäre er vielleicht sogar schneller damit fertig. Und Mark würde mich gut bezahlen.« Sie lächelte wehmütig. »Dann hätte ich endlich auch mal wieder mehr eigenes Geld und käme mir nicht die ganze Zeit vor wie eine Schmarotzerin.«

»Wer hat dich je so genannt? Flori?«

»Aber nein, es geht um mein Gefühl, Mama!«

»Du hast doch gar keine Pflege gelernt. Stell dir das mal nicht so einfach vor.«

»Igge ist ja auch kein Pflegefall. Er braucht einfach nur Gesellschaft und jemanden, der ihm unter die Arme greift. Diese Antje, deine Freundin, die kann das auf Dauer nicht leisten. Das hat sie Mark vor ihrer Abreise erst wieder gesagt. Ihr hat er ja auch Geld dafür bezahlt, dass sie ab und an nach dem Rechten schaut.«

Davon hatten weder Antje noch er etwas erwähnt. Umso mehr hatte sie sich wohl verpflichtet gefühlt, dass jemand während ihrer Abwesenheit herkommt, als sie merkte, dass Igge abbaute. Was Giulia sagte, hörte sich auch vernünftig an.

Dennoch regte sich Widerstand in mir. Weil Mark zuerst mit ihr gesprochen hatte. Ohne mich zu fragen, was ich davon hielt. Immerhin wusste Giulia noch immer nichts von Jochens Angebot.

»Nortrum ist einfach furchtbar weit von Frankfurt entfernt, Schatz«, wandte ich ein. »Wir würden uns viel seltener sehen. Wahrscheinlich nicht öfter als du und Flori.«

»Aber du hast doch jetzt das Jobangebot in Hamburg. Wenn du das annimmst, spielt es überhaupt keine Rolle, ob ich in Frankfurt bin oder auf Nortrum.«

Mir verschlug es für einen Moment die Sprache. »Das hat Mark dir erzählt?«

»Stimmt es denn nicht?« Sie verzog den Mund, als wäre sie enttäuscht, dass ich nicht schon längst mit ihr darüber geredet hatte. Dabei wusste ich ja selbst erst seit Kurzem davon.

»Doch, schon, aber –« Klar, das alles schien sich gut zu fügen. Und wenn Giulia und Flori sich einig waren ... auch okay. Aber was meine Zusage für Hamburg betraf – dieser Entschluss wurde nicht von anderen verhandelt. Jochen hatte mir bis Mittwoch Zeit gegeben, und ich wollte nichts übers Knie brechen. Vor allem hatte ich die Entscheidung alleine für mich fällen wollen, ehe ich mit Giulia darüber sprach. Wie kam Mark dazu, hinter meinem Rücken alles einzutüten?

»Warum siehst du denn auf einmal so wütend aus?« Wieder legte Giulia ihre Hand auf meine. »Ich dachte, dass du dir vielleicht Sorgen machst wegen Flori und mir, aber wir sind uns da wirklich einig. Dass ich nicht fürs Glück geschaffen bin, wie ich letztens gesagt habe, ist Bullshit. Ich fühle mich hier sehr glücklich, und Flori und ich sind uns wieder viel näher gekommen.«

»Das freut mich auch ungemein«, presste ich hervor.

Aber dass Mark ihr von dem Angebot erzählt hatte, fand ich unverzeihlich. Zwar hatten wir noch nicht über den Konflikt gesprochen, den meine Vergangenheit mit Jochen bei mir auslöste. Bisher vermutete ich ja auch nur, dass er in das Geschehen während der Frankfurter Buchmesse eingeweiht war. Aber bestimmt war es so. Und in dem Fall konnte er sich wirklich denken, dass mir die Entscheidung nicht leicht fiel.

Je mehr ich darüber nachdachte, desto mehr versetzte es mich in Rage, dass die drei das alles einfach ohne mich besprochen hatten. Ich war ja nicht ins Koma gefallen, sie hätten mich wecken können. Stattdessen hatte Giulia mich ins Bett verfrachtet wie ein Kind, von dem man nicht wollte, dass es dabei war, wenn sich die Erwachsenen unterhielten. Und auf wessen Mist war das gewachsen? Doch bestimmt auf seinem!

Zornig schob ich meinen Stuhl zurück. »Bin gleich wieder da.«

Vor dem Haus schrak ich zusammen, als eine Gruppe Radfahrer den Dünenweg hinunter Richtung Dorf schoss. Klingelnd machten sie auf sich aufmerksam.

Ich straffte mich und betrat Igges Haus. »Mark?«

Aus dem Wohnzimmer hörte ich Schlager. Diesmal in Zimmerlautstärke.

Mark steckte den Kopf aus der Tür. »Hi.« Er lächelte warmherzig. »Gut geschlafen?«

Ich schob das Kinn vor und trat näher. »Wie kommst du dazu, hinter meinem Rücken Dinge mit meiner Tochter zu besprechen, die unmittelbaren Einfluss auf mein Leben haben? Mehr noch, du erzählst ihr sogar von Jochens Angebot, obwohl ich ihr das sehr gerne selbst gesagt hätte. Vor

Kurzem habe ich dich gebeten, meinen Namen noch nicht auf der Homepage zu verewigen, weil ich Bedenkzeit brauche. Aber nein, für dich scheint das schon beschlossene Sache zu sein.« Ich stemmte die Hände in die Hüften. »Warst du bei dieser Astrid auch so übergriffig? Dann könnte vielleicht das der wahre Grund dafür sein, warum sie dir den Laufpass gegeben hat!«

Mark starrte mich eine Schrecksekunde lang an, dann verschränkte er die Arme vor der Brust. »Kaum. Aber du kannst dich gern mal mit ihr unterhalten, um das zu klären. So wie du gerade klingst, würdet ihr euch hervorragend verstehen.«

Was für eine Unverschämtheit. Er hatte sie als eiskalt bezeichnet! Aber es gab immer zwei Seiten der Medaille. Mir war zwar gerade wieder verdammt heiß, doch meine Gefühle für ihn befanden sich im Gefrierbereich.

Ich machte auf dem Absatz kehrt und knallte die Tür hinter mir ins Schloss.

21

Da stand ich nun und wusste nicht wohin mit mir. Nur eines war gewiss: Ich wollte Abstand zwischen diese Häuser mit ihren Bewohnern und mich bringen. Wieder kamen Radfahrer den Dünenweg hinuntergebraust, das Klingeln ihrer Fahrradglocken klang fröhlich, ein kleiner Junge rief: »Das war toll beim Leuchtturm!«

Ja, da hatte er recht, es war schön dort. Aber zu Fuß war es mir jetzt zu weit.

Kurzentschlossen umrundete ich Antjes Haus und fand Svens Herrenrad im Schuppen, gleich neben Antjes plattem Damenrad. Zu dumm, dass ich es nicht längst geflickt hatte.

Ungeduldig zerrte ich Svens heraus und stellte den Sattel auf die niedrigste Stufe. Dann schwang ich das Bein über die Querstrebe. Nur in Schräglage erreichte ich mit einem Fuß den Boden. Beim Absteigen würde ich achtgeben müssen, dass ich mir nicht das Schambein anstieß. Ach, es würde schon gehen. Ich fuhr ja nicht zum ersten Mal Rad!

Unbeholfen stieß ich mich ab, um Fahrt zu gewinnen.

Beim Treten rutschte ich auf dem Sattel hin und her, um mit den Füßen nicht die Haftung auf den Pedalen zu verlieren. Gleich würde es einfacher werden. Auf dem Dünenweg, der am Meer und den Salzwiesen vorbeiführte, gab es keine nennenswerten Steigungen. Schon geriet die See in Sicht. Je weiter ich mich von Igges und Antjes Doppelhaus entfernte, desto befreiter fühlte ich mich. Worüber hatte ich mich bloß gerade so sehr aufgeregt?

Die kühlende Brise der See im Gesicht entspannte mich. Sollten sie doch alle tun und lassen, was sie wollten. Ich würde dasselbe tun. Noch hatte ich zwei Tage Bedenkzeit. Und es gab einige Optionen: Hamburg, Frankfurt oder auch gar keine Zusammenarbeit mit den Adams. Schrieb ich eben weiter an meiner Geschichte. Wie Gerald gesagt hatte: Heutzutage brauchten Autorinnen nicht zwangsläufig einen Verlag. Mir stand die Welt offen!

Hinter den Salzwiesen kam die Häusergruppe in Sicht, die nur ein Birkenwäldchen vom Leuchtturm trennte. Zwischen zwei Dünen ging es nun sanft bergab. Übermütig trat ich in die Pedale, stellte die Beine aus und ließ die Räder rollen, wollte den Schwung der Kuhle mitnehmen, um dann weiterzutreten. Als es soweit war, fischte ich mit den Füßen nach den Pedalen, doch die drehten munter durch.

Mist. Ich bekam keinen Halt. Nun ging es schon wieder bergan, das Rad wurde langsamer. Normalerweise hätte ich jetzt gebremst und wäre mit den Füßen auf den Boden gegangen. Dank der Querstrebe gestaltete sich das schwierig.

Ängstlich quiekend angelte ich beim Ausrollen mit einem Fuß gen Erde, dabei trudelte der Lenker hin und her, und das Unvermeidliche geschah. Ich verlor das Gleichgewicht. Das Fahrrad ging scheppernd mit mir zu Boden, ich knallte mit der Hüfte auf, meine Hände schlitterten bei dem

Versuch, mich abzufangen, über den Untergrund. Der Ellbogen folgte.

Autsch.

Regungslos verharrte ich. Das Vorderrad drehte sich kreiselnd. Jetzt meldete mein Knie stechenden Alarm. Mir kamen die Tränen.

Eine Familie kam über die vor mir liegende Kuppe herangeradelt, zwei Erwachsene, zwei Kinder, sie machten halt. Der Vater stieg ab. »Sind Sie gefallen?«

Dumme Frage, dachte ich. *Sieht das hier etwa aus wie eine Yogaübung?*

Die Frau schob ihr Rad an den Rand. »Hilf ihr doch mal auf, Ingo.« Sie winkte die Kinder beiseite.

Der Mann zog Svens Rad vorsichtig zwischen meinen Beinen hervor und legte es an den Wegesrand. Ächzend biss ich die Zähne zusammen. Versuchte, auf alle viere zu kommen, um mich aufzurichten. Doch davon hielt das Knie gar nichts.

Lieber Gott, betete ich stumm, *lass nichts kaputtgegangen sein.*

Mit Hilfe der Erwachsenen gelang es mir, mich neben Svens Rad im Dünengras niederzulassen. Es sah ziemlich demoliert aus.

In meinem Hals bildete sich ein dicker Kloß. Wie sollte ich mich von hier fortbewegen? Wie das Rad zurück zum Haus bekommen?

»Sollen wir jemanden verständigen?«, fragte der Mann.

»Einen Arzt?« Die Frau sah besorgt auf mich hinab.

»Mama, wann fahren wir weiter?«, drängte eines der Kinder.

Eine Gruppe Fußgänger passierte uns, auch diese Leute erkundigten sich, ob sie helfen könnten.

»Nein, nein«, wischte ich alle Angebote beiseite. »Ich rufe meine Tochter an. Sie kümmert sich um alles.« Ich konnte wohl kaum Wildfremde dazu verdonnern, Svens Fahrrad nach Hause zu schieben.

Die Familie machte sich schließlich von dannen, nachdem ich mich bedankt und versichert hatte, allein klarzukommen. Mir gelang es, mich immerhin so am Rand des Weges zu platzieren, dass man fast hätte vermuten können, ich legte nur eine Pause ein.

Mit zittrigen Fingern wählte ich Giulias Nummer. Dann versuchte ich es bei Flori. Doch niemand nahm ab.

»Ist ja klar, dass jetzt nur noch Mark bleibt«, knurrte ich missmutig. Oder ich würde den Notruf anwählen, mal sehen, was dann geschah. Hier kam man jedenfalls mit keinem Pferdefuhrwerk hin. Allenfalls mit einem der Lastenkarren. Da konnte ich mich eventuell hineinsetzen.

Wieder winkte ich zwei Radfahrer vorbei, die ihre Hilfe anboten. Sehr nette Menschen hier, das musste ich sagen. In Frankfurt wäre ich vermutlich im Getümmel nicht beachtet worden.

Noch einmal versuchte ich, mein Knie zu strecken. Vielleicht konnte ich ja doch – ganz langsam und bedächtig – das demolierte Rad nach Hause schieben und mich dort verarzten? Aber ans Aufstehen war nicht zu denken.

Schweren Herzens wählte ich Marks Anschluss. Und als hätte er nur darauf gewartet, nahm er sofort ab.

»Hi«, sagte er sanft. »Bitte nicht mehr schimpfen. Ich sehe ein, dass ich –«

»Ich bin gefallen!«, piepste ich. »Auf dem Dünenweg! Mit Svens Rad!«

Am anderen Ende herrschte verblüfftes Schweigen. »Ehrlich?«

»Ja! Ich hab die Kontrolle verloren.«

»Wie schnell bist du denn gefahren?«

»Gar nicht schnell! Aber die blöden Pedale sind für mich kaum zu erreichen! Ist ja auch egal. Mich muss jemand abholen. Ich kann nicht mehr auftreten. Um exakt zu sein, komme ich nicht mal auf die Füße.«

»Ähm. Okay ... alles klar. Wo genau bist du?«

»Du musst einfach über den Dünenweg Richtung Leuchtturm fahren. Ich liege in dieser Senke vor den Häusern.«

»Verstehe.«

»Und du müsstest mit dem Lastenrad kommen. Frag bitte Flori, ob er dich begleiten kann, um Svens Rad nach Hause zu schieben. Dann müsste es gehen.«

Mark versprach, sich um alles zu kümmern, dann legten wir auf. Abermals versuchte ich, mich auf die Füße zu rappeln, doch es war aussichtslos. Betrübt sah ich zum bewölkten Himmel. Wenigstens regnete es nicht.

Nach über zwanzig Minuten war Mark noch immer nicht da. Weitere Zeit verstrich. Ich überlegte gerade, ob ich doch noch einmal bei Giulia und Flori durchklingeln sollte, als er auf dem Buckel des Dünenwegs auftauchte. Zu Fuß. Ohne Begleitung.

Er breitete die Hände aus. »Das Dumme ist, dass ich mein Lastenrad verliehen habe«, rief er, während er näher kam. »Thore hat ein volles Wartezimmer, der kann gerade nicht weg. Und da du nichts von starkem Blutverlust erwähnt hast, hielt ich einen Helikopter für übertrieben.«

Bei mir angekommen, sah er auf mich hinab. Er presste die Lippen zusammen, um seine Augen bildeten sich Lachfältchen.

»Lachst du mich etwa aus?«

»Kein bisschen.« Er zwang sich zu einer ernsteren Miene, fischte ein Post-it aus der Jackentasche und heftete es an Svens Fahrrad. **Wird später abgeholt**, las ich.

»Es gibt hier eine Fahrradwerkstatt, die gerade von einer jungen Frau wiedereröffnet wurde. Wie es der Zufall will, ist sie Thores Freundin. Wiebke kümmert sich um die Abholung und richtet es wieder her, bis Sven zurück ist. Und den Reifen an Antjes Rad kann sie ja dann auch gleich flicken.«

Er besaß Organisationstalent, das musste ich ihm lassen.

Nun hielt er mir die Hand hin. »Auf geht's.«

»Ich kann nicht einfach so aufstehen«, klagte ich. »Das tut sauweh.«

Mark trat hinter mich und hievte mich mit Kraft nach oben, bis ich auf dem unverletzten Bein zum Stehen kam.

Wacklig hakte ich mich bei ihm ein. »Und jetzt?«

»Vielleicht kannst du auf einem Bein hopsen? Ich geb dir Halt.«

Ungelenk hopste ich zwei Schritte an seiner Seite vorwärts und keuchte vor Schmerz. Meine Hüfte. Es ging nicht.

»Du wirst mich tragen müssen«, jammerte ich. »Ich schaff das nicht.«

Mark Augen gingen zum Himmel. »Ernsthaft?«

Nun kamen mir endgültig die Tränen. »Ich weiß.«

»Pass auf«, sagte er. »Ich trage dich jetzt zur nächsten Bank. Dann sitzt du bequemer. Und von dort organisiere ich einen Rollstuhl. Ich hätte das gleich tun sollen, hab aber gehofft, es wäre gar nicht so schlimm.«

»Wo ist denn die nächste Bank?«

Er zeigte über die Kuppe in die Richtung Häuser. »Da hinten irgendwo.«

Noch immer standen wir untergehakt nebeneinander.

Mark schob vorsichtig einen Arm unter meinen Kniekehlen hindurch und hob mich auf.

Ich schlang die Arme um seinen Hals und hielt mich fest. Es tat weh, aber es war erträglich.

Mark setzte sich schleppend in Gang.

In Filmen sah das immer so easy aus. Da trug der Held seine Angebetete leichtfüßig zum nächsten Strohlager. Doch Mark hatte zu kämpfen. Er keuchte und ächzte so sehr, als würde er jeden Moment zusammenbrechen. In roboterartigen Bewegungen kämpfte er sich die kleine Anhöhe hinauf. Ich klammerte mich an ihn, versuchte, mich so leicht wie möglich zu machen, doch der Schmerz in meiner Hüfte und im Knie ließ keine Körperspannung zu.

Ein Pärchen kam uns händchenhaltend entgegen, sie reihten sich leichtfüßig hintereinander ein, um uns durchzulassen.

»Uiuiui«, sagte die Frau, »das ist ja romantisch.« Sie zwinkerte uns zu.

Es fühlte sich nicht romantisch an, so viel war sicher. In meinem Hals kitzelte ein Lachen.

Mark warf mir einen schrägen Blick zu. Sein Gesicht war dunkelrot, sein Atem ging stoßweise. Als habe er sich in seinem Leben noch nie so sehr angestrengt. Der Arme!

Ich stellte mir vor, welches Bild wir beiden Endvierziger hier abgaben. Unsere jugendliche Ausstrahlung ließ schätzungsweise zu wünschen übrig.

»Das ist der Höhepunkt meines Lebens«, keuchte Mark, als wir endlich an der anvisierten Bank anlangten. Vorsichtig ließ er mich darauf ab. Schweratmend plumpste er neben mich.

Trotz der Schmerzen hatte ich nach wie vor größte Mühe, ernst zu bleiben. »Mich hat noch nie ein Mann auf

Händen getragen«, flüsterte ich und streckte achtsam das Bein aus. Dann lehnte ich meine Schläfe an seine Schulter. Wieder stieg ein Lachen in mir auf. Ich bekam dieses Bild von uns beiden nicht aus dem Schädel.

»Wenigstens ist deine Wut auf mich verraucht«, grunzte Mark. Er wischte sich den Schweiß von der Stirn, lehnte seinen Kopf an meinen. »O Mann«, stöhnte er. »Du wirst dich einen Moment gedulden müssen, bis ich in der Lage bin, mich um den Rollstuhl zu kümmern.«

»Hat ja keine Eile. Jetzt ruhen wir uns erst mal aus.« Instinktiv griff ich nach seiner Hand. Wie von selbst verschränkten sich unsere Finger miteinander. Mit dem Daumen streichelte ich über eine raue Stelle.

Eine Weile sahen wir schweigend zum Leuchtturm hinüber, der hinter dem Birkenwäldchen aufragte. Der gestreifte Riese zeichnete sich vor einem dramatischen Wolkenhimmel ab, durch den sich eben ein Sonnenstrahl Bahn brach und einen goldenen Streifen in die Luft zauberte. Mein Knie pochte gemein, wahrscheinlich schwoll es an, ein Kühlpack wäre hilfreich gewesen.

»Antje hat mir geschrieben, weißt du.« Mark malte mit der Fußspitze ein Muster in den sandigen Untergrund.

Ich wandte den Kopf zu ihm um.

»Sie hat mir gesagt, dass sie sich auf dieser Pilgerreise in die raue Landschaft Nordspaniens verliebt haben. Sie wollen noch mal neu anfangen.« Er hob die Schultern. »Ihre Online-Rechtsberatung können sie ja von überall anbieten.«

Blinzelnd ließ ich diese Neuigkeiten auf mich wirken. »Und ihr Haus?«

»Wollen sie vermieten. Kurz und gut, für die Betreuung meines Vaters fallen sie flach. Und ich sehe ein, dass jemand in der Nähe sein muss, der ein Auge auf ihn hat. Ich kann auch öfter kommen – es hat ja die letzten Tage ganz gut geklappt mit dem Arbeiten von hier aus. Aber ich kann und will nicht dauerhaft hier auf Nortrum sein. Obwohl mein Vater hier lebt, spüre ich keine Wurzeln mehr.«

»Was ist mit Astrid und den Jungs?«

Mark musterte mich. Diese grünen Augen. Und diese Grübchen. Als hätte ich ihn mir bestellt.

»Was soll mit ihnen sein? Dieser Lebensabschnitt ist vorbei, auch wenn er mich nachhaltig geprägt hat. Er hat den Wunsch nach einer Familie in mir entfacht, aber ...«

Ich legte fragend den Kopf schräg.

»... sich von einer Frau zu trennen ist das eine. Aber wenn auch noch Kinder im Spiel sind ... ich wollte mich doch eigentlich nie wieder in eine Frau mit Anhang verlieben. Das wäre vielleicht wieder eine Familie, die ich nicht halten könnte, wenn es hart auf hart kommt. Und am Ende fühle ich mich dann einsamer als je zuvor.«

Ich musste erst einmal sortieren, was er da eben von sich gegeben hatte. Er fühlte sich einsam? Und hatte er wirklich verlieben gesagt? Da hatte sich mein Herzschlag nach diesem Sturz gerade beruhigt – nun pochte es wieder im Stakkato.

Ich suchte nach Worten. Sollte ich ihm beteuern, dass es bei mir bestimmt anders verlaufen würde? Denn das würde es. Meine Tochter war erwachsen, sie und Mark pflegten bereits jetzt einen ganz besonderen Kontakt. Er hatte sie sogar gebeten, sich für eine Weile um seinen Vater zu kümmern.

»Ich wollte wegen Giulia nicht übergriffig sein«, sagte er nun. »Es erschien mir nur so logisch gestern nach Antjes Anruf. Und dann eben noch Jochens Angebot an dich; die Hoffnung, du könntest wirklich nach Hamburg kommen.

Dann wärst du nicht weit weg. Es fühlte sich an wie ... eine Fügung.« Er drückte meine Hand, dann ließ er sie los. »Es war dumm, dich zu übergehen. Aber es war keine böse Absicht. Ich hoffe, das nimmst du mir ab.« Nun zog er sein Handy aus der Hosentasche. »Mir ist übrigens jemand eingefallen, der einen Rollstuhl hat. Bestimmt können wir uns den mal kurz leihen.«

Es war faszinierend, wie flott dieser Mann nach diesen überwältigenden Geständnissen das Thema wechselte.

Schnell legte ich meine Hand auf seinen Arm. »Warte.« Vorsichtig bewegte ich das Knie. Es ging schon wieder ein wenig besser. Vielleicht war doch nichts kaputt. »Wir haben noch einen Augenblick Zeit. Was du da gerade alles gesagt hast ...«

»Das war alles ein bisschen ins Unreine gesprochen, ich weiß.«

»Eigentlich nicht«, widersprach ich. »Bei uns beiden sind die Grundvoraussetzungen zwar ganz unterschiedlich, aber es läuft auf dasselbe hinaus.«

»Was meinst du?«

»Du wünschst dir eine Familie, weil sie dir Halt gibt und eine Bestimmung. Bei mir begräbt mein schlechtes Gewissen, allen gerecht werden zu müssen, oft die positiven Gefühle und die Dankbarkeit dafür, eine Familie zu haben. Dadurch fühle ich mich manchmal so eingeschränkt und ... unfrei. Dabei müsste das gar nicht so sein. Giulia kommt gut ohne mich klar, sie ist in der Lage, ihre eigenen Entscheidungen zu treffen. Daran muss ich mich erst noch gewöhnen. Und auch daran, dass ich mich trotz meiner Familie frei und unabhängig fühlen kann.«

»Und inwiefern läuft da alles auf dasselbe hinaus?«

»Darauf, dass diese Lösung mit Giulia hier und mir in

Hamburg perfekt wäre. Du hast Giulia schon im Sack, und ich ...«

Ein Lächeln huschte über Mark Gesicht. Er fasste sich an die Brust. »Okay. Herzklopfalarm. Und du?«

Ich fuhr mir mit der Zunge über die Lippen. »Und ich würde Jochens Angebot sofort zusagen, weil«, er hatte ganz recht mit dem Herzklopfalarm, »es doch bedeuten würde, wir könnten uns öfter sehen.« Viel weiter wollte ich mich nicht aus dem Fenster lehnen. All seine Worte konnte ich ja noch immer missinterpretiert haben. Offenbar hatte er sich zwar in meine Familie verliebt, was mir sehr schmeichelte. Aber auch in mich?

»Was hält dich also zurück, nach Hamburg zu gehen?«, fragte er nun wieder erstaunlich sachlich.

Hilflos breitete ich die Hände aus. »Liegt das nicht auf der Hand? Ich meine ...«, ich fasste mir ein Herz, »... es ist doch alles so unendlich vertrackt mit Jochen und Mareike.«

»Hm, ja«, antwortete Mark versonnen. Um seine Augen bildeten sich Lachfältchen. »Diese Messen in eurer Branche führen offenbar zu der ein oder anderen Entgleisung.«

Mein Herz pochte. Also gut. Er wusste von mir und Jochen. Ich leckte mir über die Lippen. »Und was genau lief zwischen dir und ihr?«

Mark atmete tief durch. Dann sah er an den Himmel. »Ich glaube, wir sollten dann doch mal etwas unternehmen, um von hier wegzukommen. Ich traue der Wetterlage nicht.«

Ich grinste. »Du weichst schon wieder aus.«

Er sah mich fest an. »Es war nichts zwischen Mareike und mir. Ich habe in letzter Sekunde einen Rückzieher gemacht, ehe alles in einer Katastrophe geendet wäre.«

»Heißt?«

»Als Jochen im Frühjahr allein auf der Leipziger Buchmesse war«, seine Augen blitzten plötzlich verschwörerisch, »weil Mareike keine Lust dazu hatte, dort eventuell der Frau zu begegnen, die ein halbes Jahr zuvor aus einem Kleiderschrank geflüchtet war ...«

Ich verdrehte die Augen, doch er sprach schon weiter.

»... da hat sie mich wegen angeblicher akuter PC-Probleme zu sich nach Hause bestellt.« Mark zuckte die Schultern. »Bis zu dem Tag war ich noch nie bei den beiden in der Wohnung, ohne dass Jochen dabei gewesen wäre.«

»Und dann?«

»Nachdem ich am PC fertig war – das Problem war lächerlich und im Nachhinein vermutlich auch nur ein vorgeschobener Grund –, lud sie mich auf ein Glas Wein aufs Sofa ein.«

»Verstehe.«

»Es kam zu ein bisschen Gefummel, das will ich nicht abstreiten. Aber irgendwann wurde mir das zu bunt, und ich hab mich verabschiedet.«

»Bei deinem Plotvorschlag hörte sich das ganz anders an. Nämlich nach Vollzug.«

»Wäre doch für einen Roman auch viel spannender.« Er zwinkerte.

Da hatte er natürlich recht. »Hat Jochen dir gegenüber denn mal einen Verdacht geäußert? Wegen Mareikes Untreue, meine ich.«

»Schon. Aber hätte ich ihm stecken sollen, dass seine Frau sich in einer schwachen Minute an mich herangemacht hat, um sich an ihm zu rächen?« Er schüttelte den Kopf. »Das sollen die zwei schön mit sich ausmachen.«

»Angenommen, ich nähme das Angebot der beiden an. Das wäre doch irgendwie mächtig schräg. Mit dieser Historie meine ich.«

Mark bückte sich nach einem Kieselstein und drehte ihn zwischen den Fingern. »Wieso? Die zwei sind getrennt. Wozu denn kalten Kaffee aufwärmen?«

Ich hob die Schultern. »Ich hasse Heimlichkeiten. Ich weiß nicht, ob ich Mareike in die Augen schauen könnte.«

Mark legte seine Hand auf mein unverletztes Knie und drückte es kurz. Er sah mich eindringlich an. »Mit manchen Geheimnissen muss man einfach leben. Deine Beichte würde unnötig alte Wunden aufreißen.«

Mein Telefon klingelte. Es war Giulia per Facetime. Sie war bei Igge im Wohnzimmer. Der Alte saß mit geschlossenen Lidern auf dem Sofa.

»Du hast angerufen?« Sie kniff die Augen zusammen. »Wo bist du denn da? Am Leuchtturm?«

»Ja«, antwortete ich, »mit Mark. Er hat mich nach einem Unfall gerettet.« Ich hielt das Handy in seine Richtung, er winkte.

»Was für ein Unfall denn?« Giulia musterte mich erschrocken.

»Mit Svens Fahrrad.«

»Mit dem riesigen Herrenrad?«

»Genau, deswegen habe ich mich damit hingelegt.« Eilig fasste ich den Rest zusammen und dass Mark einen Rollstuhl organisieren wollte. Was er im Übrigen langsam tun sollte.

»Die Dinger kann man kaum schieben«, wandte Giulia ein. »Was hältst du davon, wenn Flori euch Gretas Sportbuggy vorbeibringt? Das Teil ist stabil, und du bist doch schlank.«

Ich lachte über ihren Witz, aber meine Tochter verzog keine Miene. »Ich meine das ernst, Mama.«

Mark hob ebenfalls den Daumen. »Da hätte ich auch selbst drauf kommen können!«

Ich sah von einem zum anderen. »In den Sportbuggy soll ich mich setzen?«

»Der geht tatsächlich bis sechzig Kilo«, sagte Giulia. »Das kommt doch hin?«

»Schon, aber ...«

»Flori?«, rief meine Tochter nach ihrem Freund. »Mama hat sich verletzt. Würdest du bitte mal...« Der Rest ging im Gemurmel unter.

Mark rieb sich die Hände. War das Schadenfreude, die ich da in seinem Gesicht las? So sehr schreckte mich der Gedanke, in einem Kinderwagen gefahren zu werden, auch wieder nicht. Meine Hüfte tat weh, das Knie pochte. Hauptsache, ich kam heil nach Hause und konnte mich endlich langlegen. Und ein Gutes hatte es außerdem, dass Flori herkam: Dann konnte einer von beiden Svens Rad zurückschieben.

Giulia lächelte uns rückversichernd zu. »Er macht sich sofort auf den Weg. Er müsste vielleicht nur noch kurz –«

Im Hintergrund erklang die Türglocke. »Wartet mal eben«, bat Giulia. Sie senkte das Handy, Mark und ich folgten ihren Schuhen via Kamera durch Igges Flur. Sie öffnete die Tür, wir sahen zwei weitere Schuhwerke. Die Turnschuhe eines Mannes und die Pumps einer Dame.

»Hallo«, grüßte meine Tochter. »Sie wollen sicher zu Igge? Ich bin –«

»Genauer gesagt zu Mark Memmert«, unterbrach sie die Frau. »Ist er da?«

Mark und ich sahen uns an. Diese Stimme gehörte doch zu ...

»Leider nicht, er ist gerade unterwegs«, antwortete meine Tochter.

»Wissen Sie, wann er zurückkommt?«, fragte der Mann.

Unverkennbar. Das war ...

Mark und ich tauschten abermals einen Blick. »Im Ernst jetzt?«, murmelte er.

In diesem Augenblick fiel Giulia offenbar ein, dass sie uns beide via Smartphone dabei hatte, und strahlte uns an. »Schau mal, Mark, du hast Besuch.« Sie wendete das Handy, und wir sahen in die Mienen von Jochen und Mareike Adam. Zaghaft hob ich die Hand und winkte.

»Das ist ja jetzt interessant«, fand Jochen als Erster zur Sprache zurück.

Mareike, die wie immer einen Hut trug, schürzte die Lippen. Sie stieß ihren Mann in die Seite. »Hab ich es dir nicht gesagt? Er hat sie gemeint. Hallo, Mark. Na? Schön, dich zu sehen. Oder besser gesagt: Schön, *euch* zu sehen.« Sie zwinkerte anzüglich.

Ich hörte das unsichere Lachen meiner Tochter. »Ähm. Gut, dann ... dann warten Sie doch einfach hier, bis die beiden zurück sind? Bei einem Kaffee vielleicht?« Nun erschien sie wieder auf dem Bildschirm. »Ist doch okay für euch, ja? Wir sehen uns gleich. Flori braucht bestimmt nicht länger als eine halbe Stunde. Er muss nur noch kurz die Reifen fest aufpumpen, dann joggt er sofort los. Dünenweg Richtung Leuchtturm, ja?«

Mark und ich nickten stumm, dann wurde das Display schwarz.

Mein Kopf fuhr zu ihm herum. »›Er hat sie gemeint?‹«, zitierte ich Mareike. »Was soll das jetzt wieder bedeuten?«

Mark hob die Schultern. »Keinen blassen Schimmer, ehrlich.«

Ich ließ es so stehen. Was hätte ich sonst tun können? Und so saßen wir schweigend nebeneinander auf der Parkbank und harrten der Dinge, die da kommen sollten.

22

Es gibt verschiedene Möglichkeiten, sich als erwachsene Frau vollkommen lächerlich zu machen. Da ist einmal die, sich mit einem viel zu großen Männerfahrrad auf eine Radtour zu begeben, dabei die Kontrolle über das Gefährt zu verlieren und sich auf die Nase zu legen. Oder sich von einem eigentlich recht gut gebauten, dennoch schwer ächzenden Endvierziger Hunderte Meter über einen Pfad schleppen zu lassen. Oder eben vom Freund der Tochter in einen Sportbuggy gehievt und dann zwei Kilometer über den Dünenweg geschoben zu werden, hinein in einen Garten, in dem die potentiellen zukünftigen Arbeitgeber im Strandkorb warten. Mareike Adam hatte den Hut neben sich im Gras abgelegt und winkte bei unserer Ankunft mit den Fingern, als spiele sie in der Luft Klavier. Ich winkte zurück. Deutete auf mein Knie, rief ihnen zu, dass ich gleich soweit wäre.

Mark lehnte Svens verbogenes Fahrrad an die Hauswand und begrüßte die beiden, während Flori und Giulia mir aus dem Buggy halfen. Mit Floris Hilfe hopste ich ins Wohnzimmer und zum Sofa, wo meine Tochter mein wehes Knie mit Kühlpacks aus Antjes Eisfach versorgte.

»Das wird schon wieder«, tröstete ich mich selbst.

Giulia brachte mir ein Glas Wasser, ich stürzte es in einem Zug hinunter.

Von meinem Platz auf dem Sofa beobachtete ich Mark und die Adams dabei, wie sie sich miteinander unterhielten. Wie lange wollten sie mich eigentlich noch hier zappeln lassen? Ich konnte schlecht zu ihnen gehen.

Kurzerhand klingelte ich bei Mark durch. Er zog das Handy aus der Tasche. »Ihr könnt ruhig reinkommen«, raunte ich. »Falls es bei eurer Unterhaltung um mich gehen sollte zumindest. Nicht dass du schon wieder Sachen für mich regelst.«

Er sah über seine Schulter hinweg und nickte. »Wir kommen.«

Schon schlenderten die drei über die Wiese. Mareike platzierte ihren Hut auf dem Terrassentisch, richtete ihr geblümtes Kleid. Kurz darauf schüttelten die Adams und ich Hände. Die beiden brachten ihr Bedauern über meinen Sturz zum Ausdruck. Dann saßen wir einander gegenüber.

»Was bringt euch her?«, bemühte ich mich um einen lässigen Tonfall. Immerhin hatte ich sie zuletzt belogen. Hatte behauptet, ich kenne hier keine Menschenseele.

Mareike betrachtete ihre Finger. »Also. Vor zwei, drei Wochen habe ich mit Mark wegen der Implementierung des neuen Shops telefoniert, und da erzählte er mir von dieser Frankfurter Autorin im Nachbarhaus, die ein bisschen anstrengend sei und ihn außerdem vom Aussehen her an seine Mutter erinnerte – beides Dinge, die er nicht besonders prickelnd fand.« Sie kräuselte die Nase, als sei das eine niedliche Anekdote. »Aber dann meinte er, er würde einfach gute Miene zum bösen Spiel machen.«

Ich warf Mark einen ungläubigen Blick zu.

»Natürlich bin ich nicht im Traum darauf gekommen, dass von dir die Rede sein könnte«, fuhr Mareike fort. »Erst, als wir dich dann endlich zu dieser Videokonferenz mit Gerald bewegen konnten und wir Mark erwähnten, von dem du behauptet hast, du würdest ihn nicht kennen, kamen wir ins Grübeln. Denn wie es der Zufall wollte, konnten wir über den Monitor einen Blick in euren Garten werfen, der hinter deinem Rücken zu sehen war. Und wer war da gerade fleißig? Kein geringerer als er.« Sie riss theatralisch die Augen auf. »Und das hat uns beide«, sie zeigte auf sich und Jochen, »ziemlich verblüfft.«

»Und einen Stein ins Rollen gebracht«, berichtigte er. »Uns wurde klar, dass du einen Grund gehabt haben musstest, uns deine Bekanntschaft mit ihm zu verheimlichen.« Er lehnte sich zu Mareike hinüber und nahm ihre Hand. »Wenn wir auch unterschiedliche Gründe vermuteten.«

Abermals schoss ich Mark einen Blick zu.

Mareike räusperte sich. Sie setzte sich kerzengerade auf. »Wir haben endlich Klartext geredet. Über die Frankfurter Buchmesse. Und über die Leipziger. Und was sich da in verschiedenen Schlaf- beziehungsweise Wohnzimmern abgespielt hat.«

In diesem Moment wäre ich gerne gegangen, doch daran war nicht zu denken. Wieso sah Mareike aus, als wären das gute Neuigkeiten? Das Ganze war oberpeinlich. Sie musste mich doch vor sich sehen, wie ich nackt aus dem Kleiderschrank gehüpft war.

Auch Mark schnappte nach Luft. »Es hat sich aber

nichts zwischen uns beiden abgespielt, das möchte ich an dieser Stelle doch mal klarstellen.«

»Stimmt, aber es hätte sich etwas abspielen können, wärst du nicht so anständig gewesen«, antwortete Mareike. »Und dass bei Jochen und Stefanie nicht mehr geschehen ist, lag wohl auch eher daran, dass plötzlich ich aufgetaucht bin.« Sie schürzte die Lippen.

»Jedenfalls ist uns während dieses Gesprächs klargeworden, dass uns noch viel aneinander liegt«, stellte Jochen klar. »Und dass das eher ein Wendepunkt in unserer Ehe sein sollte, statt das Ende.«

Mareike breitete feierlich die Hände aus. »Wir vergessen das einfach alles, was meint ihr? Die Sache zwischen Mark und mir ist aus Trotz geschehen und hat heute keinerlei Bedeutung mehr. Und das zwischen dir, Steffi, und meinem Mann ... ich gehe mal nicht davon aus, dass du die Sache gern noch einmal aufgegriffen hättest?«

Ich schüttelte den Kopf.

Jochen lehnte sich zu Mark nach vorn. »Unter uns Pastorentöchtern – im Nachgang ist es doch so: Du hast schon mal mit meiner Frau geknutscht, ich mit deiner. Damit sind wir beide quitt.«

Mark fuhr sich mit den Händen durchs Haar. »Jochen. Bitte.«

Seine Frau? Ich konnte nicht recht folgen. Wer war jetzt gemeint? Hatte Jochen in der Vergangenheit mit Astrid geknutscht? Oder ging es etwa um mich? Aber das wäre ja ...

Aus dem Garten schallte Zillis Bellen zu uns. Greta folgte ihr auf dem Fuß. Fast wünschte ich mir, die beiden würden zu uns hereinstürmen und diese bleierne Stille durchbrechen, die sich zwischen uns vieren auszubreiten drohte. Ich knabberte an Jochens letzten Worten.

»Wenn es euch nichts ausmacht«, fand Mark zur Sprache zurück, »würde ich jetzt ganz gern mal mit Steffi alleine sprechen. Ihr dürft nicht vergessen, dass sie gerade einen ziemlichen Sturz hinter sich hat. Sie ist ja faktisch noch im Schockzustand.«

»Ja, so sieht sie tatsächlich auch aus«, gab Mareike zu. Sie zog Jochen auf die Füße. »Lass uns doch mal da draußen dieses entzückende kleine Mädchen begrüßen und den Hund daran hindern, die ganze Arbeit, die Mark hier im Garten geleistet hat, wieder zunichtezumachen.«

Mit offenem Mund sah ich den Adams hinterher. Die betrachteten dieses unsägliche Debakel erstaunlich sportlich.

»Hat er von Astrid gesprochen?«, fragte ich.

»Wann genau?« Mark setzte sich zu mir aufs Sofa. Sein Po berührte meine Hüfte, ich rutschte ein Stück zur Seite. Er rückte nach.

»Na ja, als er meinte, er hätte mit deiner Frau geknutscht.«

Draußen trat eben Giulia zu den anderen und bat die Adams mit Greta und Zilli zu Igge ins Haus. Vielleicht konnte sie sich denken, dass Mark und ich ein wenig Ruhe brauchten?

Mark fuhr mit seinem Fuß eine Spur in den Teppich. »Da hat er mir leider etwas vorweggenommen.«

»Nämlich?« Ich zupfte an meinem Kragen, plötzlich war mir schon wieder wahnsinnig heiß.

Mark hob mein Kinn an. »Dass mich die anfangs recht anstrengende Rothaarige von nebenan mittlerweile schlaflose Nächte kostet, weil ich mich in ihre impulsive Art verliebt habe.«

Hatte er wirklich *verliebt* gesagt? Ich schluckte. »Hättest du dir keinen romantischeren Ort für dein Geständnis aussuchen können?«, flüsterte ich. »Vorhin beim Leuchtturm zum Beispiel? Oder am Surferstrand? Aber hier in Antjes Wohnzimmer?«

Mark erhob sich, ich dachte schon, er wollte einfach davongehen nach diesem ironischen Kommentar, doch ehe ich mich's versah, hatte er mich mit Schwung auf den Arm genommen und trug mich durch die Terrassentür nach draußen zum Strandkorb. Dort ließ er mich sorgsam auf dem weichen Polster ab. Offenbar war er jetzt geübt. Er hatte kein bisschen geächzt. Ich rutschte zur Seite, versuchte, die Hitzewallung zu ignorieren, die von mir Besitz ergreifen wollte.

»Romantischer geht's gerade nicht«, sagte er und nahm meine Hände in seine. »Also noch mal von vorn. Als du gesagt hast, dass du mich als Vorlage für deinen Loveinterest auserkoren hast, habe ich mich natürlich geschmeichelt gefühlt. Und gleichzeitig war es so etwas wie ein Freifahrtschein für alle möglichen Kapriolen. Manche vielleicht auch etwas zu übermütig.« Er fasste sich an die Brust. »Jedenfalls war ich plötzlich so locker wie schon ewig nicht mehr. Fühlte mich regelrecht sexy. Was natürlich hauptsächlich an der Protagonistin lag. Die ist echt ne Wucht.«

Falls ich eben kein rotes Gesicht gehabt haben sollte – jetzt war es garantiert so weit. Sexy. Da sagte er was. Das war er ja auch! Doch ich schwieg, hing wie gebannt an seinen Lippen. *Sprich weiter!*, rief ich ihm innerlich zu.

Mark streichelte mit dem Daumen über meinen Handrücken. »Aber nichts von alledem, was ich getan habe, war geschauspielert. Bloß, als ich dann immer öfter Herzklopfen bekam in deiner Gegenwart und mich immer wohler gefühlt habe mit deiner Familie ... da kam diese Furcht in mir hoch, ich könnte mir wieder die Finger verbrennen.« Sein Kinn zitterte verdächtig. Diese Geschichte mit Astrids Söhnen musste ihm schrecklich zugesetzt haben.

»Hey.« Ich streichelte seine Finger. »Für so etwas hat man nie eine Garantie. Schau, ich habe meinen Mann übers Tanzen kennengelernt, und mit Jochen habe ich durchs Tanzen auch den Blick für die Realität verloren. Beides ist in einer Katastrophe geendet. Aber siehe da«, ich öffnete die Hände, »nun sitzen wir hier, und ich kann mein Glück kaum fassen, dass du ein begnadeter Tänzer bist. Und ich habe eine Familie. Das könnte doch auch eine *gute* Fügung sein!« Den Rest flüsterte ich. »Wir passen perfekt zusammen.«

Ich schmiegte meine Stirn gegen seine. Mir war bewusst, dass kein Laut aus Igges Haus zu uns nach draußen drang. Hingen etwa alle an der Scheibe und beobachteten uns? Wie gern hätte ich Mark jetzt geküsst. Bestimmt schmeckte er so gut wie er roch.

»In Antjes Wohnzimmer war es irgendwie intimer«, sprach Mark meine Gedanken aus.

Ich lachte leise. »Dann gehen wir eben wieder rein.«

In diesem Moment öffnete sich bei Igge die Terrassentür und Zilli schoss zu uns nach draußen. Giulia rief »Ach Gretchen, nicht rauslassen!«, doch da war der kleine Kläffer schon bei uns angekommen und sprang an seinem Herrchen hoch, wollte gestreichelt werden.

»So ein Hund, der ist treu«, sagte Mark zu mir. »Der verlässt dich nicht, was auch immer geschieht.«

»Ich bin auch eine treue Seele. Deshalb würde es mir ja auch so schwerfallen, so weit von Giulia und Greta wegzuziehen.«

»Sie wären ja erst einmal hier. Und alle anderen Vorteile habe ich dir ja auch schon aufgezählt.«

Einen hatte er vergessen. Sich selbst. Dabei wusste ich nicht mal, wie er küsst. Und wann sollte ich das endlich herausfinden mit all diesen Menschen um uns herum?

Zilli hopste in einem Satz auf Marks Schoß, und er konnte sie gerade noch daran hindern, ihm das Gesicht abzuschlecken.

»Schade, dass du nicht gut laufen kannst«, sagte Mark lachend. »Ich würde mich jetzt wirklich gern irgendwohin mit dir zurückziehen.«

Er sprach mir so sehr aus der Seele.

»Zilli, Fräulein, hierher!«, tönte Igges Stimme von der Terrasse zu uns. Er klapperte mit einer Hundefutterdose, und die Hündin sprang in einem Satz von Marks Schoß und schoss zum Haus.

Igge sah weiter zu uns hinüber.

»Ist noch was, Vadder?«, fragte Mark.

»Nich lang schnacken, Kopp in Nacken«, antwortete Igge. Er nickte seinem Sohn zu. »Wir machen jetzt nen Ausflug. Jochen steht der Appetit nach Krabbenbrötchen!« Schon verschwand er wieder.

Kurz darauf schallten ihre Stimmen von der Straße zu uns in den Garten.

Ich glaube nicht, dass ich jemals solches Herzklopfen hatte.

»Na, dann will ich mal auf meinen alten Herrn hören«, sagte Mark. Er lächelte zärtlich. »Darf ich dich endlich küssen?«

Wir schauten uns tief in die Augen. Mit dem Finger strich er mir über die Lippen.

Ich war wie gebannt, konnte nicht einmal nicken. Doch in meinen Augen brannte die Zustimmung. Mark nahm mein Gesicht zwischen die Hände und senkte seine Lippen auf meine. Zuerst zart, dann immer drängender, erwiderte ich seinen Kuss, schlang meine Arme um ihn und wollte ihn nie wieder loslassen. Marks Finger fuhren in mein Haar, strichen sanft darüber, er wanderte mit seinem Mund zu meinem Ohr, küsste die empfindliche Haut und flüsterte »Schenkst du mir eine von deinen roten Locken für mein Portemonnaie?«

»Mit Schleife?«, wisperte ich zurück.

Und dann verloren wir uns in einem Kuss, von dem ich mir wünschte, er würde niemals enden.

Als die anderen von ihrem Krabbenbrötchenschmaus zurückkehrten, für den sie sich fast zwei Stunden Zeit gelassen hatten, lehnten Mark und ich eng umschlungen im Strandkorb und genossen die letzten Sonnenstrahlen. Zillis Bellen und Gretas fröhliches Quieken schallten von der Straße zu uns hinüber, doch wir rührten uns nicht von der Stelle. Es gab keinen Grund mehr so zu tun, als wäre nichts.

Wenn sich alles Weitere mit Mark so prickelnd entwickeln würde wie diese ersten Küsse, die noch immer auf meinen Lippen brannten, dann konnte das zwischen uns eine richtig lange Geschichte werden. Vielleicht sogar eine für die Ewigkeit.

Plötzlich schien alles so klar. Alles, was mir vorher unlösbar und schwierig erschienen war, hatte sich in Luft aufgelöst. Ich stand kurz vor meinem fünfzigsten Geburtstag – wann, wenn nicht jetzt, war es an der Zeit, etwas Neues zu wagen und mich endlich wieder nach dem zu richten, was mir guttat? Mit der Programmleitung der Liebesromansparte »Echte Frauen« bei Adam & Adam würde sich ein Traum erfüllen. Einer, der viel Arbeit erforderte, aber ich tat nun einmal nichts lieber, als mich mit bewegenden Geschichten zu beschäftigen. Ich wollte neue Autorinnen und Autoren entdecken, die die Leserschaft hineinzogen in ihre Erzählungen. So, dass sie sich dabei fühlten, als wären sie mittendrin im Geschehen. Genauso wie ich gerade mitten drin war im prallen Leben.

»Omi!« Greta rannte zu uns in den Garten und blieb abrupt vor uns stehen. »Tut dein Bein noch immer so schlimm weh?«

Nun löste ich mich doch von Mark und richtete mich zum Sitzen auf. »Aber nein, meine Kleine.« Ich klopfte auf den Schoß, und schon kletterte meine Enkelin zu mir, schmiegte sich an mich.

»Ich habe ein Geheimnis, aber das darf ich nicht verraten«, wisperte sie.

Mark und ich unterdrückten ein Lachen. Das war Gretas Ankündigung, wenn sie etwas keine Sekunde länger für sich behalten konnte. Sanft streichelte ich ihr den lockigen Schopf, küsste ihren Scheitel. »Aber ich bin doch deine Omi«, flüsterte ich. Dass ich eine war, fühlte sich nicht mehr unpassend, sondern genau richtig an. Verschwörerisch drückte ich Marks Hand.

»Mami und ich bleiben den ganzen Sommer hier bei Opa Igge«, sprudelte es auch schon aus der Kleinen heraus. »Papi kommt aber ganz oft zu Besuch, das hat er versprochen.«

»Bestimmt tut er das«, antwortete ich. »Und ich auch. Demnächst werde ich nämlich in Hamburg wohnen, das ist dann auch gar nicht so weit nach Nortrum.« Zwar noch immer drei Stunden mit Zug und Fähre, aber wenn ich samstags früh genug aufbrach, war es ein Klacks. Genauso wie später irgendwann die Fahrt nach Frankfurt. Sollten sie überhaupt dorthin zurückkehren. Ich hatte so ein Gefühl, als könnte meine Tochter hier sehr glücklich werden. Vielleicht sogar mit Flori, der immerhin von überall arbeiten konnte. Kindergarten und Schule gab es hier auch. Wer weiß, womöglich hatte das Schicksal es genau so gewollt. Dass Antjes Haus frei wurde, war ja ein richtiger Wink mit dem Zaunpfahl.

»Wo ist Hamburg?«, fragte Greta.

»An einem Fluss, der in die Nordsee mündet«, schaltete Mark sich ein. »Da gibt es auch ein Eisenbahn-Miniaturmuseum. Das müssen wir unbedingt zusammen besuchen. Dort sind ganze Städte klitzeklein nachgebaut.«

»Davon muss ich Mama erzählen!« Greta rutschte von meinem Schoß und ließ uns allein zurück.

»Wie viele Minuten gibst du allen, bis sie zu uns nach draußen kommen, um zu fragen, ob es stimmt, was die Lütte erzählt?«, fragte Mark.

»Sekunden eher«, antwortete ich lachend.

Und dann küsste ich ihn, bis er nach Luft rang.

Epilog

Es ist einer dieser Sommertage auf Nortrum, an denen kein Wölkchen den Himmel trübt und die See dunkelblau schimmert. Die Schiffe am Horizont scheinen zum Greifen nah, genauso wie die Silhouetten der Nachbarinseln. Es ist, als könnten wir im Nullkommanichts hinübersegeln.

Ich wende den Kopf, schaue nach Nortrum, wo nun Giulia und Greta bei Igge unterm Dach zu Hause sind. Noch sind Antje und Sven mit den Vorbereitungen für ihre Auswanderung beschäftigt. Ich hätte sie fast nicht erkannt, so braungebrannt waren sie bei ihrer Rückkehr. Die gesunde Gesichtsfarbe konnte jedoch nicht darüber hinwegtäuschen, dass sie auch ein wenig ausgemergelt aussahen – das bringt eine solch anstrengende Auszeit wohl mit sich.

Zuerst ist Antje in den Garten gelaufen, um nach ihren geliebten Rosen zu sehen. Mark hatte extra alle verwelkten Blumen abgeschnitten und das letzte Unkraut entfernt, ich hatte noch einmal die Beete geharkt und die Wege gefegt, das Haus auf Vordermann gebracht, wir hatten unsere provisorischen Arbeitsplätze aufgelöst – alles sah aus wie geleckt. Sogar die beiden Räder haben glänzend an der Hauswand gelehnt. Wiebke, die Frau mit der Fahrradwerkstatt, hatte ganze Arbeit geleistet. Inzwischen – meinem Knie geht es längst wieder gut, es war nur eine Prellung – haben Mark und ich sie uns schon ein paar Mal für eine Radtour ausgeliehen. Und niemand ist dabei zu Fall gekommen.

Mein Blick geht zum Leuchtturm, wo Wolfram, der Autor residiert. Vor meiner Abreise sind wir uns noch einmal begegnet. Er hat sich bei mir bedankt, ich hätte ihn bei unserer Unterhaltung auf eine wirklich gute Idee gebracht. Dann hat er wissen wollen, wie mein Roman heißen soll. Darüber hatte ich mir noch gar keine Gedanken gemacht. Aber als ich so auf das Meer schaute, wo sich am Horizont einige Wolken auftürmten, die auf einen möglichen Sturm hindeuteten, und dann an Mark und mich dachte, wie wir Igge und Greta suchten, sagte ich: »Stürmisch verliebt, das trifft es wohl ganz gut.«

»So so«, hat er geantwortet, »guter Titel«, und dann haben wir uns verabschiedet.

Jochen gefällt er auch, er will den Roman nächstes Jahr rausbringen. Unter einem Pseudonym natürlich. Franziska wird das Lektorat übernehmen, ich denke, wir werden gut zusammenarbeiten. Ich habe die Geschichte noch einmal von Grund auf überarbeitet. Sie den wahren Gegebenheiten angepasst. Nur die Namen habe ich geändert. Und Mareike hat kein Faible für Hüte, sondern für Schuhe.

Nun bin ich also doch noch eine Autorin geworden. Wenn ich wahrscheinlich auch keinen zweiten Roman schreiben werde. So eine Geschichte wie die mit Mark passiert nur einmal im Leben.

Nadja hat sie nun übrigens auch gefallen. »Genau so hab

ich mir das vorgestellt«, hat sie gesagt, als ich ihr davon erzählte. Gerald hat in ihren Verlag nach Stuttgart gewechselt und betreut dort nun die Sparte Love & Landscape. Daher wohl ihre plötzliche Kehrtwende während meiner Schreibphase. Mir kann das inzwischen alles egal sein, ich bin angekommen. Und zwar genau dort, wo ich immer sein wollte. Nun muss nur noch mit Igge alles ins Lot kommen. Demnächst steht seine Operation an, die Verkalkungen in seiner Halsschlagader müssen entfernt werden, sonst endet es nicht gut mit ihm. Danach werden hoffentlich auch die Aussetzer verschwinden. Nun hoffen wir das Beste.

Als ich vor wenigen Wochen mit der Wohnungssuche in Hamburg begann und mich dort nicht auskannte, hat Mark mich beraten und bei den Begehungsterminen begleitet. Je öfter wir uns Wohnungen anschauten, desto seltener betrachtete ich sie mit eigenen Augen. Stattdessen wurde es mir immer wichtiger, ob sie auch ihm gefielen. Ob er sich darin wohlfühlen würde. Bis ich ihn schließlich gefragt habe, ob er nicht mit mir zusammenziehen wollte. Immerhin haben wir beide schon lange genug alleine gelebt. Und so haben wir es dann entschieden. Seit zwei Wochen leben wir in einer Dachgeschosswohnung mit Loggia, von der aus wir einen Blick auf die Alster haben. Dort können wir jederzeit mit Zilli eine Runde drehen. Mark bringt mir jeden Morgen einen Kaffee ans Bett. Meistens arbeitet er von zu Hause, sein Schreibtisch steht am Fenster, und wenn ich abends von der Bahnstation komme, winkt er mir zu. Wir haben uns sogar einen Saugroboter zugelegt. Die Dinger sind äußerst praktisch. Nur Zilli muss an die Leine, wenn er seine Runden dreht.

Und was das Tollste ist: Wenn Mark aufs Klo geht, macht er immer die Tür hinter sich zu!

Das alles ist noch neu und aufregend, doch ich wünsche

mir nichts mehr, als dass unsere Liebe so frisch bleibt. Dass wir uns nie aus den Augen verlieren werden. Demnächst startet ein Salsa-Tanzkurs, zu dem er uns angemeldet hat. Dieser Mann ist ein Traum.

»Kehrtwende!«, ruft Mark in diesem Moment. Sein Gesicht strahlt, seine Haut hat diesen warmen, gebräunten Schimmer, in seiner grünen Iris spiegelt sich die Sonne, sein Haar ist vom Wind zerzaust.

Ich halte das Seil mit beiden Händen umklammert, damit es mir nicht abhaut, blinzle gegen den Wind an, der mir das Tuch vom Kopf reißen will.

»Whoohoo!«, rufe ich und ducke mich unter dem Segel hindurch. Das Adrenalin steigt, das Blut rauscht durch meine Adern. Noch nie habe ich mich lebendiger gefühlt.

Nun steuern wir ruhiger mit dem Wind. Mark kommt zu mir hinüber und legt den Arm um mich, zieht mich an sich. Er streicht ein paar aus dem Tuch herausgerutschte Locken aus meinem Gesicht und küsst mich auf die Stirn. »Habe ich dir schon mal gesagt, dass du ein Naturtalent bist?«

»Wofür genau?«, frage ich ihn mit ernster Miene.

Seine Augen blitzen. Er gibt mir einen zärtlichen Kuss. Von seinen Lippen kann ich einfach nicht genug bekommen. »Dafür zum Beispiel«, flüstert er.

Mark schlingt seine Arme ganz um mich herum, ich lege meine um seine Hüften. Das Segel flattert, unser Boot gleitet dahin.

Eigentlich ist es mir egal, was irgendwer von dieser Geschichte hält. Für mich ist es die Beste, die ich je erlebt habe!

Mehr aus Nortrum

**Alle Bücher in der Reihe »Inselküsse und Strandkorbglück«
sind in sich abgeschlossen.**

Band 1 »Nordisch verliebt« von Karin Lindberg

Wiebke hat ständig Fernweh und lässt sich von einem
Sehnsuchtsort zum nächsten treiben. Die Insel Nortrum, auf der
ihre Großmutter wohnt, käme da allerdings kaum in die engere
Wahl. Zu viele melancholische Erinnerungen warten dort auf sie.
Doch als Oma Griet sich verletzt und Hilfe braucht, springt
Wiebke auf die nächste Fähre. Mit gemischten Gefühlen landet sie
auf der kleinen Nordseeinsel und trifft prompt auf Thore, ihre
Jugendliebe. Ausgerechnet er kümmert sich als Inselarzt um ihre
Oma. Noch heute lässt der Blick aus seinen blauen Augen Wiebkes
Knie weich werden. Dabei hat er sie einst so schrecklich enttäuscht.

Um sich von ihren Gefühlen abzulenken, räumt sie Opas alte
Fahrradwerkstatt aus, trennt Schrott von Brauchbarem und
repariert die Fahrräder der Nachbarn. Schnell fühlt sie sich auf
Nortrum wieder so zu Hause wie in ihrer Kindheit. Doch gerade als
sie und Thore sich wieder näherkommen, deutet alles darauf hin,
dass er sich kein bisschen verändert hat ...

Band 3 »Himmelhoch verliebt« von Karin Koenicke

Traum geplatzt! Emmas kleiner Laden „Schickes für Vierbeiner"
steht vor dem Aus. Dabei würde sie mit ihrem Selbstgenähten so
gern für sich und ihren neunjährigen Sohn Benni sorgen. Kurz

entschlossen bricht sie im teuren München alle Zelte ab und zieht zu ihrer Tante nach Nortrum, um dort mit ihren kreativen Näharbeiten einen Neuanfang zu starten. Doch der brummige Jarick, der das Reetdach nebenan repariert und jeden Inselvogel beim Vornamen kennt, macht ihr das Leben schwer. Nur widerwillig übernimmt er den Ladenumbau und betont ständig, dass ihr Geschäft keine Zukunft hat. Der Kerl raubt ihr den letzten Nerv!

Dummerweise hat Benni Riesenspaß daran, mit Jarick Wattvögel zu beobachten. Auch Emmas Herz klopft verdächtig schnell, wann immer sie Jarick begegnet. Der Naturbursche fasziniert sie, doch sie fürchtet, dass ihr Herz erneut gebrochen wird.

Ein romantischer Dünenspaziergang stellt Emma vor eine Entscheidung. Soll sie ihre Bedenken über Bord werfen und für eine neue Liebe alles riskieren?

Band 4 »Haarig verliebt« von Anne Stevens

Als Lotti Pfeifer auf Nortrum strandet, denkt sie nicht im Traum daran, dort mal einen Friseurladen zu führen und Stammkundschaft zu haben, die es gern bunt treibt. Schließlich ist ihre Heimat doch Berlin und keine verschlafene Nordseeinsel! Die Bewohner schließen sie schnell ins Herz – mit einer Ausnahme: Fischer Fiete bleibt wortkarg, raubeinig und ihr gegenüber abweisend. Ausgerechnet Lotti soll nun aber als Stylistin tätig werden und die bärbeißigen Fischer der Insel in sexy Kalenderboys verwandeln. Da ist Ärger vorprogrammiert, denn Fiete hat wenig Lust, auf ihrem Friseurstuhl Platz zu nehmen. Doch die Liebe hat manchmal ganz eigene Pläne...

Über die Autorin

STINA JENSEN schreibt Insel- und Gipfelromane, romantische Komödien und Krimis. Sie liebt das Reisen und saugt neue Umgebungen in sich auf wie ein Schwamm.

Meist kommen dabei wie von selbst die Figuren in ihren Kopf und ringen dort um die Hauptrolle in ihrem nächsten Roman. Wenn sie nicht verreist, lebt die Autorin mit ihrer Familie in der Nähe von Frankfurt am Main.

Du möchtest gern über weitere Projekte, Veröffentlichungen und Gewinnspiele informiert werden oder Vorab-Leseproben erhalten? Dann abonniere den **Newsletter auf meiner Homepage**!

Alle Abonnenten erhalten die Möglichkeit, sich *einmalig* ein eBook ihrer Wahl aus meiner Feder zu wünschen. Wenn du Newsletter-Abonnentin bist, schreibe einfach eine E-Mail und nenne den gewünschten Titel und das gewünschte Format (Kindle oder ePub). Ausgenommen sind Neuveröffentlichungen der letzten zwölf Monate.

Vielen Dank, dass du mein Buch gekauft und gelesen hast. Wenn es dir gefallen hat, freue ich mich über Feedback, sei es als Rezension oder als Beitrag in den sozialen Medien.

Außerdem freue ich mich über jede E-Mail oder Kontaktaufnahme über Facebook oder Instagram.

Die Rückmeldung meiner Leser bedeutet mir viel!

Deine

Stina Jensen
AUTORIN

www.stina-jensen.de
info@stina-jensen.de

Weitere Bücher von Stina Jensen

Die Romane der INSELfarben- und GIPFELfarben-Reihe sind in sich abgeschlossen und können unabhängig voneinander gelesen werden. Da immer eine Nebenfigur im nächsten Roman zur Hauptfigur wird, erhöht es das Lesevergnügen, mit Folge 1 zu starten. Oder man sucht sich den Sehnsuchtsort aus, an den man sich am meisten wünscht.

Die chronologische Reihenfolge der Romane:

Inselblau (Svea, Langeoog und Mallorca)

Inselgrün (Wiebke, Irland)

Inselgelb (Claire, Island)

Inselpink (Ida, Mallorca)

Inselgold (Amanda, Rügen)

Gipfelblau (Annika, Zermatt)

Gipfelgold (Mona, Bad Gastein)

Gipfelrot (Valerie, Schottland)

Inseltürkis (Terry, Sardinien)

Inselrot (Sandra, Sylt)

Gipfelpink (Susa, Teneriffa)

Inselhimmelblau (Svea, Langeoog)
Gipfelglühen (Sebastian, Allgäu)

Außerdem:
Das Prequel zu Gipfelgold und Gipfelrot mit Valerie:
Sommertraum mit Happy End

Die Winterknistern-Reihe:
Plätzchen, Tee und Winterwünsche (Milla)
Misteln, Schnee und Winterwunder (Sina)
Sterne, Zimt und Winterträume (Johanna)
Muscheln, Gold und Winterglück (Romy)
Vanille, Punsch und Winterzauber (Antonia)
Mondschein, Flan und Winterherzen (Carola)

Die Cosy-Krimi-Reihe um Levke Sönkamp und Jordi Barceló:
Playa de Palma: abgrundtief (Teil 1)
Serra de Tramuntana: blutrot (Teil 2)

Psychologische Spannung von Keller & Jensen:
Vater, Mutter, Kind
Hirngespenster
Klirrende Stille

Zeitfracht Medien GmbH
Ferdinand-Jühlke-Straße 7
99095 Erfurt, Deutschland
produktsicherheit@kolibri360.de